रवींद्रनाथ टैगोर
की
लोकप्रिय कहानियाँ

रवींद्रनाथ टैगोर की लोकप्रिय कहानियाँ

रवींद्रनाथ टैगोर

प्रतिभा प्रतिष्ठान, नई दिल्ली

प्रकाशक : **प्रतिभा प्रतिष्ठान**

694–बी, (निकट अजय मार्केट), चावड़ी बाजार, दिल्ली–110006

 / संस्करण : 2026 / मूल्य : चार सौ रुपए

मुद्रक : नरुला प्रिंटर्स, दिल्ली ISBN 978-93-80823-36-2

RABINDRANATH TAGORE KI LOKPIRYA KAHANIYAN

by Shri Rabindranath Tagore ₹ 400.00

Published by **PRATIBHA PRATISHTHAN**

694-B (Near Ajay Market), Chawri Bazar, Delhi-110006

संपादकीय

'गुरुदेव' नाम से विख्यात रवींद्रनाथ टैगोर विश्वविख्यात व्यक्ति माने जाते हैं। वे साहित्य-कला जगत् की महान् हस्तियों में शामिल थे। माँ सरस्वती और माँ लक्ष्मी की उन पर असीम अनुकंपा थी। ऐसे महापुरुष तथा अद्वितीय प्रतिभा के धनी कहानीकार, कवि, नाट्यकर्मी, समाज-सुधारक, चित्रकार एवं मूर्तिकार का जन्म 7 मई, 1861 को कलकत्ता के एक संपन्न परिवार में हुआ था।

रवींद्रनाथ टैगोर ने मात्र 8 वर्ष की आयु में ही अपनी पहली कविता की रचना कर डाली थी। इसके पश्चात् 16 वर्ष की आयु में उनका काव्य-संग्रह 'मानु सिंहो' प्रकाशित हुआ, जिसका शाब्दिक अर्थ होता है 'सूर्य का सिंह'। टैगोर ने अनेक उपन्यास, कहानियाँ, गीत, नाटक तथा राजनीतिक एवं सामाजिक विषयों पर अनेक चर्चित लेख भी लिखे। टैगोर ने अपनी प्रत्येक कला में वैश्विक ख्याति प्राप्त कर ली थी। वे साहित्य के क्षेत्र में भारत के प्रथम नोबेल पुरस्कार दिलाने वाले व्यक्ति थे।

'गीतांजलि' जैसी विश्वप्रसिद्ध कृति के रचनाकार रवींद्रनाथ टैगोर पूरे विश्व में विख्यात हो गए। 'गोरा' और 'घर-बाहर' उपन्यासों ने उनकी प्रसिद्धि में चार चाँद लगा दिए। 9 दिसंबर, 1883 को टैगोर का विवाह मृणालिनी देवी से हुआ। परिवार का उत्तरदायित्व निर्वाह करने के साथ-साथ टैगोर अपनी कला-साहित्य साधना भी मन लगाकर करते। इस बीच उन्होंने अनेक प्रसिद्ध रचनाओं का सृजन किया।

टैगोर ने 83 कहानियों का संग्रह 'गोलपागुच्चा' तैयार किया, जो तीन खंडों में प्रकाशित हुआ। उनकी अनेक प्रसिद्ध रचनाओं को विश्व की कई भाषाओं में अनुवादित कर पाठकों तक पहुँचाया गया। इतना ही नहीं, गुरुदेव के दो गीत, राष्ट्रीय गीत बने। जिनमें भारत का राष्ट्रीय

गीत 'जन-गण-मन…' तथा बांग्लादेश का राष्ट्रीय गीत 'आमर सोनार बांग्ला…' हैं।

14 नवंबर, 1913 टैगोर के जीवन का ही नहीं अपितु संपूर्ण एशिया के लिए एक अविस्मरणीय दिन बन गया। इस दिन गुरुदेव की विश्वप्रसिद्ध कृति 'गीतांजलि' को नोबेल पुरस्कार से सम्मानित किया गया था और दुर्भाग्य तब हुआ जब बहु-विधाओं का वह कुशल चितेरा 7 अगस्त, 1941 को 80 वर्ष की आयु में हमें छोड़कर चला गया। अपने पीछे छोड़ गया कुछ यादें और राष्ट्रीय गीत जन-गण-मन…।

ऐसे महान् कहानीकार की कुछ विश्वप्रसिद्ध कहानियों को पाठकों तक पहुँचाने का प्रयास किया गया है। आशा है कि पाठक इन कहानियों के माध्यम से उस महान् कवि, कहानीकार, रंगकर्मी को याद अवश्य करेंगे।

—मुकेश 'नादान'

अनुक्रमणिका

अंतिम प्यार

आर्ट स्कूल के प्रोफेसर मनमोहन बाबू घर में बैठे हुए दोस्तों के साथ मनोरंजन कर रहे थे, ठीक उसी वक्त योगेश बाबू कमरे में घुसे।

योगेश बाबू उत्तम श्रेणी के चित्रकार थे, उन्होंने अभी थोड़े वक्त पूर्व ही स्कूल छोड़ा था। उन्हें देखकर एक आदमी ने कहा, "योगेश बाबू! नरेंद्र क्या कहता है, आपने सुना कुछ उसके बारे में?"

योगेश बाबू ने आरामकुरसी पर बैठकर पहले तो एक लंबी साँस ली, उसके पश्चात् बोले, "क्या कहता है वह?"

"नरेंद्र कहता है, बंग-प्रांत में उसकी कोटि का कोई भी चित्रकार इस समय नहीं है।"

"सही है, अभी नया-नया लड़का है न। हम लोग तो जैसे आज तक घास छीलते रहे हैं।" झुँझलाकर योगेश बाबू ने कहा।

जो लड़का बातें कर रहा था, उसने कहा, "सिर्फ यही नहीं, नरेंद्र आपको भी सम्मान की नजर से नहीं देखता।"

योगेश बाबू ने उपेक्षित भाव से कहा, "क्यों, मैंने कुछ गलती की है?"

"वह कहता है, आप अपने आदर्श को ध्यान में रखते हुए चित्र नहीं बनाते।"

"तो किस नजरिए से बनाता हूँ?"

"केवल रुपयों के लिए।"

योगेश ने एक नेत्र बंद करके कहा, "बेकार, ये सब बेकार की बातें हैं।" फिर आवेश में कान के पास से अपने अस्त-व्यस्त बालों को ठीक कर काफी देर तक खामोश बैठा रहा। चीन का जो सबसे बड़ा चित्रकार हुआ है, उसके बाल भी बहुत बड़े थे। यही वजह थी कि योगेश ने भी अपने स्वभाव के विपरीत सिर पर लंबे-लंबे बाल रखे हुए थे। ये बाल उनके मुख

पर बिलकुल नहीं जँचते थे, क्योंकि बचपन में एक बार चेचक के आक्रमण से उनके प्राण तो बच गए थे, मगर मुख बहुत कुरूप हो गया था। एक तो काला रंग, दूसरे चेचक के दाग। चेहरा देखकर अचानक यही जान पड़ता था, मानो किसी ने बंदूक में छर्रे भरकर लिबलिबी दबा दी हो।

कक्ष में जो लड़के बैठे थे, योगेश बाबू को क्रोध में देखकर उनके सामने ही मुँह बंद करके हँस रहे थे।

सहसा वह हँसी योगेश बाबू ने भी देख ली, गुस्से के स्वर में बोले, "तुम लोग क्यों हँस रहे हो?"

एक लड़के ने चाटुकारिता से जल्दी-जल्दी कहा, "नहीं महाशयजी! आपको क्रोध आए और हम लोग हँसें, भला कभी ऐसा हो सकता है।"

"ऊँह! मैं समझ गया, अब अधिक चालाकी की जरूरत नहीं। क्या तुम लोग यह कहना चाहते हो कि अब तक तुम सब दाँत निकालकर रो रहे थे? मैं ऐसा मूर्ख नहीं हूँ।" यह कहकर उन्होंने आँखें मूँद लीं।

लड़कों ने किसी तरह हँसी रोककर कहा, "चलिए यों ही सही, हम हँसते ही थे और रोते भी क्यों? मगर हम नरेंद्र के पागलपन को सोचकर हँसते थे। वह देखो, मास्टर साहब के साथ नरेंद्र भी आ रहा है।"

मास्टर साहब के साथ-साथ नरेंद्र भी कमरे में आ गया था।

योगेश ने एक बार नरेंद्र की तरफ घूमती हुई नजर से देखकर मनमोहन बाबू से कहा, "मेरे बारे में नरेंद्र क्या कहता है?"

मनमोहन बाबू जानते थे कि उन दोनों की लगती है। दो पाषाण जब परस्पर टकराते हैं तो आग पैदा हो ही जाती है। अतएव वह बात को सँभालकर, मुसकराते हुए बोले, "योगेश बाबू, नरेंद्र क्या कहता है?"

मोहन बाबू ने पूछा, "क्यों नरेंद्र?"

नरेंद्र अब तक मौन खड़ा था, अब किसी तरह आगे आकर बोला, "हाँ कहता हूँ, मेरा यही मशवरा भी है।"

योगेश बाबू ने मुँह बनाकर कहा, "बड़े आए राय देने वाले। छोटे मुँह बड़ी बात। अभी कल का छोकरा और इतनी बड़ी-बड़ी बातें!"

मनमोहन बाबू ने कहा, "योगेश बाबू, जाने दीजिए, नरेंद्र अभी छोटा है तथा बात भी छोटी सी है। इस पर झगड़ने की क्या जरूरत है?"

योगेश बाबू उसी प्रकार आवेश में बोले, "बच्चा है। नरेंद्र बच्चा है? जिसके मुँह पर इतनी बड़ी-बड़ी मूँछें हों, वह अगर बच्चा है तो बूढ़ा क्या होगा, मोहन बाबू! आप क्या कहते हैं?"

एक विद्यार्थी ने कहा, "महाशय! अभी कुछ समय पहले तो आपने उसको कल का छोकरा बताया था।"

योगेश बाबू का मुख क्रोध से लाल हो गया, बोले, "कब कहा था?"

"अभी इससे कुछ समय पहले।"

"झूठ! बिलकुल झूठ! जिसकी इतनी बड़ी-बड़ी मूँछें हैं, मैं उसे छोकरा कहूँ, नामुमकिन है। क्या तुम लोग यह कहना चाहते हो कि मैं बिलकुल मूर्ख हूँ?"

सब लड़के एक स्वर में बोले, "नहीं, महाशय! ऐसी बात हम भूलकर भी मुँह पर नहीं ला सकते।"

मनमोहन बाबू किसी तरह हँसी को रोककर बोले, "चुप-चुप! बात को घुमाओ नहीं।"

योगेश बाबू ने कहा, "हाँ नरेंद्र! तुम यह कहते हो कि बंग-प्रांत में तुम्हारे जैसा कोई चित्रकार नहीं है।"

नरेंद्र ने कहा, "आपने किस तरह जाना?"

"तुम्हारे दोस्तों ने मुझसे कहा था।"

"मैं यह नहीं कहता। तब भी इतना जरूर कहूँगा कि मेरी भाँति हृदय-रक्त पीकर बंगाल में कोई चित्र नहीं बनाता।"

"इसका प्रमाण?"

नरेंद्र ने आवेशमय स्वर में कहा, "प्रमाण की क्या आवश्यकता है? मेरा अपना यही विचार है।"

"तुम्हारा खयाल गलत है।"

नरेंद्र बहुत कम बोलने वाला आदमी था। उसने कोई जवाब नहीं दिया।

मनमोहन बाबू ने इस नाराजगी वाली बातचीत को बंद करने के प्रति कहा, "नरेंद्र, इस बार प्रदर्शनी के लिए तुम चित्र बनाओगे न?"

नरेंद्र ने कहा, "इरादा तो है।"

"मैं देखूँगा, तुम्हारा चित्र कैसा रहता है?"

नरेंद्र ने श्रद्धाभाव से उसकी पग-धूलि लेकर कहा, "जिसके गुरु आप हैं, उसे क्या परेशानी? देखना सबसे अच्छा रहेगा।"

योगेश बाबू ने कहा, "राम से पहले रामायण! पहले चित्र बनाओ फिर कहना।"

नरेंद्र ने मुँह फेरकर योगेश बाबू की तरफ देखा, कहा कुछ भी नहीं, मगर खामोशी और उपेक्षा ने बातों से कहीं अधिक योगेश के मन को आहत किया।

मनमोहन बाबू ने कहा, "योगेश बाबू, चाहे आप कुछ कहें, परंतु नरेंद्र को अपनी आत्मिक शक्ति पर बहुत बड़ा यकीन है। मैं पक्के यकीन से कह सकता हूँ कि यह भविष्य में एक बड़ा चित्रकार होगा।"

नरेंद्र धीरे-धीरे कक्ष से बाहर चला गया।

एक विद्यार्थी ने कहा, "प्रोफेसर साहब, नरेंद्र में किसी हद तक विक्षिप्तता की झलक दिखाई देती है?"

मनमोहन बाबू ने कहा, "हाँ, मैं जानता हूँ। जो इनसान अपने भाव अच्छी प्रकार प्रकट करने में सफल हो जाता है, उसे सर्व-साधारण किसी हद तक विक्षिप्त समझते हैं। चित्र में एक विशेष तरह का आकर्षण तथा मोहकता उत्पन्न करने की उसमें असाधारण योग्यता है। तुम्हें पता है, नरेंद्र ने एक बार क्या किया था? मैंने देखा कि नरेंद्र के बाएँ हाथ की उँगली से खून का फव्वारा छूट रहा है और वह बिना किसी दर्द के बैठा चित्र बना रहा है। मैं तो देखकर आश्चर्यचकित रह गया। मेरे मालूम करने पर उसने जवाब दिया कि उँगली काटकर देखी कि खून का असली रंग क्या है? अजीब इनसान है। तुम लोग इसे विक्षिप्तता कह सकते हो, मगर इसी विक्षिप्तता के कारण तो वह एक दिन अमर कलाकार कहलाएगा।"

योगेश बाबू आँख मूँदकर सोचने लगे। जैसे गुरु वैसे चेले—दोनों के दोनों बेवकूफ हैं।

□

नरेंद्र सोचते-सोचते घर की तरफ चला, मार्ग में भीड़-भाड़ थी। कितनी ही गाड़ियाँ चली जा रही थीं, मगर इन बातों की ओर उसका ध्यान नहीं था। उसे क्या फिक्र थी? संभवत: इसका भी उसे पता न था।

वह कुछ समय के अंदर ही बहुत बड़ा चित्रकार हो गया, बहुत कम समय में ही वह इतना मशहूर तथा सर्वप्रिय हो गया था कि उसके ईर्ष्यालु मित्रों को अच्छा न लगा। इन्हीं ईर्ष्यालु मित्रों में योगेश बाबू भी थे। नरेंद्र में एक खास योग्यता और उसकी तूलिका में एक असाधारण शक्ति है, योगेश बाबू इसे दिल-ही-दिल में खूब समझते थे; लेकिन ऊपर से उसे मानने के प्रति तैयार न थे।

इस थोड़े वक्त में ही इतनी प्रसिद्धि हासिल करने का एक खास कारण

यह भी था कि नरेंद्र जिस चित्र को भी बनाता था, अपनी सारी काबिलियत उसमें लगा देता था। उसकी नजर सिर्फ चित्र पर रहती थी, पैसे की ओर भूलकर भी उसका ध्यान नहीं जाता था। उसके मन की महत्त्वाकांक्षा थी कि चित्र बहुत ही सुंदर हो, उसमें अपने ढंग की खास विलक्षणता हो। मूल्य चाहे कम मिले या अधिक, वह अपने विचार और भावनाओं की मधुर रूपरेखाएँ अपने चित्र में देखता था। जिस वक्त चित्र चित्रित करने बैठता तो चारों तरफ फैली हुई असीम प्रकृति और उसकी सारी रूपरेखाएँ हृदय-पट से गुंफित कर देता। इतना ही नहीं, वह अपने वजूद से भी विस्मृत हो जाता। वह उस वक्त पागलों की भाँति दिखाई पड़ता और अपने प्राण तक न्योछावर कर देने से भी संभवत: उसको कोई हिचक न होती। यह हालत उस वक्त की एकाग्रता की होती। हकीकत में इसी कारण उसे यह सम्मान प्राप्त हुआ। उसके स्वभाव में सादगी थी, वह तो बात सादगी से कहता, लोग उसे अभिमान तथा प्रदर्शनी से लदी हुई समझते। उसके सामने कोई कुछ न कहता, मगर पीठ पीछे लोग उसकी बुराई करने से न चूकते, सब-के-सब नरेंद्र को संज्ञाहीन सा पाते, वह किसी बात को कान लगाकर न सुनता, कोई पूछता कुछ तथा जवाब देता और ही। वह हमेशा ऐसा मालूम होता जैसे अभी-अभी स्वप्न देख रहा था और किसी ने सहसा उसे जगा दिया। उसने विवाह किया और एक लड़का भी उत्पन्न हुआ, पत्नी बहुत सुंदर थी, मगर नरेंद्र को गृहस्थ जीवन में किसी तरह का आकर्षण न था, तब भी उसका हृदय प्रेम का विशाल सागर था, वह हर समय इसी धुन में रहता था कि चित्रकला में प्रसिद्धि हासिल करे। यही कारण था कि लोग उसे पागल समझते थे। किसी हलकी चीज को यदि पानी में जबरदस्ती डुबो दो तो वह किसी तरह भी न डूबेगी, वरन् ऊपर तैरती रहेगी। ठीक यही दशा उन लोगों की होती है, जो अपनी धुन के पक्के होते हैं। वे दुनियादारी के दु:ख-सुख में किसी तरह डूबना नहीं जानते। उनका मन हर वक्त काम की पूर्ति में लगा रहता है।

नरेंद्र सोचते-सोचते अपने घर के सामने आ खड़ा हुआ। उसने देखा कि दरवाज़े के पास उसका चार वर्ष का बच्चा दौड़ता हुआ आया तथा दोनों हाथों से नरेंद्र को पकड़कर बोला, "बाबूजी!"

"क्या बात है बेटे?"

बच्चे ने पिता का हाथ पकड़ लिया तथा खींचते हुए कहा, "बाबूजी, देखो हमने एक मेढक मारा है, जो लँगड़ा हो गया है।"

नरेंद्र ने कहा, "वह घर नहीं जा सकता—लँगड़ा हो गया है, कैसे जाएगा?

चलो उसे गोद में उठाकर उसके घर पहुँचा दो।"

नरेंद्र ने बच्चे को गोद में उठा लिया और हँसते-हँसते घर में ले गया।

☐

एक दिन नरेंद्र को याद आया कि इस बार की प्रदर्शनी में जैसे भी हो, अपना एक चित्र भेजना चाहिए। कक्ष की दीवार पर उसके हाथ के कितने ही चित्र लगे हुए थे। कहीं प्राकृतिक मंजर, कहीं मानव के शरीर की रूपरेखा, कहीं सोने की तरह सरसों के खेत की हरियाली, जंगली मनमोहक दृश्यावलि तथा कहीं वे रास्ते, जो छाया वाले वृक्षों के नीचे से टेढ़े-तिरछे होकर नदी के पास जा मिलते थे। धुएँ की तरह गगनचुंबी पहाड़ों की पंक्ति, जो तेज धूप में खुद झुलसी जा रही थी और सैकड़ों पथिक धूप से बेचैन होकर छायादार वृक्षों के समूह में शरणार्थी थे, ऐसे कितने ही दृश्य थे। दूसरी तरफ अनेकों पक्षियों के चित्र थे। उन सबके मनोभाव उनके मुखों से प्रकट हो रहे थे। कोई क्रोध से भरा हुआ, कोई मुसीबत की हालत में तो कोई प्रसन्न मुद्रा-स्थिति में।

कमरे के उत्तरीय भाग में खिड़की के सामने एक अपूर्ण चित्र लगा हुआ था, उसमें ताड़ के वृक्षों के समूह के समीप सदा मौन रहने वाली छाया के आश्रय में एक सुंदर नवयुवती नदी के नीलवर्ण जल में स्थिर बिजली सी शांत खड़ी थी। उसके होंठों और मुख की रेखाओं में चित्रकार ने मन की पीड़ा अंकित की थी। ऐसा मालूम होता था, मानो चित्र बोलना चाहता है, मगर यौवन अभी उसके बदन में पूरी तरह प्रस्फुटित नहीं हुआ है।

इन सब चित्रों में चित्रकार के इतने दिनों की आशा तथा निराशा मिली-जुली थी, मगर आज उन चित्रों की रेखाओं और रंगों ने उसे अपनी ओर आकर्षित न किया। उसके मन में बार-बार यही विचार आने लगे कि इतने दिनों उसने केवल बच्चों का खेल किया है, सिर्फ कागज के टुकड़ों पर रंग पोता है। इतने दिनों से उसने जो कुछ रेखाएँ कागज पर खींची थीं, वे सब उसके मन को अपनी ओर आकर्षित न कर सकीं; क्योंकि उसके विचार पहले की अपेक्षा बहुत उच्च थे। उच्च ही नहीं बल्कि बहुत ऊँचे होकर चील की भाँति आसमान में मँडराना चाहते थे। यदि वर्षा ऋतु का सुहावना दिन हो तो क्या कोई ताकत उसे रोक सकती थी? वह उस समय जोश में आकर उड़ने की उत्सुकता में असीमित दिशाओं में उड़ जाता, फिर एक बार भी पलटकर नहीं देखता। अपनी पहली हालत पर किसी तरह भी वह सहमत नहीं था। नरेंद्र के मन में रह-रहकर यही विचार आने लगा।

भावना और लालसा की झड़ी सी लग गई।

उसने निश्चय कर लिया कि इस बार ऐसा चित्र बनाएगा, जिससे उसका नाम अमर हो जाए। वह वास्तविकता को सबके मन में बैठा देना चाहता था कि उसकी अनुभूति बचपन की अनुभूति नहीं है।

मेज पर सिर रखकर नरेंद्र विचारों का ताना-बाना बुनने लगा। वह क्या बनाएगा? किस विषय पर बनाएगा? मन पर आघात होने से साधारण असर पड़ता है। भावनाओं के कितने ही पूर्ण और अपूर्ण चित्र उसकी निगाहों के सामने से सिनेमा-चित्र की तरह चले गए, लेकिन किसी ने भी दम भर के प्रति उसके ध्यान को अपनी ओर आकर्षित न किया। सोचते-सोचते शाम अँधियारे में शंख की मधुर ध्वनि ने उसको मस्त कर देने वाला गाना सुनाया। इस स्वर-लहरी से नरेंद्र चौंककर उठ खड़ा हुआ। तत्पश्चात् उसी अंधकार में वह चिंतन-मुद्रा में कमरे के अंदर पागलों की तरह टहलने लगा, लेकिन सब बेकार! महान् प्रयत्न करने के बाद भी कोई विचार न सूझा।

रात बहुत हो चुकी थी। अमावस्या की अँधेरी में आसमान परलोक की भाँति धुँधला प्रतीत होता था। नरेंद्र कुछ खोया-खोया सा पागलों की भाँति उसी तरफ ताकता रहा।

बाहर से रसोइये ने द्वार खटखटाकर कहा, "बाबूजी!"

चौंककर नरेंद्र ने पूछा, "कौन?"

"बाबूजी भोजन तैयार है, चलिए।"

झुँझलाते हुए नरेंद्र ने कटु स्वर में कहा, "मुझे परेशान न करो। जाओ, मैं इस वक्त न खाऊँगा।"

"कुछ थोड़ा सा।"

"मैं कहता हूँ, बिलकुल नहीं।" और निराश हृदय रसोइया भारी कदमों से वापस लौट गया तथा नरेंद्र ने अपने को चिंतन-सागर में डुबो दिया। संसार में जिसको प्रसिद्धि हासिल करने की लगन लग गई हो, फिर उसको चैन कहाँ!

□

पूरा एक सप्ताह बीत गया। इस सप्ताह में नरेंद्र ने अपने घर से बाहर कदम न निकाला। घर में बैठा सोचता रहता, किसी-न-किसी मंत्र से तो पूजा की देवी अपनी कला दिखाएगी ही।

इससे पूर्व किसी चित्र के लिये उसे विचार-प्राप्ति में देर न लगती थी, परंतु इस बार किसी तरह भी उसे कोई बात न सूझी। ज्यों-ज्यों दिन व्यतीत

होते जाते थे, वह निराश होता जाता था। केवल यही क्यों? कई बार तो उसने गुस्से में आकर सिर के बाल नोच लिये। वह अपने आपको गालियाँ देता, पृथ्वी पर पेट के बल पड़कर बच्चों की तरह रोया भी, परंतु सब बेकार।

प्रातःकाल नरेंद्र मौन बैठा था कि मनमोहन बाबू के द्वारपाल ने आकर उसे एक पत्र दिया। उसने उसे खोलकर देखा। प्रोफेसर साहब ने उसमें लिखा था, "प्रिय नरेंद्र,

प्रदर्शनी होने में अब अधिक दिन बाकी नहीं हैं। एक सप्ताह के अंदर यदि चित्र न आया तो ठीक नहीं। लिखना, तुम्हारी क्या तरक्की हुई है और तुम्हारा चित्र कितना बन गया है?

योगेश बाबू ने चित्र चित्रित कर दिया है। मैंने देखा है, सुंदर है, परंतु मुझे तुमसे और भी अच्छे चित्र की आशा है। तुमसे अधिक प्रिय मुझे और कोई नहीं। आशीर्वाद देता हूँ, तुम अपने गुरु की प्रतिष्ठा रख सकोगे।

इसका ध्यान रखना। इस प्रदर्शनी में यदि तुम्हारा चित्र अच्छा रहा तो तुम्हारी ख्याति में कोई बाधा न रहेगी। तुम्हारी मेहनत सफल हो, यही मेरी दुआ है।"

पत्र पढ़कर नरेंद्र और भी बेचैन हुआ। केवल एक सप्ताह शेष है और अभी तक उसके मस्तिष्क में चित्र के विषय में कोई विचार नहीं आया। खेद है, अब वह क्या करेगा?

उसे अपने आत्मबल पर बहुत यकीन था, पर इस समय यह विश्वास भी जाता रहा, क्या इसी तुच्छ शक्ति पर वह दस व्यक्तियों में सिर उठाए फिरता रहा है?

उसने सोचा था, अमर कलाकार बन जाऊँगा, परंतु वाह री मेरी बुरी किस्मत! अपनी अयोग्यता पर नरेंद्र की आँखों में आँसू भर आए।

रोगी की रात जैसे आँखों में निकल जाती है, उसकी वह रात वैसे ही खत्म हुई। नरेंद्र को इसका तनिक भी पता न हुआ। उधर वह कई दिनों से चित्रशाला ही में सोया था। नरेंद्र पर जागरण के चिह्न थे। उसकी पत्नी दौड़ी-दौड़ी आई और शीघ्रता से उसका हाथ पकड़कर बोली, "क्या हुआ?"

पत्नी लीला हाँफते हुए बोली, "शायद हैजा! इस प्रकार खड़े न रहो, बच्चा बिलकुल बेहोश पड़ा है।"

बहुत ही अनमने मन से नरेंद्र शयनकक्ष में घुसा।

बच्चा बिस्तर से लगा पड़ा था। पलंग के चारों ओर उस भयानक रोग के चिह्न दृष्टिगोचर हो रहे थे। लाल रंग दो घड़ी में ही पीला हो गया था।

अचानक देखने से यही ज्ञात होता था, जैसे बच्चा जिंदा नहीं है। केवल उसके वक्ष के समीप कोई वस्तु धक्-धक् कर रही थी, और इस क्रिया से ही जीवन के कुछ चिह्न दृष्टिगोचर होते थे।

वह बच्चे के सिरहाने सिर झुकाकर खड़ा हो गया।

लीला ने कहा, "इस तरह खड़े न रहो। जाओ, डॉक्टर को बुला लाओ।"

माँ की आवाज सुनकर बच्चे ने आँखें मलीं। भर्राई हुई आवाज में बोला, "माँ! ओ माँ!!"

"मेरा लाल! मेरी पूँजी! क्या कह रहा है?" कहते-कहते लीला ने दोनों हाथों से बच्चे को अपनी गोद से चिपका लिया। माँ के वक्ष पर सिर रखकर बच्चा फिर पड़ा रहा।

नरेंद्र के नेत्र सजल हो गए। वह बच्चे की ओर देखता रहा।

लीला ने देखते हुए प्रश्नवाचक स्वर में कहा, "अभी तक डॉक्टर को बुलाने नहीं गए?"

नरेंद्र ने दबी आवाज में कहा, "ऐं डॉक्टर?"

पति की आवाज का अस्वाभाविक स्वर सुनकर लीला ने आश्चर्य में होते हुए कहा, "क्या?"

"कुछ नहीं।"

"जाओ, डॉक्टर को बुला लाओ।"

"अभी जाता हूँ।"

नरेंद्र घर से बाहर निकला।

कमरे का दरवाजा बंद हुआ। लीला ने आश्चर्यचकित होकर सुना कि उसके पति ने बाहर से द्वार की जंजीर खींच ली और वह सोचती रही, 'यह क्या?'

□

नरेंद्र चित्रशाला में प्रविष्ट होकर एक कुरसी पर बैठ गया।

दोनों हाथों से मुँह ढाँपकर वह सोचने लगा। उसकी दशा देखकर ऐसा लगता था कि वह किसी तीव्र आत्मिक पीड़ा से पीड़ित है। चारों तरफ गहरे सूनेपन का राज्य था। केवल दीवार पर लगी हुई घड़ी कभी न थकने वाली गति से टिक्-टिक् कर रही थी और नरेंद्र के सीने के अंदर उसका हृदय मानो उत्तर देता हुआ कह रहा था, धक्-धक्! संभवतः उसके भयंकर संकल्पों से परिचित होकर घड़ी और उसका हृदय परस्पर कानाफूसी कर रहे थे। सहसा नरेंद्र उठ खड़ा हुआ, संज्ञाहीन हालत में कहने लगा, "क्या करूँ? ऐसा आदर्श फिर न मिलेगा, परंतु वह तो मेरा पुत्र है।"

वह कहते-कहते रुक गया, मौन होकर सोचने लगा। अचानक मकान के अंदर से सनसनाते हुए बाण की भाँति 'हाय' की हृदयबेधक आवाज उसके कानों में पहुँची।

"मेरे लाल! तू कहाँ गया?"

जिस प्रकार चिल्ला टूट जाने से कमान सीधी हो जाती है, फिक्र और बेचैनी से नरेंद्र ठीक उसी तरह सीधा खड़ा हो गया। उसके मुख पर लाली का चिह्न तक न था, फिर कान लगाकर उसने आवाज सुनी, वह समझ गया कि बच्चा चल बसा।

मन-ही-मन बोला, "भगवान! तुम ही गवाह हो, मेरी कोई गलती नहीं।"

इसके बाद वह अपने सिर के बालों को मुट्ठी में लेकर सोचने लगा। जैसे कुछ समय पश्चात् ही मनुष्य निंद्रा से चौंककर उठता है, उसी प्रकार चौंककर जल्दी-जल्दी मेज पर से कागज, तूलिका और रंग आदि लेकर वह कमरे से बाहर निकल आया। शयनकक्ष के सामने एक खिड़की के करीब वह अचकचाकर खड़ा हो गया। कुछ सुनाई देता है क्या? नहीं, सब खामोश हैं। उस खिड़की से कमरे का आंतरिक भाग दिखाई पड़ रहा था। झाँककर आशंका में थर-थर काँपते हुए उसने देखा तो उसके सारे शरीर में काँटे से चुभ गए। बिस्तर उलट-पुलट हो रहा था। पुत्र से खाली गोद किए माँ वहीं पड़ी तड़प रही थी।

और इसके अलावा, माँ कमरे में पृथ्वी पर लोटते हुए, बच्चे के मृत शरीर को दोनों हाथों से वक्षस्थल के साथ चिपकाए, बाल बिखेरे, नेत्र विस्फारित किए, बच्चे के निर्जीव होंठों को बार-बार चूम रही थी।

नरेंद्र की दोनों आँखों में किसी ने दो सलाखें घुसा दी हों, उसने होंठ चबाकर कठिनता से स्वयं को सँभाला और इसके साथ ही कागज पर पहली रेखा खींची। उसके सामने कमरे के अंदर वही भयानक दृश्य उपस्थित था। संभवत: संसार के किसी अन्य चित्रकार ने ऐसा दृश्य सम्मुख रखकर तूलिका न उठाई होगी।

देखने में नरेंद्र के शरीर में कोई गति न थी, परंतु उसके हृदय में कितनी तड़प थी? उसे कौन समझ सकता है, वह तो पिता था।

नरेंद्र जल्दी-जल्दी चित्र बनाने लगा। जीवन भर चित्र बनाने में इतनी जल्दी उसने कभी न की। उसकी उँगलियों को किसी अज्ञात शक्ति से अपूर्व ताकत प्राप्त हो चुकी थी। रूपरेखा बनाते हुए उसने सुना, 'बेटा, ओ बेटा! बातें करो, जरा एक बार तुम देख तो लो?'

नरेंद्र ने अस्फुट स्वर में कहा, "उफ! यह असहनीय है।" और उसके हाथ से तूलिका छूटकर जमीन पर गिर पड़ी।

किंतु उस समय तूलिका उठाकर वह पुनः चित्र बनाने लगा। रह-रहकर लीला का क्रंदन-रुदन कानों में पहुँचकर हृदय को छेड़ता और रक्त की गति को धीमा करता और उसके होंठ स्थिर होकर उसकी तूलिका की गति को रोक देते।

इसी प्रकार पल-पल बीतने लगे।

मुख्य द्वार के अंदर आने के लिए नौकरों ने शोर मचाना आरंभ कर दिया था, परंतु नरेंद्र मानो इस समय विश्व और विश्व्यापी शोरगुल से बहरा हो चुका था।

वह कुछ भी न सुन रहा था। इस समय वह एक बार कमरे की ओर देखता और एक बार चित्र की ओर, बस रंग में तूलिका डुबोता और फिर कागज पर चला देता।

वह पिता था, परंतु कमरे के अंदर पत्नी के हृदय से लिपटे हुए मरे बच्चे की याद भी वह धीरे-धीरे भूलता जा रहा था।

अचानक लीला ने उसे देख लिया। दौड़ती हुई खिड़की के पास आकर दुखित स्वर में बोली, "क्या डॉक्टर को बुलाया? जरा एक बार आकर देख तो लेते कि मेरा लाल जीवित है या नहीं। यह क्या? चित्र बना रहे हो?"

चौंककर नरेंद्र ने लीला की तरफ देखा। वह लड़खड़ाकर गिर रही थी।

बाहर से द्वार खटखटाने और बार-बार चिल्लाने पर भी जब कपाट न खुले तो रसोइया और नौकर दोनों डर गए। वे अपना काम खत्म करके प्रायः संध्या समय घर चले जाते थे और प्रातःकाल काम करने आ जाते थे। रोजाना लीला-नरेंद्र दोनों में से कोई-न-कोई द्वार खोल देता था, आज चिल्लाने और खटखटाने पर भी द्वार न खुला। इधर रह-रहकर लीला की रोने की आवाज भी कानों में आ रही थी।

उन लोगों ने मुहल्ले के कुछ आदमियों को बुलाया। आखिर में सबने सलाह करके द्वार तोड़ डाला।

सब आश्चर्यचकित होकर मकान में घुसे। जीने से चढ़कर देखा कि दीवार का सहारा लिये, दोनों हाथ जंघाओं पर रखे नरेंद्र सिर झुकाए बैठा है।

उनके पैरों की आहट से नरेंद्र ने चौंककर मुँह उठाया। उसकी आँखें खून की तरह लाल थीं। थोड़ी देर पश्चात् वह ठहाका मारकर हँसने लगा

और सामने लगे चित्र की ओर उँगली दिखाकर बोल उठा, "डॉक्टर-डॉक्टर! मैं अमर हो गया।"

□

दिन बीतते गए, प्रदर्शनी आरंभ हो गई।

प्रदर्शनी में देखने की कितनी चीजें थीं, परंतु दर्शक एक ही चित्र पर झुक पड़ते थे। चित्र छोटा था और अधूरा भी, उसका नाम था 'अंतिम प्यार'।

चित्र में चित्रित किया हुआ था, एक माँ बच्चे का मृत शरीर हृदय से लगाए अपने दिल के टुकड़े के चंदा से मुँह को बार-बार चूम रही है।

शोक और चिंता में डूबी हुई माँ के मुख, नेत्र और शरीर में चित्रकार की तूलिका ने ऐसा सूक्ष्म और दर्दनाक चित्र चित्रित किया कि जो देखता, उसी की आँखों से आँसू निकल पड़ते। चित्र की रेखाओं में इतनी ज्यादा सूक्ष्मता से दर्द भरा जा सकता है, यह बात इससे पहले किसी के ध्यान में न आई थी।

इस दर्शक-समूह में कितने ही चित्रकार थे। उनमें से एक ने कहा, "देखिए योगेश बाबू, आप क्या कहते हैं?"

योगेश बाबू उस समय मौन धारण किए चित्र की ओर देख रहे थे, सहसा प्रश्न सुनकर एक आँख बंद करके बोले, "यदि मुझे पहले मालूम होता तो मैं नरेंद्र को अपना उस्ताद बनाता।"

दर्शकों ने धन्यवाद, साधुवाद और वाह-वाह की झड़ी लगा दी; परंतु किसी को भी मालूम न हुआ कि उस सज्जन व्यक्ति की कीमत क्या है, जिसने इस चित्र को बनाया है।

किस प्रकार चित्रकार ने स्वयं को धूलि में मिलाकर खून से इस चित्र को रँगा है, उसकी यह हालत किसी को भी मालूम न हो सकी थी।

□

गूँगी

जब कन्या का नाम सुभाषिनी रखा गया था, तब यह कोई नहीं जानता था कि वह गूँगी होगी। इसके पहले, उसकी दो बड़ी बहिनों के सुकेशिनी और सुहासिनी नाम रखे जा चुके थे, इसी से तुकबंदी मिलाने के लिए उसके पिता ने छोटी पुत्री का नाम रख दिया–सुभाषिनी। अब केवल सब उसे 'सुभा' ही कहकर बुलाते हैं।

काफी खोज और खर्च के बाद दोनों बड़ी लड़कियों के हाथ पीले हो चुके हैं, और अब छोटी लड़की सुभा माता-पिता के हृदय के नीरव बोझ की तरह घर की शोभा बढ़ा रही है। जो बोल नहीं सकती, वह सबकुछ महसूस कर सकती है। यह बात सबकी समझ में नहीं आती, और इसी से सुभा के सामने ही सब उसके मुस्तकबिल के बारे में तरह-तरह की चिंता-फिक्र की बातें किया करते हैं, किंतु खुद सुभा इस बात को बचपन से ही समझ चुकी है कि विधाता के शाप के वशीभूत होकर ही इस घर में जन्म लिया है। इसका फल यह निकला कि वह हमेशा अपने को सब परिजनों की नजर से बचाए रखने का प्रयास करने लगी। वह मन-ही-मन सोचने लगी कि उसे सब भूल जाएँ तो अच्छा है। लेकिन जहाँ पीड़ा है, उस जगह को क्या कभी कोई भूल सकता है? माता-पिता के मन में वह हर वक्त पीड़ा की तरह जीती-जागती बनी रहती है।

विशेषकर उसकी माता उसे अपनी ही किसी गलती के रूप में देखती है, क्योंकि प्रत्येक माता पुत्र की अपेक्षा पुत्री को कहीं अधिक अपने अंश के रूप में देखती है। पुत्री में किसी प्रकार की कमी होने पर, उसे अपने लिए मानो खास रूप से शर्मनाक समझती है। सुभा के पिता वाणीकंठ तो सुभा को अपनी दोनों बड़ी पुत्रियों की बनिस्बत कुछ अधिक ही प्यार करते हैं, पर माता उसे अपने गर्भ का कलंक समझकर उससे नाराज ही रहती है।

सुभा की बोलने की जुबान नहीं है, उसकी लंबी-लंबी पलकों में दो

बड़ी-बड़ी काली आँखें जरूर हैं और उसके होंठ तो मन के भावों के जरा से संकेत पर नए पल्लव की तरह काँप-काँप उठते हैं।

वाणी द्वारा हम जो अपने मन के भाव प्रकट करते हैं, उसको हमें बहुत कुछ अपनी कोशिशों में गढ़ लेना पड़ता है, बस कुछ अनुवाद करने के जैसा ही समझिए। और वह हर समय ठीक भी नहीं होता, ताकत की कमी से अकसर भूल हो जाती है। लेकिन सुभा जैसी आँखों को कभी कुछ भी बदलना नहीं पड़ता, मन अपने-आप ही उन पर छाया डालता रहता है, मन के भाव अपने आप ही उस छाया में कभी फैलते और कभी सिकुड़ते हैं। कभी-कभी आँखें चमक-दमककर जलने लगती हैं और कभी उदासीनता की कालिमा में बुझ सी जाती हैं, कभी डूबते हुए चंद्रमा की तरह टकटकी लगाए जाने क्या-क्या देखती रहती हैं तो कभी चंचल दामिनी की तरह ऊपर-नीचे, इधर-उधर चारों ओर बड़ी तेजी से छिटकने लगती हैं। विशेषकर मुँह के भाव के सिवा जिसके पास जन्म से ही और कोई भाषा नहीं, उसकी आँखों की भाषा तो बहुत उदार और असीमित गहरी होती ही है, करीब-करीब साफ-सुथरे नीलगगन के जैसी उन आँखों को उदय से अस्त तक, सुबह से शाम तक और शाम से सुबह तक छविलोक की निस्तब्ध रंगभूमि ही मानना चाहिए। जिह्वाहीन इस कन्या में विशाल प्रकृति के समान एक जनहीन महानता है, और यही कारण है कि साधारण लड़के-लड़कियों को उसकी ओर से किसी-न-किसी प्रकार का डर सा बना रहता, उसके साथ कोई खेलता नहीं। वह नीरव दुपहरिया के समान शब्दहीन और संगहीन एकांतवासी बनी रहती।

□

गाँव का नाम है चंडीपुर। उसके बगल में बहने वाली सरिता बंगाल की एक छोटी सी नदी है, गृहस्थ के घर की बिलकुल छोटी लड़की के जैसी। बहुत दूर तक उसका फैलाव नहीं है, उसको जरा भी आलस्य नहीं, वह अपना इकहरा बदन लिये हुए अपने दोनों छोरों की रक्षा करती हुई अपना काम करती जाती है। दोनों छोरों के ग्रामवासियों के साथ मानो उसका एक-न-एक संबंध जुड़ गया है। दोनों ओर गाँव हैं और वृक्षों के छायादार ऊँचे किनारे हैं, जिनके नीचे से गाँव की लक्ष्मी सरिता अपने आपको भूलकर जल्दी के साथ कदम बढ़ाती हुई बहुत ही प्रसन्नचित्त असंख्य शुभ कार्यों के लिए चली जाती है।

वाणीकंठ का अपना घर नदी के बिलकुल एक छोर पर है। उसका

खपच्चियों का बेड़ा, ऊँचा छप्पर, गाय-घर, भुस का ढेर, आम, कटहल और केलों का बगीचा प्रत्येक नाविक की दृष्टि अपनी ओर आकर्षित करता है। ऐसे घर में, आसानी से चलने वाली ऐसी सुख की गृहस्थी में, उस गूँगी लड़की पर किसी की दृष्टि पड़ती है या नहीं, मालूम नहीं। पर काम-धंधे से ज्यों ही उसे जरा फुरसत मिलती, त्यों ही झट से वह उस नदी के किनारे जा बैठती।

प्रकृति अपने पार्श्व में बैठाकर उसकी सारी कमी को पूर्ण कर देती है। नदी का ध्वनि स्वर, मनुष्यों का शोर, नाविकों का सुमधुर गान, चिड़ियों का चहचहाना, पेड़-पौधों की मर्मर ध्वनि, सब मिलकर चारों तरफ के गमनागन आंदोलन और कंपन के साथ होकर सागर की उत्ताल तरंगों के समान उस बालिका के चिर-स्तब्ध हृदय-उपकूल के पार्श्व में आकर मानो टूट-फूट पड़ते हैं। प्रकृति के ये अद्‌भुत शब्द और अनोखे गीत—यह भी तो गूँगी की ही भाषा है, बड़ी-बड़ी आँखों और उसमें भी बड़ी पलकों वाली सुभाषिनी की जो भाषा है, उसी का मानो वह विश्वव्यापी फैलाव है, जिसमें झींगुरों की झिन-झिन ध्वनि से गूँजती हुई तृण-जमीन से लेकर शब्दातीत नक्षत्रलोक तक केवल संगीत, रोना और उच्छ्वासें भरी पड़ी हैं।

दुपहरिया को नाविक और मछुए, खाने के लिए अपने-अपने घर जाते, गृहस्थ और पक्षी आराम करते, पार उतारने वाली नौका बंद पड़ी रहती, जन-समाज अपने सारे काम-धंधों के बीच में रुककर अचानक भयानक निर्जन मूर्ति धारण करता, तब रुद्र महाकाल के नीचे एक गूँगी प्रकृति और एक गूँगी लड़की दोनों आमने-सामने चुपचाप बैठी रहती हैं। एक दूर तक फैली हुई धूप में और दूसरी एक छोटे से पेड़ की छाया में।

सुभाषिनी की कोई सहेली है ही नहीं, ऐसी भी कोई बात नहीं है। गौ घर में दो गाएँ हैं, एक का नाम है सरस्वती और दूसरी का नाम है पार्वती। ये नाम सुभाषिनी के मुँह से उन गायों ने कभी नहीं सुने, परंतु वे उसके पैरों की धीमी गति को भली-भाँति पहचानती हैं। सुभाषिनी का बिना बातों का एक ऐसा करुण स्वर है, जिसका अर्थ वे भाषा की बनिस्बत कहीं अधिक आसानी से समझ जाती हैं। वह कभी उन पर लाड़ करती, कभी डाँटती और कभी प्रार्थना का भाव दरशाकर उन्हें मनाती और इन बातों की उसकी 'सारो' और 'पारो' इनसान से कहीं अधिक और अच्छी प्रकार समझ जाती हैं।

सुभाषिनी गौ घर में घुसकर अपनी दोनों बाँहों से जब 'सारो' की गरदन पकड़कर उसके कान के पास अपनी कनपटी रगड़ती, तब 'पारो' प्यार की

नजर से उसकी ओर निहारती हुई, उसके बदन को चाटने लगती है। सुभाषिनी दिन भर में कम-से-कम तीन बार तो नियम से गौ घर में जाया करती है। इसके सिवा अनियमित आना-जाना भी बना रहता। घर में जिस दिन वह कोई सख्त बात सुनती, उस दिन उसका वक्त अपनी गूँगी सखियों के साथ बीतता। सुभाषिनी के सहनशील और विषाद शांत चितवन को देखकर वे न जाने कैसी एक अन्य अनुमान-शक्ति में उसकी मर्म-वेदना को समझ जातीं और उसकी देह से सटकर धीरे-धीरे उसकी बाँहों पर सींग घिस-घिसकर अपनी मौन आकुलता से उसको धैर्य बँधाने का प्रयास करतीं।

इसके अलावा, एक बकरी और बिल्ली का बच्चा भी था। उसके साथ सुभाषिनी की गहरी दोस्ती तो नहीं थी, फिर भी वे उससे बहुत प्यार रखते और उसके कहने के अनुसार चलते। बिल्ली का बच्चा, चाहे दिन हो या रात, जब-तब सुभाषिनी की गरम गोद पर बिना किसी संकोच के अपना हक जमा लेता और सुख की नींद सोने की तैयारी करता, और सुभाषिनी जब उसकी गोद और कमर में अपनी मुलायम उँगलियाँ फेरती, तब तो वह ऐसे आंतरिक भाव दिखाने लगती, मानो उसकी नींद में विशेष सहायता मिल रही है।

□

ऊँची श्रेणी के प्राणियों में सुभाषिनी को और भी एक दोस्त मिल गया, किंतु उसके साथ उसका ठीक कैसा संबंध था, इसकी पक्की खबर बताना कठिन है। क्योंकि उसके बोलने की जिह्वा है और वह गूँगी है, अतः दोनों की भाषा एक नहीं थी।

वह गुसाइयों का छोटा लड़का प्रताप था। प्रताप बिलकुल आलसी और निकम्मा था। उसके माता-पिता ने बड़े प्रयत्नों के उपरांत इस बात की उम्मीद तो बिलकुल छोड़ दी थी कि वह कोई काम-काज करके घर-गृहस्थी की कुछ सहायता करेगा।

निकम्मों के लिए बड़ी खुशकिस्मत यह है कि परिजन उस पर बेशक नाराज रहें, पर बाहरी जनों के लिए वे अकसर स्नेहपात्र होते हैं। कारण, किसी खास काम में न फँसे रहने से वे सरकारी मिल्कियत से बन जाते हैं। नगरों में, जैसे घर के बगल में या कुछ दूर पर एक-आधा सरकारी बगीचे का रहना जरूरी है, वैसे ही गाँवों में दो-चार निठल्ले-निकम्मे सरकारी इनसानों का रहना आवश्यक है। काम-धंधे में, हास-परिहास में और जहाँ कहीं भी एक-आध कमी देखी, वहीं से चट से हाथ के पास ही मिल जाते हैं।

प्रताप की खास रुचि एक ही है। वह मछली पकड़ने का बहुत शौकीन है। इससे उसका बहुत सा समय आसानी के साथ कट जाता है। तीसरे पहर सरिता के तीर पर वह इस काम में तल्लीन दिखाई देता है और इसी बहाने सुभाषिनी से उसकी मुलाकात हुआ करती थी। चाहे किसी भी काम में हो, पार्श्व में एक हमजोली मिलने मात्र से ही प्रताप का हृदय खुशी से नाच उठता। मछली के शिकार में मौन साथी ही सबसे अच्छा माना जाता है, अतः प्रताप सुभाषिनी की खूबी को जानता और इज्जत करता है। यही कारण है कि और सब तो सुभाषिनी को सुभा कहते, किंतु प्रताप उसमें और भी प्यार भरकर सुभा को 'सू' कहकर पुकारता।

सुभाषिनी इमली के पेड़ के नीचे बैठी रहती और प्रताप पास ही जमीन पर बैठा हुआ नदी के जल में काँटा डालकर उसकी तरफ निहारता रहता। प्रताप के लिए उसकी तरफ से रोजाना एक पान का बीड़ा बँधा हुआ था और उसे स्वयं वह अपने हाथ से लगाकर लाती। शायद बहुत देर तक बैठे-बैठे, देखते-देखते उसकी इच्छा होती कि वह प्रताप की कोई खास सहायता करे, उसके किसी काम में मदद दे। उसके ऐसा मन में आता कि किसी प्रकार वह यह बता दे कि संसार में वह भी एक कम आवश्यक प्राणी नहीं। लेकिन उसके पास न तो कुछ करने को था और वह न कुछ कर सकती थी। तब वह मन-ही-मन भगवान् से ऐसी अलौकिक ताकत के लिए विनती करती कि जिससे वह जादू-मंतर से चट से ऐसा कोई चमत्कार दिखा सके, जिसे देखकर प्रताप चकित रह जाए और कहने लगे, "अच्छा! 'सू' में यह करामात! मुझे क्या मालूम था?"

मान लो, सुभाषिनी यदि जलपरी होती और धीरे-धीरे जल में से निकलकर सर्प के माथे की मणि घर पर रख देती और प्रताप अपने उस छोटे से धंधे को छोड़कर मणि को पाकर जल में डुबकी लगाता और पाताल में पहुँचकर देखता कि रजत-प्रासाद में स्वर्णजड़ित सिंहासन पर कौन बैठी है? और अचंभे से मुँह खोलकर कहता, 'अरे! यह तो अपने वाणीकंठ के घर की वही गूँगी छोटी कन्या है, 'सू'! मेरी 'सू' आज मणियों से जड़ित, गंभीर, निस्तब्ध पातालपुरी की एकमात्र जलपरी बनी बैठी है।' तो क्या यह बात हो ही नहीं सकती? क्या यह बिलकुल असंभव ही है? हकीकत में कुछ भी असंभव नहीं। लेकिन फिर भी, 'सू' प्रजा-शून्य पातालपुरी के

राजघराने में जन्म न लेकर वाणीकंठ के घर पैदा हुई है, इसीलिए वह आज गुसाइयों के घर के लड़के प्रताप को किसी प्रकार के आश्चर्य से चकित नहीं कर सकती।

□

सुभाषिनी की उम्र दिन-प्रतिदिन बढ़ती ही जा रही है। धीरे-धीरे मानो वह अपने आपको महसूस कर रही है, मानो किसी एक पूर्णिमा को किसी सागर से एक ज्वार सा आकर उसके अंतराल को किसी एक नवीन अनिर्वचनीय चेतना की ताकत से भर-भर देता है। अब मानो वह अपने आपको देख रही है, अपने बारे में वह सोच रही है, कुछ पूछ रही है, लेकिन कुछ समझ नहीं पाती।

पूर्णिमा की गाढ़ी रात में उसने एक दिन धीरे से कमरे के झरोखे को खोलकर, भय से भरपूर हालत में मुँह निकालकर बाहर की ओर देखा। देखा कि पूर्णिमा-प्रकृति भी उसके जैसे सोती हुई दुनिया में अकेली बैठी हुई जाग रही है। वह भी जवानी के उन्माद से, आनंद से, विषाद से, असीम नीरवता की आखिरी परिधि तक, यहाँ तक कि उसे भी पार करके चुपचाप स्थिर बैठी है, एक शब्द भी उसके मुख से नहीं निकल रहा है। मानो इस स्थित निस्तब्ध प्रकृति के एक छोर पर उससे भी स्थिर और उससे भी निस्तब्ध एक भोली लड़की खड़ी हो।

इधर कन्या के विवाह की चिंता में माता-पिता बहुत व्याकुल हो उठे हैं और गाँव के लोग भी यत्र-तत्र निंदा कर रहे हैं। यहाँ तक कि जाति विच्छेद कर देने की भी अफवाह उड़ी हुई है। वाणीकंठ की आर्थिक दशा वैसे अच्छी है, खाते-पीते ऐशोआराम से हैं और इसी कारण इनके शत्रुओं की भी गिनती बहुत अधिक है।

स्त्री-पुरुषों में इस बात पर बहुत कुछ सलाह-मशविरा हुआ। कुछ दिनों के लिए वाणीकंठ गाँव से बाहर परदेस चले गए।

अंत में एक दिन घर लौटकर पत्नी से बोले, "चलो, कलकत्ते चलें?" कलकत्ता जाने की तैयारियाँ पूरे जोर-शोर से होने लगीं। कुहरे से ढके हुए सवेरे के समान सुभा का सारा अंतःकरण आँसुओं की भाप से ऊपर तक भर गया। भावी आशंका से डरकर कुछ दिनों से गूँगे पशु की तरह लगातार अपने माता-पिता के साथ रहती और अपनी बड़ी-बड़ी आँखों से उनके मुख की ओर देखकर मानो कुछ समझने की कोशिश किया करती; पर वे उसे कोई भी बात समझाकर बताते ही नहीं थे।

इसी बीच में एक दिन तीसरे पहर, किनारे के समीप मछली का

शिकार करते हुए प्रताप ने हँसते-हँसते पूछा, "क्यों री सू, मैंने सुना है कि तेरे लिए वह मिल गया है, तू विवाह करने कलकत्ता जा रही है। देखना, कहीं हम लोगों को भूल मत जाना।" इतना कहकर वह जल की ओर देखने लगा।

तीर से घायल हिरणी जैसे शिकारी की तरफ ताकती और आँखों ही आँखों में वेदना प्रकट करती रहती है, "मैंने तुम्हारा क्या बिगाड़ा था?" सुभा ने लगभग वैसे ही प्रताप की ओर देखा, उस दिन वह पेड़ के नीचे नहीं बैठी। वाणीकंठ जब बिस्तर से उठकर धूम्रपान कर रहे थे, सुभा उनके चरणों के पास बैठकर उनके मुँह की ओर देखती हुई रोने लगी। अंत में बेटी को ढाढ़स और सांत्वना देते हुए पिता के सूखे हुए कपोलों पर आँसुओं की दो बूँदें ढुलक पड़ीं।

कल कलकत्ता जाने का शुभ मुहूर्त है। सुभा ग्वाल-घर में अपनी घनिष्ठ सहेलियों से विदा लेने के लिए गई। उन्हें अपने हाथ से खिलाकर गले में बाँहें डालकर वह अपनी दोनों आँखों से खूब जी भरके उनसे बातें करने लगी। उसकी दोनों आँखें आँसुओं के बाँध को न रोक सकीं।

उस दिन शुक्ला-द्वादशी की रात थी। सुभा अपनी कोठरी में से निकलकर उसी जाने-पहचाने नदी किनारे के कच्चे घाट के पास घास पर औंधी लेट गई, मानो वह अपनी और अपनी गूँगी जाति की पृथ्वी माता से अपनी दोनों बाँहों को लिपटाकर कहना चाहती है, 'तू मुझे कहीं के लिए मत विदा कर माँ, मेरे समान तू मुझे अपनी बाँहों से पकड़े रख, कहीं मत विदा कर।'

□

कलकत्ते के किराये के मकान में एक दिन सुभा की माता ने उसे कपड़ों से सजा दिया। कसकर उसका जूड़ा बाँध दिया, उसमें जरी का फीता लपेट दिया, आभूषणों से लादकर उसके स्वाभाविक रूप-सौंदर्य को भरसक मिटा दिया। सुभा की दोनों आँखें आँसुओं से गीली थीं। नेत्र कहीं सूख न जाएँ, इस भय से माता ने उसे बहुत समझाया-बुझाया और आखिर में फटकारा भी, पर आँसुओं ने फटकार की कोई परवाह न की।

उस दिन कई मित्रों के साथ वह कन्या को देखने के लिए आया। कन्या के माता-पिता चिंतित, शंकित और भयभीत हो उठे, मानो देवता खुद अपनी बलि के पशुओं को देखने आए हों।

अंदर से बहुत डाँट-फटकार बताकर लड़की के आँसुओं की धारा को और भी तीव्र रूप देकर उसे निरीक्षकों के सामने भेज दिया।

निरीक्षकों ने बहुत देर तक देखभाल के बाद कहा, "ऐसी कोई बुरी भी नहीं है।"

खासतौर से कन्या के अश्रुओं को देखकर वे समझ गए कि इसके हृदय में कुछ दर्द भी है, और फिर हिसाब लगाकर देखा कि जो हृदय आज माता-पिता के विछोह की बात सोचकर इस प्रकार द्रवित हो रहा है, अंत में वह कल उन्हीं के काम आएगा। सीप के मोती के समान कन्या के आँसुओं की बूँदें उसकी कीमत बढ़ाने लगीं। उसकी ओर से और किसी को कुछ कहना ही नहीं पड़ा।

पात्र देखकर खूब अच्छे मुहूर्त में सुभा का विवाह-संस्कार हो गया।

गूँगी लड़की को दूसरों के हाथ सौंपकर माता-पिता अपने घर लौट आए और तब कहीं जाकर उनकी जाति और परलोक की रक्षा हो सकी।

सुभा का पति पछाँह की तरफ नौकरी करता है। विवाह के बाद शीघ्र ही वह पत्नी को लेकर नौकरी पर चला गया।

एक सप्ताह के अंदर-ही-अंदर ससुराल के सब लोग समझ गए कि बहू गूँगी है, पर इतना किसी ने न समझा कि इसमें उसका कोई दोष नहीं, उसने किसी के साथ विश्वासघात नहीं किया। उसके नेत्रों ने सभी बातें कह दी थीं, किंतु कोई उसे समझ न सका। अब वह चारों ओर निहारती रहती है, उसे अपने मन की बात कहने की भाषा नहीं मिलती। जो गूँगे की भाषा समझते थे, उसके जन्म से परिचित थे, वे चेहरे उसे यहाँ दिखाई नहीं देते। कन्या के गहरे शांत अंतःकरण में असीम अव्यक्त क्रंदन ध्वनित हो उठा और सृष्टिकर्ता के अलावा और कोई उसे सुन ही न सका।

अब की बार उसका पति अपनी आँखों और कानों से ठीक प्रकार इम्तिहान लेकर एक बोलने वाली लड़की को ब्याह लाया।

□

प्रेम का मूल्य

छोटे देवताओं का गुरु बृहस्पति था। उसने अपने बेटे कच को संसार में भेजा कि शंकराचार्य से अमर-जीवन का रहस्य मालूम करे। कच शिक्षा हासिल करके स्वर्गलोक जाने के लिए तैयार था। उस समय वह अपने गुरु की पुत्री देवयानी से विदा लेने के लिए आया।

कच, "देवयानी, मैं विदा लेने के लिए आया हूँ। तुम्हारे पिता के चरण-कमलों में मेरी शिक्षा पूरी हो चुकी है, अब मेहरबानी करके मुझे स्वर्गलोक जाने की आज्ञा दो।"

देवयानी, "तुम्हारी इच्छा पूरी हुई। जीवन के अमरत्व का वह रहस्य तुम्हें मालूम हो चुका है, जिसकी देवताओं को सबसे ज्यादा इच्छा रही है, किंतु जरा विचार तो करो, क्या कोई और ऐसी वस्तु शेष नहीं, जिसकी तुम इच्छा कर सको?"

कच, "कोई नहीं।"

देवयानी, "बिलकुल नहीं? जरा अपने हृदय को टटोलो और देखो, संभवतः कोई छोटी-बड़ी इच्छा कहीं दबी पड़ी हो?"

कच, "मेरे ऊषाकालीन जीवन का सूर्य अब ठीक प्रकाश पर आ गया है। उसके प्रकाश से तारों का प्रकाश मंद पड़ चुका है। मुझे अब वह रहस्य मालूम हो गया है, जो जीवन का अमरत्व है।"

देवयानी, "तब तो पूरे संसार में तुमसे अधिक कोई भी व्यक्ति प्रसन्न न होगा। खेद है कि आज पहली बार मैं यह अनुभव कर रही हूँ कि एक अपरिचित देश में विश्राम करना तुम्हारे लिए कितना कष्टप्रद था। जबकि यह सच है कि उत्तम-से-उत्तम वस्तु जो हमारे दिमाग में थी, तुमको भेंट कर दी गई है।"

कच, "इसका जरा भी खयाल मत करो और हर्ष सहित मुझे जाने की इजाजत दो।"

देवयानी, "सुखी रहो मेरे अच्छे सखा ! तुम्हें खुश होना चाहिए कि यह तुम्हारा स्वर्ग नहीं। इस मृत्युलोक में जहाँ तृषा से कंठ में काँटे पड़ जाते हैं, हँसना और मुसकराना कोई ठिठोली नहीं है। यह ही संसार है जहाँ अधूरी इच्छाएँ चारों तरफ घिरी हुई हैं, जहाँ खोई हुई प्रसन्नता की याद में बार-बार कलेजे में हूक उठती है। जहाँ ठंडी साँसों से पाला पड़ा है। तुम्हीं कहो, इस दुनिया में कोई क्या हँसेगा?"

कच, "देवयानी बता, जल्दी बता, मुझसे क्या गलती हुई है।"

देवयानी, "तुम्हारे लिए इस वन को छोड़ना बहुत सरल है। यह वही वन है, जिसने इतने सालों तक तुम्हें अपनी छाया में रखा और तुम्हें लोरियाँ दे-देकर थपकता रहा। तुम्हें अहसास नहीं होता कि आज हवा किस प्रकार विलाप कर रही है? देखो, वृक्षों की हिलती हुई छाया को देखो, उनके कोमल पल्लवों को निहारो। वे वायु में घूम नहीं रहे, बल्कि किसी खोई हुई आशा की भाँति भटके-भटके फिर रहे हैं। एक तुम हो कि तुम्हारे होंठों पर हँसी खेल रही है। खुशी के साथ तुम विदा हो रहे हो।"

कच, "मैं इस वन को किसी प्रकार मातृभूमि से कम नहीं समझता, क्योंकि यहाँ ही मैं वास्तव में आरंभ से जनमा हूँ। इसके प्रति मेरा प्यार कभी कम न होगा।"

देवयानी, "वह देखो सामने बरगद का पेड़ है, जिसने दिन के घोर ताप में, जबकि तुमने पशुओं को हरियाली में चरने के लिए छोड़ दिया था, तुम पर प्रेम की छाया की थी।"

कच, "ऐ वन के स्वामी! मैं तुम्हें प्रणाम करता हूँ। जब और विद्यार्थी यहाँ शिक्षा-प्राप्ति हेतु आएँ और शहद की मक्खियों की भनभनाहट तथा पत्तों की सरसराहट के साथ-साथ तेरी छाया में बैठकर अपना पाठ दोहराएँ तो मुझे याद रखना।"

देवयानी, "और जरा वनमती का भी तो ध्यान करो, जिसके साफ और तीव्र प्रवाह का जल प्रेम-संगीत की एक लहर के समान है।"

कच, "ओह! उसको बिलकुल नहीं भूल सकता। उसकी याद सदा बनी रहेगी। वनमती मेरी गरीबी की साथी है। वह एक तल्लीन युवती की भाँति होंठों पर मुसकान लिये अपने सीधे-सीधे गीत गुनगुनाते हुए निस्स्वार्थ सेवा करती है।"

देवयानी, "किंतु प्रिय सखा, तुम्हें स्मरण कराना चाहती हूँ कि तुम्हारा और भी कोई साथी था, जिसने बेहद प्रयत्न किया कि तुम इस निर्धनता के दु:ख से भरे जीवन के प्रभाव से प्रभावित न हो। यह दूसरी बात है कि यह प्रयत्न बेकार हुआ।"

कच, "उसकी याद तो जीवन का एक अंग बन चुकी है।"

देवयानी, "मुझे वे दिन याद हैं जब तुम पहली बार यहाँ आए थे।

उस समय तुम्हारी आयु किशोर अवस्था से कुछ ही अधिक थी। तुम्हारी आँखें मुसकरा रही थीं। तुम उस समय उधर वाटिका की बाड़ के समीप खड़े थे।"

कच, "हाँ-हाँ! उस समय तुम फूल चुन रही थीं। तुम्हारे शरीर पर सफेद वस्त्र थे। ऐसा दिखाई देता था जैसे ऊषा ने अपनी रोशनी में स्नान किया है। तुम्हें संभवतः स्मरण होगा, मैंने कहा था कि यदि मैं तुम्हारी कुछ सहायता कर सकूँ तो मेरा सौभाग्य होगा।"

देवयानी, "याद क्यों नहीं है। मैंने आश्चर्य से तुमसे पूछा था कि तुम कौन हो? और तुमने अत्यंत नम्रता से उत्तर दिया था कि मैं इंद्र की सभा में प्रसिद्ध गुरु बृहस्पति का सुपुत्र हूँ। फिर तुमने बताया कि तुम मेरे पिता से वह रहस्य मालूम करना चाहते हो, जिससे मृतक जीवित हो सकते हैं।"

कच, "मुझे संदेह था कि संभव है, तुम्हारे पिता मुझे अपने शिष्य रूप में स्वीकार न करें।"

देवयानी, "किंतु जब मैंने तुम्हारी स्वीकृति के लिए समर्थन किया तो इस विनती को अस्वीकार न कर सके। उनको अपनी पुत्री से इतना अधिक प्यार है कि वह उसकी बात टाल नहीं सकते।"

कच, "और जब मैं तीन बार विपक्षियों के हाथों मारा गया तो तुम्हीं ने अपने पिता को मजबूर किया था कि मुझे दोबारा जीवित करें। मैं इस भलाई को बिलकुल भुला नहीं सकता।"

देवयानी, "भलाई? यदि तुम उसको भुला दोगे तो मुझे बिलकुल दुःख न होगा। क्या तुम्हारी स्मृति केवल लाभ पर ही नजर रखती है? यदि यही बात है तो उसका विस्मृत हो जाना ही अच्छा है। रोजाना पाठ के पश्चात् शाम के अँधेरे और शून्यता में यदि साधारण हर्ष और प्रसन्नता की लहरें तुम्हारे सिर पर बीती हों तो उनको स्मरण रखो, उपकार को स्मरण रखने से क्या लाभ? यदि कभी तुम्हारे पास से कोई गुजरा हो, जिसके गीत का एक चुभता हुआ टुकड़ा तुम्हारे पाठ में उलझ गया हो या जिसके हवा में लहराते हुए आँचल ने तुम्हारे ध्यान को पाठ से हटाकर अपनी ओर आकर्षित कर लिया हो, अपने छुट्टी के समय में कभी उसको अवश्य स्मरण कर लेना, परंतु केवल यही, और कुछ नहीं! सौंदर्य और प्रेम का याद न आना ही उचित है।"

कच, "बहुत सी वस्तुएँ हैं जो शब्दों द्वारा प्रकट नहीं की जा सकतीं।"

देवयानी, "हाँ-हाँ, मैं जानती हूँ। मेरे प्रेम से तुम्हारे हृदय का एक-एक अणु छिद चुका है और यही कारण है कि मैं बिना संकोच के इस सच को प्रकट कर रही हूँ कि तुम्हारी सुरक्षा और कम बोलना मुझे पसंद नहीं। तुम्हें मुझसे अलग होना अच्छा नहीं, आराम करो, ख्याति ही खुशी का साधन नहीं है। अब तुम मुझको छोड़कर नहीं जा सकते, तुम्हारा रहस्य मुझ पर खुल चुका है।"

कच, "नहीं देवयानी, नहीं, ऐसा न कहो।"

देवयानी, "क्या कहा, नहीं? मुझसे क्यों मिथ्या बोलते हो? प्रेम की नजर छिपी नहीं रहती। रोजाना तुम्हारे सिर के तनिक से हिलने से, तुम्हारे हाथों के कंपन से तुम्हारा हृदय तुम्हारी इच्छा मुझ पर प्रकट करता है। जिस प्रकार सागर अपनी तरंगों द्वारा काम करता है, उसी प्रकार तुम्हारे हृदय ने तुम्हारी भाव-भंगिमा द्वारा मुझ तक संदेश पहुँचाया। अचानक मेरी आवाज सुनकर तुम तिलमिला उठते थे। क्या तुम समझते हो कि मुझे तुम्हारी उस हालत का अहसास नहीं हुआ? मैं तुमको भलीभाँति जानती हूँ, इसलिए अब तुम हमेशा मेरे हो। तुम्हारे देवताओं का राजा भी इस संबंध को नहीं तोड़ सकता!"

कच, "किंतु देवयानी, तुम्हीं कहो, क्या इतने साल अपने घर और घरवालों से अलग रहकर मैंने इसीलिए मेहनत की थी?"

देवयानी, "क्यों नहीं, क्या तुम समझते हो कि संसार में शिक्षा का मूल्य है और प्रेम का मूल्य नहीं? समय नष्ट मत करो, साहस से काम लो और यह प्रतिज्ञा करो। शक्ति, शिक्षा और ख्याति की प्राप्ति के लिए मनुष्य तपस्या और इंद्रियों का दमन करता है। एक स्त्री के सामने इन सबकी कोई कीमत नहीं।"

कच, "तुम जानती हो कि मैंने सच्चे हृदय से देवताओं से प्रतिज्ञा की थी कि मैं जीवन के अमरत्व का रहस्य प्राप्त करके आपकी सेवा में मौजूद होऊँगा।"

देवयानी, "परंतु क्या तुम कह सकते हो कि आँखों ने पुस्तकों के अलावा और किसी वस्तु पर नजर नहीं डाली? क्या तुम यह कह सकते हो कि मुझे पुष्प भेंट करने के लिए तुमने कभी अपनी पुस्तक को नहीं छोड़ा? क्या तुम्हें कभी ऐसे अवसर की खोज नहीं रही कि संध्याकाल मेरी पुष्पवाटिका के फूलों पर जल छिड़क सको? शाम के समय जब नदी पर अंधकार का वितान तन जाता तो मानो प्रेम अपनी दुखित खामोशी पर

छा जाता। तुम घास पर मेरे बराबर बैठकर मुझे अपने स्वर्गिक गीत गाकर क्यों सुनाते थे? क्या यह सब काम उन षड्यंत्रों से भरी हुई चालाकियों का एक भाग नहीं, जो तुम्हारे स्वर्ग में क्षमा करने योग्य हैं? क्या इन बनावटी युक्तियों से तुमने मेरे पिता को अपना न बनाना चाहा था और अब विदाई के समय धन्यवाद के कुछ मूल्यहीन सिक्के उस सेविका की ओर फेंकते हो, जो तुम्हारे छल से छली जा चुकी है?"

कच, "घमंडी औरत! वास्तविकता को प्रतीत करने से क्या लाभ? यह मेरा संदेह था कि मैंने एक विशेष भावना के वश तेरी सेवा की और मुझे उसका दंड मिल गया, किंतु अभी वह समय नहीं आया कि मैं इस प्रश्न का उत्तर दे सकूँ कि मेरा प्रेम सत्य था या नहीं, क्योंकि मुझे अपने जीवन का उद्देश्य दिखाई दे रहा है। अब चाहे तेरे हृदय से आग की चिनगारियाँ निकल-निकलकर संपूर्ण वायुमंडल को आच्छादित कर लें, मैं अच्छी तरह से जानता हूँ कि स्वर्ग अब मेरे लिए स्वर्ग नहीं रहा, देवताओं की सेवा में यह रहस्य तुरंत ही पहुँचाना मेरा कर्तव्य है, जिसको मैंने कठिन परिश्रम के पश्चात् प्राप्त किया है। इससे पहले मुझे व्यक्तिगत प्रसन्नता की प्राप्ति का ध्यान तनिक भी नहीं था। माफ कर देवयानी, माफ कर। मैं सच्चे हृदय से क्षमा का इच्छुक हूँ। इस बात को सच जान कि तुझे आघात पहुँचाकर मैंने अपनी मुसीबतों को दुगुना कर लिया है।"

देवयानी, "माफी? तुमने मेरे नारी हृदय को पाषाण की तरह कठोर कर दिया है, वह ज्वालामुखी की भाँति क्रोध से भभक रहा है। तुम अपने काम पर वापस जा सकते हो, किंतु मेरे लिए शेष क्या रहा, केवल स्मृति का एक कँटीला बिछौना और छिपी हुई लज्जा, जो हमेशा तेरे प्रेम का मजाक उड़ाएगी। तुम एक पथिक के रूप में यहाँ आए, धूप से बचने के लिए। मेरे वृक्षों की छाया में आश्रय लिया और अपना समय बिताया। तुमने धागा तोड़ दिया, पुष्पों को धूल में मिला दिया। मैं अपने दुखित हृदय से शाप देती हूँ कि जो शिक्षा तुमने प्राप्त की है, वह सब तुम भूल जाओगे, दूसरे व्यक्ति तुम्हारे से यह शिक्षा प्राप्त करेंगे, किंतु जिस प्रकार तारे रात में अँधियारे से संबंध स्थापित नहीं कर पाते, बल्कि अलग रहते हैं, उसी प्रकार तुम्हारी यह विद्या भी तुम्हारे जीवन से अलग रहेगी। व्यक्तिगत रूप में तुम्हें इससे कोई लाभ न होगा और यह केवल इसलिए कि तुमने मेरे प्रेम का अपमान किया और प्रेम का मूल्य नहीं समझा।"

□

भिखारिन

अंधी रोजाना मंदिर के दरवाजे पर जाकर खड़ी रहती, दर्शन करने वाले बाहर निकलते तो वह अपना हाथ फैला देती और नम्रता से कहती, "बाबूजी, अंधी पर दया हो जाए।"

वह जानती थी कि मंदिर में आने वाले मनुष्य सहृदय और श्रद्धालु हुआ करते हैं। उसका यह अनुमान मिथ्या न था। आने-जाने वाले दो-चार पैसे उसके हाथ पर रख ही देते। अंधी उनको दुआएँ देती और सहृदयता को सराहती। औरतें भी उसके पल्ले में थोड़ा-बहुत अनाज डाल जाया करती थीं।

सुबह से शाम तक वह इसी प्रकार हाथ फैलाए खड़ी रहती। उसके बाद मन-ही-मन भगवान् को प्रणाम करती और अपनी लाठी के सहारे झोंपड़ी का पथ ग्रहण करती। उसकी झोपड़ी नगर से बाहर थी। रास्ते में भी प्रार्थना करती जाती किंतु राहगीरों में अधिक संख्या सफेद वस्त्रों वालों की होती, जो पैसे देने की बनिस्बत झिड़कियाँ दिया करते थे।

तब भी अंधी निराश न होती और उसकी याचना बराबर जारी रहती। झोंपड़ी तक पहुँचते-पहुँचते उसे दो-चार पैसे और मिल जाते।

झोंपड़ी के करीब पहुँचते ही एक दस साल का लड़का उछलता-कूदता आता और उससे चिपट जाता। अंधी टटोलकर उसके माथे को चूमती।

बच्चा कौन है? किसका है? कहाँ से आया? इस बात से कोई परिचय नहीं था। पाँच साल हुए, पास-पड़ोस वालों ने उसे अकेला देखा था। इन्हीं दिनों एक शाम के समय लोगों ने उसकी गोद में एक बच्चा देखा, वह रो रहा था, अंधी उसका मुँह चूम-चूमकर उसे चुप कराने की कोशिश कर रही थी। वह कोई असाधारण घटना न थी, इसलिए किसी ने भी न पूछा था कि बच्चा किसका है? उसी दिन से यह बच्चा अंधी के पास था और प्रसन्न था। उसको वह अपने से अच्छा खिलाती-पिलाती और पहनाती।

अंधी ने अपनी झोंपड़ी में एक हँड़िया गाड़ रखी थी। शाम के समय जो कुछ माँगकर लाती, उसमें डाल देती और उसे किसी वस्तु से ढक देती, इसलिए कि दूसरे व्यक्तियों की दृष्टि उस पर न पड़े। खाने के लिए अन्य काफी मिल जाता था, उससे काम चलाती। पहले बच्चे को पेट भरकर खिलाती फिर स्वयं खाती। रात को बच्चे को अपनी छाती से लगाकर वहीं पड़ जाती। सुबह होते ही उसको खिला-पिलाकर फिर मंदिर के दरवाजे पर जा खड़ी होती।

□

काशी में सेठ बनारसी दास बहुत प्रसिद्ध व्यक्ति थे। बच्चा-बच्चा उनकी कोठी को जानता था। बहुत बड़े देशभक्त और धर्मात्मा थे। धर्म में उनकी बड़ी रुचि थी। दिन के बारह बजे सेठ स्नान-ध्यान में संलग्न होते थे, परंतु ऐसे आदमियों का भी ताँता बँधा रहता जो अपनी पूँजी सेठजी के पास धरोहर के रूप में रखने आते थे। सैकड़ों भिखारी अपनी जमा-पूँजी सेठजी के पास जमा कर जाते। अंधी को भी यह बात मालूम थी, किंतु पता नहीं अब वह अपनी कमाई यहाँ जमा कराने में क्यों हिचकिचाती थी।

उसके पास काफी रुपए हो गए थे, हाँड़ी लगभग पूरी भर गई थी। उसको डर था कि कोई चुरा न ले। एक दिन शाम के समय अंधी ने वह हाँड़ी उखाड़ी और अपने फटे हुए आँचल में छिपाकर सेठजी की कोठी पर पहुँची।

सेठजी ने हाँड़ी की ओर देखकर कहा, "इसमें क्या है?"

अंधी ने उत्तर दिया, "भीख माँग-माँग कर अपने बच्चे के लिए दो-चार पैसे इकट्ठे किए हैं, अपने पास रखते हुए डरती हूँ, कृपया इन्हें आप अपनी कोठी में रख लें।"

सेठजी ने मुनीम की ओर इशारा करते हुए कहा, "बही में जमा कर लो।" फिर बुढ़िया से पूछा, "तेरा नाम क्या है।"

अंधी ने अपना नाम बताया, मुनीमजी ने नकदी गिनकर उसके नाम में जमा कर ली और वह सेठजी को आशीर्वाद देती हुई अपनी झोंपड़ी में चली गई।

□

दो वर्ष बहुत सुख के साथ बीते। इसके पश्चात् एक दिन लड़के को ज्वर ने आ दबाया। अंधी ने दवा-दारू की, झाड़-फूक से भी काम लिया, टोने-टोटके की परीक्षा की, परंतु सारी कोशिशें बेकार साबित हुईं। लड़के की दशा दिनोदिन बुरी होती गई। अंधी का हृदय टूट गया, साहस ने जवाब दे दिया, निराश हो

गई, परंतु फिर ध्यान आया कि शायद डॉक्टर के इलाज से फायदा हो जाए। इस विचार के आते ही वह गिरती-पड़ती सेठजी की कोठी पर आ पहुँची। सेठजी वहाँ मौजूद थे।

अंधी ने कहा, "सेठजी, मेरी जमा-पूँजी में से दस-पाँच रुपए मुझे मिल जाएँ तो बड़ी मेहरबानी हो। मेरा बच्चा मर रहा है, डॉक्टर को दिखाऊँगी।"

सेठजी ने कठोर स्वर में कहा, "कैसी जमा-पूँजी? कैसे रुपए? मेरे पास किसी के रुपए जमा नहीं हैं।"

अंधी ने रोते हुए कहा, "दो वर्ष हुए मैं आपके पास धरोहर रख गई थी। दे दीजिए, बड़ी दया होगी।"

सेठजी ने मुनीम की ओर रहस्यमयी नजर से देखते हुए कहा, "मुनीमजी, जरा देखना तो, इसके नाम की कोई पूँजी जमा है क्या? तेरा नाम क्या है री?"

अंधी की जान-में-जान आई, आस बँधी। पहला उत्तर सुनकर उसने सोचा कि सेठ बेईमान है, किंतु अब सोचने लगी, शायद उसे ध्यान न रहा होगा। ऐसा धर्मी आदमी भी भला कहीं झूठ बोल सकता है। उसने अपना नाम बता दिया। उलट-पलटकर देखा, फिर कहा, "नहीं तो, इस नाम पर एक पाई भी जमा नहीं है।"

अंधी वहीं बैठी रही। उसने रो-रोकर कहा, "सेठजी, परमात्मा के नाम पर, धर्म के नाम पर कुछ दे दीजिए, मेरा बच्चा जी जाएगा। मैं जीवन भर आपके गुण गाऊँगी।"

परंतु पत्थर में कोमलता न आई। सेठजी ने गुस्सा होकर उत्तर दिया, "जाती है या नौकर को बुलाऊँ।"

अंधी लाठी टेककर खड़ी हो गई और सेठ की तरफ मुँह करके बोली, "अच्छा, भगवान् तुम्हें बहुत दे।" और अपनी झोंपड़ी की तरफ चल दी।

यह आशीर्वाद न था बल्कि एक दुःखी का शाप था। बच्चे की दशा बिगड़ती गई, दवा-दारू हुई ही नहीं, फायदा क्योंकर होता। एक दिन उसकी हालत चिंताजनक हो गई, प्राणों के लाले पड़ गए, उसके जीवन से अंधी भी निराश हो गई। सेठजी पर रह-रहकर उसे गुस्सा आता था। इतना धनी व्यक्ति है, दो-चार रुपए दे देता तो क्या चला जाता और फिर मैं उससे कुछ दान नहीं माँग रही थी, अपने ही रुपए माँगने गई थी। उसे सेठजी से नफरत हो गई।

बैठे-बैठे उसको कुछ ध्यान आया। उसने बच्चे को अपनी गोद में उठा लिया और ठोकरें खाती, गिरती-पड़ती, सेठजी के पास पहुँची और उनके दरवाजे पर धरना देकर बैठ गई। बच्चे का शरीर ज्वर से भभक रहा था और अंधी

का कलेजा भी।

एक नौकर किसी काम से बाहर आया। अंधी को बैठा देखकर उसने सेठजी को खबर दी, सेठजी ने आज्ञा दी कि उसे भगा दो।

नौकर ने अंधी से चले जाने को कहा, किंतु वह उस स्थान से न हिली। मारने का डर दिखाया, पर टस-से-मस न हुई। उसने फिर अंदर जाकर कहा कि वह नहीं टलती।

सेठजी खुद बाहर गए। देखते ही पहचान गए। बच्चे को देखकर उन्हें बहुत अचंभा हुआ कि उसकी शक्ल-सूरत उनके मोहन से बहुत मिलती-जुलती है। सात वर्ष हुए तब मोहन किसी मेले में खो गया था। उसकी बहुत खोज की, पर उसका कोई पता न मिला। उन्हें याद हो आई कि मोहन की जाँघ पर एक लाल रंग का चिह्न था। इस विचार के आते ही उन्होंने अंधी की गोद से बच्चे की जाँघ देखी। चिह्न अवश्य था परंतु पहले से कुछ बड़ा। उनको यकीन हो गया कि बच्चा उन्हीं का है। उन्होंने तुरंत उसको छीनकर अपने कलेजे से चिपका लिया। शरीर बुखार से तप रहा था। नौकर को डॉक्टर लाने के लिए भेजा और स्वयं मकान के अंदर चल दिए।

अंधी खड़ी हो गई और चिल्लाने लगी, "मेरे बच्चे को न ले जाओ, मेरे रुपए तो हजम कर गए। अब क्या मेरा बच्चा भी मुझसे छीनोगे?"

सेठजी बहुत चिंतित हुए और कहा, "बच्चा मेरा है। यही एक बच्चा है, सात वर्ष पूर्व कहीं खो गया था, अब मिला है, इसलिए इसे कहीं नहीं जाने दूँगा और लाख कोशिशें करके भी इसके प्राण बचाऊँगा।"

अंधी ने एक जोरदार ठहाका लगाया, "तुम्हारा बच्चा है, इसलिए लाख यत्न करके भी इसे बचाओगे। मेरा बच्चा होता तो उसे मर जाने देते, क्यों? यह भी कोई न्याय है? इतने दिनों तक खून-पसीना एक करके उसको पाला है, मैं उसको अपने हाथ से नहीं जाने दूँगी।"

सेठजी की अजीब हालत थी। कुछ करते-धरते बन नहीं पड़ता था। कुछ देर वहीं मौन खड़े रहे, फिर मकान के अंदर चले गए। अंधी कुछ समय तक खड़ी रोती रही, फिर वह भी अपनी झोंपड़ी की ओर चल दी।

दूसरे दिन प्रातः ईश्वर की कृपा हुई या दवा ने जादू का सा प्रभाव दिखाया। मोहन का बुखार उतर गया। होश आने पर उसने आँख खोली तो सर्वप्रथम शब्द उसकी जुबान से निकला, "माँ।"

चारों ओर अजनबी शक्लें देखकर उसने अपने नेत्र फिर बंद कर लिये। उस समय से उसका ज्वर फिर ज्यादा होना शुरू हो गया। माँ की रट लगी

हुई थी, डॉक्टरों ने जवाब दे दिया, सेठजी के हाथ-पाँव फूल गए, उन्हें चारों तरफ अँधेरा दिखाई पड़ने लगा।

"क्या करूँ? अब एक ही बच्चा है, इतने दिनों बाद मिला भी तो मौत उसको अपने चंगुल में दबा रही है, इसे कैसे बचाऊँ?"

अचानक उसको अंधी का ध्यान आया। पत्नी को बाहर भेजा कि देखो कहीं वह अब तक दरवाजे पर न बैठी हो, परंतु वह वहाँ कहाँ थी? सेठजी ने फिटन तैयार कराई और बस्ती से बाहर उसकी झोंपड़ी पर पहुँचे। झोंपड़ी बिना दरवाजे की थी, अंदर गए। देखा अंधी एक फटे-पुराने टाट पर पड़ी है और उसकी आँखों से अश्रुधारा बह रही है। सेठजी ने धीरे से उसको हिलाया। उसका शरीर भी अग्नि की तरह तप रहा था।

सेठजी ने कहा, "बुढ़िया, तेरा बच्चा मर रहा है, डॉक्टर निराश हो गए हैं, रह-रहकर वह तुझे पुकारता है। अब तू ही उसके प्राण बचा सकती है। चल और मेरे··· नहीं-नहीं अपने बच्चे की जान बचा ले।"

अंधी ने जवाब दिया, "मरता है तो मरने दो, मैं भी मर रही हूँ। हम दोनों स्वर्गलोक में फिर माँ-बेटे की तरह मिल जाएँगे। इस लोक में सुख नहीं है, वहाँ मेरा बच्चा सुख से रहेगा। मैं वहाँ उसकी ठीक तरह से सेवा-शुश्रूषा करूँगी।"

सेठजी रो दिए। आज तक उन्होंने किसी के सामने कभी सिर न झुकाया था, किंतु इस समय अंधी के पाँवों पर गिर पड़े और रो-रोकर कहा, "ममता की लाज रख लो, आखिर तुम भी उसकी माँ हो। चलो, तुम्हारे जाने से वह बच जाएगा।"

ममता शब्द ने अंधी को बेचैन कर दिया। उसने तुरंत कहा, "अच्छा चलो।"

सेठजी उसको सहारा देकर बाहर लाए और फिटन पर बिठा दिया। फिटन घर की ओर दौड़ने लगी। उस समय सेठजी और अंधी भिखारिन दोनों की एक ही हालत थी। दोनों की यही इच्छा थी कि जल्दी-से-जल्दी अपने बच्चे के पास पहुँच जाएँ।

कोठी आ गई, सेठजी ने सहारा देकर अंधी को उतारा और अंदर ले गए। भीतर जाकर अंधी ने मोहन के माथे पर हाथ फेरा। मोहन पहचान गया कि यह उसकी माँ का हाथ है। उसने तुरंत आँखें खोलीं और अपने पास खड़ी माँ को देखते हुए कहा, "माँ, तुम आ गईं!"

अंधी भिखारिन मोहन के सिरहाने बैठ गई, उसने मोहन का सिर अपनी गोद में रख लिया। उसको बहुत सुख का अहसास हुआ और वह उसकी गोद में तुरंत सो गया।

दूसरे दिन से मोहन की हालत अच्छी होने लगी और दस-पंद्रह दिन में वह

बिलकुल तंदुरुस्त हो गया। जो काम हकीमों के जोशांदे, वैद्यों की पुड़िया और डॉक्टर के मिक्स्चर न कर सके, वह अंधी की प्यार भरी सेवा ने पूरा कर दिया।

मोहन के पूरी तरह ठीक हो जाने पर अंधी ने विदा माँगी। सेठजी ने बहुत–कुछ कहा–सुना कि वह उन्हीं के पास रह जाए, परंतु वह राजी न हुई, मजबूर होकर विदा करना पड़ा। जब वह चलने लगी तो सेठजी ने रुपयों की थैली उसके हाथ में दे दी। अंधी ने सेठजी से पूछा, "इसमें क्या है?"

सेठजी ने कहा, "इसमें तुम्हारी धरोहर है, तुम्हारे रुपए। मेरा वह अपराध…।"

अंधी ने बात काटकर कहा, "यह रुपए तो मैंने तुम्हारे मोहन के लिए इकट्‌ठे किए थे, उसी को दे देना।"

अंधी ने थैली वहीं छोड़ दी और लाठी टेकती हुई चल दी। बाहर निकलकर फिर उसने उस घर की ओर नेत्र उठाए, उसकी आँखों से आँसू बह रहे थे, किंतु वह एक भिखारिन होते हुए भी सेठ से महान् थी। इस समय सेठ भिखारी था और वह देने वाली थी।

□

नई रोशनी

बाबू अनाथबंधु बी.ए. में पढ़ते थे, परंतु कई सालों से लगातार फेल हो रहे थे। उनके संबंधियों का खयाल था कि वह इस साल अवश्य पास हो जाएँगे, पर इस वर्ष उन्होंने परीक्षा देना ही उचित न समझा।

इसी वर्ष बाबू अनाथबंधु का विवाह हुआ था। भगवान् की कृपा से वधू सुंदर, सद्चरित्र मिली थी। उनका नाम विंध्यवासिनी था, किंतु अनाथबंधु को इस हिंदुस्तानी नाम से नफरत थी। पत्नी को भी वह विशेषताओं और सुंदरता में अपने लायक न समझते थे।

परंतु विंध्यवासिनी के हृदय में खुशी की सीमा न थी। दूसरे पुरुषों की बनिस्बत वह अपने पति को सर्वोत्तम समझती थी। ऐसा मालूम होता था कि किसी धर्म में विश्वास रखने वाले श्रद्धालु व्यक्ति की भाँति वह अपने हृदय के सिंहासन पर स्वामी की मूर्ति सजाकर हमेशा उसी की पूजा किया करती थी।

इधर अनाथबंधु की सुनिए! वह न जाने क्यों हर समय उससे नाराज रहते और तीखे-कड़वे शब्दों से उसके प्रेम भरे मन को हर संभव ढंग से जख्मी करते रहते। अपनी मित्र-मंडली में भी वह उस बेचारी को नफरत के साथ याद करते।

जिन दिनों अनाथबंधु कॉलेज में पढ़ते थे, उनका निवास ससुराल में ही था। परीक्षा का समय करीब आया, किंतु उन्होंने परीक्षा दिए बगैर ही कॉलेज छोड़ दिया। इस घटना पर दूसरे व्यक्तियों की अपेक्षा विंध्यवासिनी को अधिक दुःख हुआ। रात के समय उसने विनम्रता के साथ कहना शुरू किया, "प्राणनाथ! आपने पढ़ना क्यों छोड़ दिया? थोड़े दिनों की मुसीबत सह लेना कोई मुश्किल बात न थी। पढ़ना-लिखना कोई बुरी बात तो नहीं है।"

पत्नी की इतनी बात सुनकर अनाथबंधु के मिजाज का पारा 120 डिग्री तक पहुँच गया। बिगड़कर कहने लगे, "पढ़ने-लिखने से क्या मनुष्य के चार हाथ-पाँव हो जाते हैं? जो व्यक्ति पढ़-लिखकर अपना स्वास्थ्य खो बैठते हैं, उनकी हालत आखिर में बहुत बुरी होती है।"

पति का उत्तर सुनकर विंध्यवासिनी ने इस प्रकार स्वयं को सांत्वना दी कि जो मनुष्य गधे या बैल की भाँति कड़ी मेहनत करके किसी-न-किसी प्रकार सफल भी हो गए, परंतु कुछ न बन सके तो फिर उनका सफल होना न होना बराबर है।

इसके दूसरे दिन पड़ोस में रहने वाली सहेली कमला विंध्यवासिनी को एक समाचार सुनाने आई। उसने कहा, "आज हमारे भाई बी.ए. के इम्तिहान में उत्तीर्ण हो गए। उनको बहुत कठिन परिश्रम करना पड़ा, किंतु भगवान् की कृपा से उनका परिश्रम सफल हुआ।"

कमला की बात सुनकर विंध्यवासिनी ने समझा कि मेरे पति की हँसी उड़ाने को कह रही है। वह सहन कर गई और दबी आवाज में कहने लगी, "बहन, मनुष्य के लिए बी.ए. पास कर लेने से होता क्या है? विदेशों में लोग बी.ए. और एम.ए. पास आदमियों को नफरत की नजर से देखते हैं।"

□

विंध्यवासिनी ने जो बातें कमला से कही थी, वे सब उसने अपने पति से सुनी थीं। नहीं तो उस बेचारी को विलायत का हाल क्या मालूम था। कमला आई तो थी खुशी की खबर सुनाने, किंतु अपनी प्यारी सहेली के मुँह से ऐसे शब्द सुनकर उसको बहुत दुःख हुआ, परंतु समझदार लड़की थी, उसने अपने हृदयगत भाव प्रकट न होने दिए, उलटा विनम्र होकर बोली, "बहन, मेरा भाई तो विलायत गया ही नहीं और न मेरी शादी ऐसे आदमी से हुई है जो विलायत होकर आया हो, इसलिए विलायत का हाल मुझे कैसे मालूम हो सकता है?"

इतना कहकर कमला अपने घर चली गई।

किंतु कमला का विनम्र स्वर होते हुए भी ये बातें विंध्य को बहुत कड़वी महसूस हुईं। वह उनका उत्तर तो क्या देती, हाँ, एकांत में बैठकर रोने लगी।

इसके कुछ दिनों के बाद एक अजीब घटना घटित हुई, जो विशेषतः वर्णन करने योग्य है। कलकत्ता से एक धनवान व्यक्ति जो विंध्य के पिता राजकुमार के दोस्त थे, अपने कुटुंब सहित आए और राजकुमार बाबू के

घर मेहमान बनकर रहने लगे। चूँकि उनके साथ कई आदमी और नौकर-चाकर थे, इसलिए जगह बनाने को राजकुमार बाबू ने अनाथबंधु वाला कमरा भी उनको सौंप दिया। यह बात अनाथबंधु को बहुत बुरी लगी। तीव्र गुस्से की दशा में वह विंध्यवासिनी के पास गए और ससुराल की बुराई करने लगे, साथ-ही-साथ उसे बिना गलती के दो-चार बातें सुनाईं।

विंध्य बहुत बेचैन और चिंतित हुई; किंतु वह बेवकूफ न थी। उसके लिए अपने पिता को दोषी ठहराना उचित न था, इसलिए उसने अपने पति को कह-सुनकर ठंडा किया। इसके बाद एक दिन अवसर पाकर उसने पति से कहा, "अब यहाँ रहना ठीक नहीं। आप मुझे अपने घर ले चलिए। इस जगह पर रहने में इज्जत नहीं है।"

अनाथबंधु परले सिरे के घमंडी व्यक्ति थे। उनमें दूरदर्शिता की भावना बहुत कम थी। अपने घर पर दुःख से रहने की अपेक्षा उन्होंने ससुराल की बेइज्जती सहना अच्छा समझा, इसलिए आनाकानी करने लगे। किंतु विंध्यवासिनी नहीं मानी और कहने लगी, "यदि आप जाना नहीं चाहते तो मुझे अकेली भेज दीजिए। कम-से-कम मैं ऐसी बेइज्जती सहन नहीं कर सकती।"

इस पर अनाथबंधु मजबूर हो घर जाने को तैयार हो गए।

□

चलते समय माता-पिता ने विंध्य से कुछ दिनों और रहने के लिए कहा किंतु विंध्यवासिनी ने कोई जवाब न दिया। यह देखकर माता-पिता के हृदय में शक हुआ। उन्होंने कहा, "बेटी विंध्य! यदि हमसे कोई ऐसी-वैसी भूल हुई हो तो उसे भुला देना।"

बेटी ने नम्रता पूर्वक पिता के मुँह की तरफ देखा, फिर कहने लगी, "पिताजी, हम आपके कर्ज से कभी छुटकारा नहीं पा सकते। हमारे दिन सुख से बीते और···।"

कहते-कहते विंध्य का गला भर आया, आँखों से आँसू बहने लगे। इसके बाद उसने हाथ जोड़कर माता-पिता से विदा चाही और सबको रोता हुआ छोड़कर पति के साथ चल दी।

कलकत्ता के धनवान और गाँव के जमींदारों में बहुत फर्क है, जो व्यक्ति हमेशा नगर में रहा हो उसे गाँव में रहना अच्छा नहीं लगा। किंतु विंध्य ने पहली बार नगर से बाहर कदम रखने पर भी किसी प्रकार का दुःख प्रकट न किया बल्कि ससुराल में हर प्रकार से प्रसन्न रहने लगी। इतना ही नहीं, उसने अपनी नारी-सुलभ चतुरता से बहुत जल्दी अपनी

सास का मन मोह लिया। ग्रामीण स्त्रियाँ उसके गुणों को देखकर प्रसन्न होती थीं, परंतु सब कुछ होते हुए भी विंध्य प्रसन्न न थी। अनाथबंधु के तीन भाई और थे, दो छोटे, एक बड़ा। बड़े भाई परदेस में पचास रुपए के नौकर थे। इससे अनाथबंधु के घर का खर्च चलता था। छोटे भाई अभी स्कूल में पढ़ते थे।

बड़े भाई की पत्नी श्यामा को इस बात का गर्व था कि उसके पति की कमाई से सबको रोटी मिलती है, इसलिए वह घर के कामकाज को हाथ तक न लगाती थी।

इसके कुछ दिनों के बाद बड़े भाई छुट्टी लेकर घर आए। रात को श्यामा ने पति से भाई और भाभी की शिकायत की। पहले तो पति ने उसकी बातों को मजाक में उड़ा दिया, परंतु जब उसने कई बार कहा तो उन्होंने अनाथबंधु को बुलाया और कहने लगे, "भाई, पचास रुपए में हम सबका गृहस्थ नहीं चल सकता, अब तुमको भी नौकरी की फिक्र करनी चाहिए।"

यह शब्द उन्होंने बड़े स्नेह से कहे थे, परंतु अनाथबंधु बिगड़कर बोले, "भाई साहब! दो मुट्ठी अन्न के लिए आप इतने नाराज होते हैं, नौकरी ढूँढ़ना कोई बड़ी बात नहीं, किंतु हमसे किसी की गुलामी नहीं हो सकती।" इतना कहकर वह भाई के पास से चले गए।

इन्हीं दिनों गाँव के स्कूल में थर्ड मास्टर की जगह खाली हुई। अनाथबंधु की पत्नी और उनके बड़े भाई ने अनाथबंधु से उस स्थान पर नौकरी करने के लिए कहा, लेकिन अनाथबंधु ने साफ मना कर दिया। अब तो अनाथबंधु को केवल विलायत जाने की धुन लगी हुई थी। एक दिन अपनी पत्नी से कहने लगे, "देखो, आजकल विलायत गए बिना व्यक्ति का सम्मान नहीं होता और न अच्छी नौकरी मिल सकती है। इसलिए हमारा विलायत जाना बहुत जरूरी है। तुम अपने पिता से कहकर कुछ रुपया मँगा दो तो हम चले जाएँ।"

विलायत जाने की बात सुनकर विंध्य को बहुत दुःख हुआ और ऊपर से पिता के घर से रुपया मँगाने की बात से तो बेचारी की जान ही निकल गई।

□

दुर्गा-पूजा के दिन करीब आए तो विंध्य के पिता ने बेटी और दामाद को बुलाने के लिए आदमी भेजा। विंध्य खुशी-खुशी मायके आई। माँ ने बेटी और दामाद को रहने के लिए अपना कमरा दे दिया। दुर्गा-पूजा की रात को यह सोचकर कि पति न जाने कब वापस आएँ, विंध्य इंतजार

करते-करते सो गई।

सुबह उठी तो उसने अनाथबंधु को कमरे में न पाया। उठकर देखा तो माँ का लोहे का संदूक खुला पड़ा था, सारी चीजें इधर-उधर बिखरी पड़ी थीं और पिता का छोटा कैश-बॉक्स, जो उसके अंदर रखा था, गायब था।

विंध्य का हृदय धड़कने लगा। उसने सोचा कि जिस बदमाश ने चोरी की है, उसी के हाथों पति को भी नुकसान पहुँचा है।

परंतु थोड़ी देर बाद उसकी नजर एक कागज के टुकड़े पर पड़ी। वह उठाने लगी तो देखा कि पास ही चाबियों का एक गुच्छा पड़ा है। पत्र पढ़ने से मालूम हुआ कि उसका पति आज ही प्रातः जहाज पर सवार होकर विलायत चला गया है।

पत्र पढ़ते ही विंध्य की आँखों के सामने अँधेरा छा गया। वह दुःख के इस आघात से जमीन पर बैठ गई और आँचल से मुँह ढाँपकर रोने लगी।

आज सारे बंगाल में खुशियाँ मनाई जा रही थीं, किंतु विंध्य के कमरे का दरवाजा अब तक बंद था। इसका कारण जानने के लिए विंध्य की सहेली कमला ने दरवाजा खटखटाना शुरू किया, किंतु अंदर से कोई उत्तर न मिला तो वह दौड़कर विंध्य की माँ को बुला लाई। माँ ने बाहर से खड़ी होकर आवाज दी, "विंध्य, अंदर क्या कर रही है? दरवाजा तो खोल बेटी!"

माँ की आवाज पहचानकर विंध्य ने तुरंत आँसुओं को पोंछ डाला और कहा, "माताजी, पिताजी को बुला लो।"

इससे माँ बहुत घबराई, इसलिए उसने तुरंत पति को बुलाया। राजकुमार बाबू के आने पर विंध्य ने दरवाजा खोल दिया और माता-पिता को अंदर बुलाकर फिर दरवाजा बंद कर लिया।

राजकुमार ने घबराकर पूछा, "विंध्य, क्या बात है? तू रो क्यों रही है?"

यह सुनते ही विंध्य पिता के चरणों में गिर पड़ी और कहने लगी, "पिताजी, मेरी दशा पर दया करो। मैंने आपका रुपया चुराया है।"

राजकुमार आश्चर्य में पड़ गए। उसी हालत में विंध्य ने फिर हाथ जोड़कर कहा, "पिताजी, इस अभागिन का अपराध क्षमा कीजिए। स्वामी को विलायत भेजने के लिए मैंने यह नीच कार्य किया है।"

अब राजकुमार को बहुत गुस्सा आया। डाँटकर बोला, "मक्कार

लड़की, यदि तुझको रुपए की आवश्यकता थी तो हमसे क्यों न कहा?"

विंध्य ने डरते-डरते उत्तर दिया, "पिताजी, आप उनको विलायत जाने के लिए रुपया न देते।"

ध्यान देने योग्य बात है कि जिस विंध्य ने कभी माता-पिता से रुपए-पैसे के लिए विनती तक नहीं की थी, आज वह पति के पाप को छिपाने के लिए चोरी तक का इलजाम अपने ऊपर ले रही है।

विंध्यासिनी पर चारों तरफ से नफरत की बौछारें होने लगीं। बेचारी सबकुछ सुनती रही, किंतु खामोश रही।

तीव्र क्रोधावेश की हालत में राजकुमार ने बेटी को ससुराल भेज दिया।

इसके पश्चात् समय बीतता गया, किंतु अनाथबंधु ने विंध्य को कोई पत्र न लिखा और न अपनी माँ की सुध-बुध ली। पर जब आखिरकार एक दिन सब रुपए, जो उनके पास थे, खर्च हो गए तो वह बहुत ही घबराए और उन्होंने विंध्य के पास एक तार भेजकर तकाजा किया। विंध्य ने तार पाते ही अपने कीमती आभूषण बेच डाले और उनसे जो मिला, वह अनाथ बाबू को भेज दिया। अब क्या था? जब कभी रुपयों की जरूरत होती, वह झट विंध्य को लिख देते और विंध्य से जिस तरह बन पड़ता, अपने रहे-सहे आभूषण बेचकर उनकी आवश्यकताओं की पूर्ति करती। यहाँ तक कि बेचारी गरीब के पास काँच की दो चूड़ियों के सिवाय कुछ भी बाकी न रहा।

अब अभागी विंध्य के लिए संसार में कोई सुख शेष न रहा था। हो सकता था कि किसी दिन दुःखी हालत में आत्मघात कर लेती। किंतु वह सोचती कि मैं स्वतंत्र नहीं, अनाथबंधु मेरे स्वामी हैं, इसलिए मुसीबत सहते हुए भी वह जीवन के दुःख उठाने पर मजबूर थी। अनाथबंधु के लिए वह जीवित रहकर अपना कर्तव्य पूरा कर रही थी, किंतु अब चूँकि उसके लिए विरह का दुःख सहना कठिन हो गया था, इसलिए मजबूर होकर उसने पति के नाम वापस आने के लिए एक पत्र लिखा।

इसके थोड़े दिनों बाद अनाथबंधु बैरिस्टरी पास करके साहब बने हुए वापस लौट आए, परंतु देहात में बैरिस्टर साहब का गुजारा होना मुश्किल था, इसलिए पास ही एक कस्बे के होटल में आश्रय लेना पड़ा। विलायत में रहकर अनाथबंधु के रहन-सहन में बहुत अंतर आ गया था। वह ग्रामीणों से नफरत करते थे। उनके खान-पान और रहन-सहन के तरीकों से यह भी न पता होता था कि वह अंग्रेज हैं या हिंदुस्तानी।

विंध्य को यह सुनकर बहुत खुशी हुई कि स्वामी बैरिस्टर होकर वापस

आए हैं, किंतु माँ उसकी बिगड़ी हुई आदतों को देखकर बहुत बेचैन हुई। अंत में उसने भी यह सोचकर दिल को समझा लिया कि आजकल का जमाना ही ऐसा है, इसमें अनाथबंधु की क्या गलती!

इसके कुछ समय बाद एक बहुत ही दर्द भरी घटना घटित हुई। बाबू राजकुमार अपने कुटुंब सहित नाव पर सवार होकर कहीं जा रहे थे कि अचानक नौका जहाज से टकराकर गंगा में डूब गई। राजकुमार तो किसी तरह बच गए किंतु उनकी पत्नी और बेटे का कहीं पता न लगा।

अब उनके कुटुंब में विंध्य के सिवाय कोई दूसरा शेष न था। इस दुर्घटना के बाद एक दिन राजकुमार बाबू बेचैनी की अवस्था में अनाथबंधु से मिलने आए। दोनों में कुछ देर तक बातचीत होती रही, आखिर में राजकुमार ने कहा, "जो कुछ होना था सो तो हुआ, अब प्रायश्चित्त करके अपनी जाति में सम्मिलित हो जाना चाहिए, क्योंकि तुम्हारे अलावा अब दुनिया में हमारा कोई नहीं। बेटा या दामाद, जो कुछ भी हो, अब तुम हो।"

□

अनाथबंधु ने प्रायश्चित्त करने के लिए हामी भर दी। पंडितों की सलाह ली गई तो उन्होंने कहा, "यदि इन्होंने विलायत में रहकर मांस नहीं खाया तो इनकी शुद्धि वेद-मंत्रों द्वारा की जा सकती है।"

यह खबर सुनकर विंध्य खुशी से फूली न समाई और अपना सारा दुःख भूल गई। आखिर एक दिन प्रायश्चित्त की रस्म अदा करने के लिए तय किया गया।

बड़े आनंद का समय था, चारों ओर वेद-मंत्रों की गूँज सुनाई दे रही थी। प्रायश्चित्त के बाद ब्राह्मणों को भोजन कराया गया और इसके परिणामस्वरूप बाबू अनाथबंधु नए सिरे से बिरादरी में सम्मिलित कर लिये गए।

परंतु ठीक उसी समय राजकुमार बाबू ब्राह्मणों को दक्षिणा दे रहे थे, एक नौकर कार्ड लिये हुए घर में घुसा और राजकुमार से कहने लगा, "बाबूजी, एक मेम आई हैं।"

मेम का नाम सुनते ही राजकुमार बाबू चकराए, कार्ड पढ़ा। उस पर लिखा था, "मिसेज अनाथबंधु सरकार।"

इससे पहले कि राजकुमार बाबू हाँ या न में कुछ उत्तर देते, एक गोरे रंग की यूरोपियन युवती खट-खट करती अंदर आ खड़ी हुई।

पंडितों ने उसको देखा, तो दक्षिणा लेनी भूल गए, घबराकर जिधर

जिसके सींग समाए, निकल गए। इधर मेम साहिबा ने जब तक अनाथबंधु को न देखा, तब तक वह बहुत बेचैन रही और उनका नाम ले-लेकर आवाजें देने लगी।

इतने में अनाथबंधु कमरे से बाहर निकलते दिखाई दिए। उन्हें देखते ही मेम साहिबा 'माई डियर' कहकर तुरंत उनसे लिपट गई।

यह दशा देखकर घर के पुरोहित भी अपना बोरिया-बँधना सँभालकर विदा हो गए। उन्होंने पीछे मुड़कर भी न देखा।

□

काबुलीवाला

पाँच बरस की मेरी छोटी लड़की मिनी थी, उससे क्षण भर भी बात किए बिना नहीं रहा जाता। दुनिया में जन्म लेने के बाद भाषा सीखने में उसने सिर्फ एक साल लगाया था। उसके बाद से, जब तक वह जागती रहती है, उस समय का एक भी पल वह खामोश रहकर नष्ट नहीं करती। उसकी माँ कभी-कभी धमकाकर उसका मुँह बंद करा देती, पर फिर भी मैं ऐसा नहीं कर पाता। मिनी अगर खामोश रहे तो वह ऐसी अजीब सी लगती है कि मुझसे उसकी खामोशी ज्यादा देर तक सही नहीं जाती। सही कारण यही है कि उसके साथ मेरी बातचीत कुछ अधिक उत्साह के साथ चलती है।

सवेरे मैं अपने उपन्यास का सत्रहवाँ अध्याय लिखने ही जा रहा था कि मिनी ने आकर कहना शुरू कर दिया, "बाबू, रामदयाल दरबान काका को कौवा कह रहा था। वह कुछ नहीं जानता। है न बाबा।"

विश्व की भाषाओं की विभिन्नता के बारे में मैं उसे कुछ ज्ञान देने वाला ही था कि उसने दूसरी बात छेड़ दी, "सुनो बाबू, भोला कह रहा था कि आसमान से हाथी सूँड़ से पानी बिखेरता है, तभी बारिश होती है। ओ माँ! भोला झूठमूठ ही इतना बोलता है। बस बोलता ही रहता है, दिन-रात बोलता रहता है, बाबू।"

इस बारे में मेरी राय के लिए जरा सा भी इंतजार किए बिना वह चट से पूछ बैठी, "क्यों बाबू, अम्मा तुम्हारी कौन लगती है?"

मैंने मन-ही-मन कहा, 'साली' और मुँह से कहा, "मिनी, तू जा, जाकर भोला के साथ खेल। मुझे अभी बहुत काम करना है।"

वह मेरी लिखने की मेज के पास मेरे पैरों के निकट बैठ गई और दोनों घुटने और हाथ हिला-हिलाकर, फुरती से मुँह चलाते हुए रटने लगी,

"आगडुम-बगडुम घोड़ा डुम साजे।" उस समय मेरे उपन्यास के सत्रहवें अध्याय में प्रतापसिंह कंचनमाला को लेकर अँधेरी रात में कारागार की ऊँची खिड़की से नीचे नदी के पानी में कूद रहे थे।

मेरा करा सड़क के किनारे था। यकायक मिनी अक्को-बक्को तीन तिलक्को खेल छोड़कर खिड़की के पास दौड़कर गई और जोर से पुकारने लगी, "काबुलीवाला! ओ काबुलीवाला!"

गंदे से, ढीले से कपड़े पहने, सिर पर पगड़ी बाँधे, कंधे पर झोली लटकाए और हाथ में अंगूर की दो-चार पेटियाँ लिये एक लंबा सा काबुली धीमी चाल से सड़क पर जा रहा था। उसे देखकर मेरी बिटिया रानी के मन में कैसे भाव जगे होंगे, यह बताना टेढ़ी खीर है, पर वह जोर-जोर से उसे पुकार रही थी। मैंने सोचा, अभी कंधे पर झोली लटकाए एक आफत मेरे सिर पर आ सवार होगी और मेरा सत्रहवाँ अध्याय खत्म होने से रह जाएगा।

लेकिन मिनी की पुकार पर, जैसे ही काबुली ने हँसकर अपना चेहरा घुमाया और मेरे घर की ओर आने लगा, वैसे ही मिनी जान छुड़ाकर अंदर की ओर भागी और गायब हो गई। उसके मन में एक अंधविश्वास सा जम गया था कि झोली ढूँढ़ने पर मिनी जैसे और भी दो-चार जीवित इनसान मिल सकते हैं।

काबुली ने आकर हँसते हुए सलाम किया और खड़ा रहा। मैंने सोचा, हालाँकि प्रतापसिंह और कंचनमाला दोनों की दशा बड़ी मुसीबत में है, फिर भी इस आदमी को घर बुलाकर कुछ न खरीदना ठीक नहीं होगा।

कुछ चीजें खरीदीं। उसके बाद इधर-उधर की चर्चा भी होने लगी। अब्दुल रहमान से रूस, अंग्रेज, सरहदी रक्षा-नीति पर बातें होती रहीं।

अंत में उठते समय उसने पूछा, "बाबूजी, तुम्हारी लड़की कहाँ गई?"

मिनी के मन से बेकार का डर दूर करने के इरादे से उसे भीतर से बुलवा लिया। वह मुझसे सटकर खड़ी हो गई। संदेह भरी नजरों से वह काबुली का चेहरा और उसकी झोली की ओर देखती रही। काबुली ने झोली से किशमिश और खुबानी निकालकर देना चाहा, पर उसने किसी तरह से नहीं लिया। दुगुने डर से वह मेरे घुटनों से चिपकी रही। पहला परिचय कुछ इसी तरह हुआ।

कुछ दिनों के बाद एक सवेरे किसी आवश्यक काम से घर के बाहर निकला तो देखा, मेरी बिटिया दरवाजे के पास बेंच पर बैठी बेहिचक बातें कर रही है। काबुली उसके पैरों के पास मुसकराता हुआ सुन रहा है और बीच-बीच में प्रसंग के अनुसार अपनी राय भी खिचड़ी भाषा में जाहिर कर रहा है। मिनी के पाँच साल की उम्र के अनुभव में बाबू के अलावा ऐसा

धैर्य रखनेवाला श्रोता शायद ही कभी मिला हो। फिर देखा, उसका छोटा सा आँचल बादाम-किशमिश से भरा हुआ है। मैंने काबुली से कहा, "इसे सब क्यों दिया? ऐसा मत करना।" इतना कहकर जेब से एक अठन्नी निकालकर मैंने उसे दे दी। उसने बेझिझक अठन्नी लेकर झोली में डाल ली।

घर लौटकर मैंने देखा, उस अठन्नी को लेकर बड़ा हो-हल्ला शुरू हो चुका था।

मिनी की माँ एक सफेद चमचमाता गोलाकार पदार्थ हाथ में लेकर डाँटकर मिनी से पूछ रही थी, "तुझे अठन्नी कहाँ से मिली?"

मिनी ने कहा, "काबुलीवाला ने दी है।"

उसकी माँ बोली, "काबुलीवाला से तूने अठन्नी ली ही क्यों?"

मिनी रुआँसी होकर बोली, "मैंने माँगी नहीं, उसने खुद ही दी।"

मैंने आकर मिनी को उस पास खड़ी मुसीबत से बचाया और बाहर ले आया।

पता चला कि काबुली के साथ मिनी की यह दूसरी मुलाकात ही हो, ऐसी बात भी नहीं। इस बीच वह रोज आता रहा और पिस्ता-बादाम की रिश्वत देकर मिनी के मासूम लोभी हृदय पर काफी अधिकार जमा लिया।

इन दोनों मित्रों में कुछ बँधी-बँधाई बातें और परिहास होता रहा, जैसे रहमान को देखते ही मेरी लड़की हँसती हुई उससे पूछती, "काबुलीवाला! ओ काबुलीवाला! तुम्हारी झोली में क्या है?"

रहमान बेमतलब नकियाते हुए जवाब देता, "हाथी।"

यानि उसकी झोली के भीतर हाथी है, यही उनके मजाक का सूक्ष्म सा अर्थ था। अर्थ बहुत ही सूक्ष्म हो, ऐसा तो नहीं कहा जा सकता, फिर भी इस मजाक में दोनों को बड़ा मजा आता। सर्दियों की भोर में एक सयाने और एक कम-उम्र बच्ची की सरल हँसी मुझे भी बड़ी अच्छी लगती।

उन दोनों में एक बात और चल रही थी। रहमान मिनी से कहता, "खोखी, तू कभी ससुराल मत जाना, हाँ!"

बंगाली परिवार की लड़कियाँ बचपन से ही ससुराल शब्द की जानकार हो जाती हैं, लेकिन हम लोगों ने थोड़ा आधुनिक होने के कारण मासूम बच्ची को ससुराल के बारे में सचेत नहीं किया था। इसलिए रहमान की बातों का मतलब वह साफ-साफ नहीं समझ पाती थी, लेकिन बात का कोई जवाब दिए बिना चुप रह जाना उसकी आदत के बिलकुल खिलाफ था। वह पलटकर रहमान से पूछ बैठती, "तुम ससुराल जाओगे?"

रहमान काल्पनिक ससुर के प्रति अपना बहुत बड़ा घूँसा तानकर कहता, "हम ससुर को बहुत मारेगा।"

यह सुनकर मिनी ससुर नाम के किसी अजनबी प्राणी की दुर्दशा की कल्पना कर खूब हँसती।

□

सर्दियों के सुहावने दिन थे। पुराने जमाने में इसी समय राजा लोग दिग्विजय के लिए निकलते थे। मैं कलकत्ता छोड़कर कहीं नहीं गया। शायद इसीलिए मेरा मन दुनिया भर में घूमा करता है, जैसे मैं अपने घर के ही कोने में हमेशा से बसा हुआ हूँ। बाहर की दुनिया के लिए मेरा मन हमेशा बेचैन रहता है। किसी देश का नाम सुनते ही मन वहीं दौड़ पड़ता है। किसी विदेशी को देखते ही मेरा मन फौरन नदी, पहाड़, जंगल के बीच एक कुटिया का दृश्य देख रहा होता है। उल्लास से भरे स्वतंत्र जीवन का एक चित्र कल्पना में जाग उठता है।

इधर मैं भी इतना सुस्त प्रकृति यानि कुन्ना किस्म का हूँ कि अपना घर छोड़कर जरा बाहर निकलने में ही कटु अनुभव होने लगता है। इसीलिए सवेरे अपने छोटे कमरे में मेज के सामने बैठकर काबुली से गप्पें लड़ाकर बहुत कुछ सैर-सपाटे का उद्देश्य पूरा कर लिया करता हूँ। दोनों ओर ऊबड़-खाबड़, दुर्गम, जले हुए, लाल-लाल ऊँचे पहाड़ों की माला, बीच में पतले रेगिस्तानी रास्ते और उन पर मुसाफिरों से लदे ऊँटों के काफिले चले जा रहे हैं। किसी के हाथ में बरछी है तो किसी के हाथ में पुराने जमाने की चकमक पत्थर से दागी जाने वाली बंदूक। काबुली अपने बादल-गर्जन से स्वर में, खिचड़ी भाषा में अपने वतन के बारे में सुनाता रहता और यह चित्र मेरी आँखों के सामने काफिलों के समान गुजरता चला जाता।

मिनी की माँ बड़ी ही वहमी आदत की है। रास्ते पर कोई आहट होते ही उसे लगता कि दुनिया भर के शराबी मतवाले हमारे ही घर की ओर भागते चले आ रहे हैं। यह दुनिया हर कहीं चोर-डाकू, शराबी, साँप, बाघ, मलेरिया, सुअरों, तिलचट्टों और गोरों से भरी हुई है, यही उसका खयाल है। इतने दिनों से (हालाँकि बहुत ज्यादा दिन नहीं) दुनिया में रहने के बावजूद उसके मन से यह भय दूर नहीं हुआ।

खासतौर से रहमान काबुली के बारे में वह पूरी तरह संतुष्ट नहीं थी। उस पर खास नजर रखने के लिए वह मुझसे बार-बार प्रार्थना करती थी। मैं उसके संदेह को हँसकर उड़ा देने की कोशिश करता तो वह मुझसे एक-एक

कर कई सवाल पूछ बैठती, "क्या कभी किसी का लड़का चुराया नहीं गया? क्या काबुल में गुलामी-प्रथा अभी भी चालू नहीं है? एक लंबे-चौड़े काबुली के लिए, क्या एक छोटे से बच्चे को चुराकर ले जाना बिलकुल मामूली सी बात है?"

□

मुझे मानना पड़ा कि यह बात बिलकुल असंभव तो नहीं, पर यकीन योग्य भी नहीं है। विश्वास करने की शक्ति हरेक में समान नहीं होती, इसीलिए मेरी पत्नी के मन में डर बना ही रह गया। लेकिन सिर्फ इसीलिए बिना किसी दोष के रहमान को अपने घर में आने से मैं मना नहीं कर सका।

हर साल माघ के महीने में रहमान अपने देश चला जाता है। इस समय वह अपने रुपयों की वसूली में बुरी तरह फँसा रहता है। घर-घर दौड़ना पड़ता है, फिर भी वह एक बार मिनी से आकर मिल ही जाता है। देखने में लगता है, जैसे दोनों में कोई साजिश चल रही हो। जिस दिन सवेरे नहीं आ पाता, उस दिन देखता हूँ कि वह शाम को जरूर आता है। अँधेरे कमरे के कोने में उस ढीला-ढाला कुरता-पायजामा पहने झोली-झिंगोली वाले लंबे-तड़ंगे आदमी को देखकर सचमुच मन में अचानक एक भय सा लगता है। लेकिन जब मैं देखता हूँ कि मिनी 'काबुलीवाला, काबुलीवाला' कहकर हँसते-हँसते दौड़ती चली आती और अलग-अलग उम्र के दो मित्रों में पुराना सहज मजाक चलने लगता है, तो मेरा हृदय खुशी से भर उठता।

एक दिन सवेरे मैं अपने छोटे कमरे में बैठा अपनी किताब के प्रूफ देख रहा था। सर्दियों के दिन खत्म होने से पहले, आज दो-तीन दिन से कड़ाके की ठंड पड़ रही थी। चारों ओर सभी दाँत किटकिटा रहे थे। खिड़कियों के रास्ते धूप आकर मेज के नीचे मेरे पैरों पर पड़ रही थी। यह धूप मुझे बड़ी सुहावनी लग रही थी। सुबह के करीब आठ बजे होंगे। गुलबंद लपेटे सवेरे सैर को निकलने वाले लोग अपनी सैर समाप्त कर घर लौट रहे थे। इसी वक्त सड़क पर बड़ा शोरगुल सुनाई पड़ा।

देखा, हमारे रहमान को दो सिपाही बाँधे चले आ रहे हैं और उसके पीछे-पीछे तमाशबीन लड़कों का झुंड चला आ रहा है। रहमान के कपड़ों पर खून के दाग हैं और एक सिपाही के हाथ में खून से रँगा हुआ छुरा है। मैंने दरवाजे से बाहर जाकर सिपाहियों से पूछा कि मामला क्या है?

कुछ उस सिपाही से और कुछ रहमान से सुना कि हमारे पड़ोस में एक आदमी ने रहमान से उधार में एक रामपुरी चादर खरीदी थी। कुछ रुपए

अब भी उस पर बाकी थे, जिन्हें देने से वह साफ मुकर गया। इसी पर बहस होते-होते रहमान ने उसे छुरा भोंक दिया।

रहमान उस झूठे आदमी के प्रति तरह-तरह की गंदी गालियाँ बक रहा था कि इतने में 'काबुलीवाला, ओ काबुलीवाला' पुकारती हुई मिनी घर से निकल गई।

क्षण भर में रहमान का चेहरा उगलती आग को त्यागकर उजली हँसी से खिल उठा। उसके कंधे पर आज झोली नहीं थी, इसलिए झोली के बारे में दोनों मित्रों की पुरानी बहस न छिड़ सकी। मिनी आते ही एकाएक उससे पूछ बैठी, "तुम ससुराल जाओगे?"

रहमान ने हँसकर कहा, "वहीं तो जा रहा हूँ।"

उसे लगा, उसके इस जवाब से मिनी मुसकराई नहीं। तब उसने हाथ दिखाते हुए कहा, "ससुर को मारता, पर करूँ क्या, हाथ बँधे हैं।"

संगीन चोट पहुँचाने के जुर्म में रहमान को कई वर्ष की कैद की सजा हो गई।

उसके बारे में मैं धीरे-धीरे भूल ही गया। हम लोग जब अपने-अपने घरों में रोजाना के कामों में लगे हुए आराम से दिन गुजार रहे थे, तब पहाड़ों पर आजाद घूमने वाला आदमी जेल की दीवारों में कैसे साल-पर-साल गुजार रहा होगा, यह बात कभी हमारे मन में नहीं आई।

चंचल-हृदयी मिनी का बरताव तो और भी शर्मनाक था, यह बात उसके बाप को भी माननी पड़ी। उसने बड़े ही बेलौस ढंग से अपने पुराने मित्र को भुलाकर पहले तो नबी सईस के साथ दोस्ती कर ली, फिर धीरे-धीरे जैसे-जैसे उम्र बढ़ने लगी, वैसे-वैसे दोस्तों के बदले एक-के-बाद एक सहेलियाँ जुटने लगीं। यहाँ तक कि अब यह अपने बाबू के लिखने के कमरे में भी नहीं दिखलाई देती। मैंने भी एक तरह से उसके साथ कुट्टी कर ली थी।

□

काफी साल बीत गए। फिर शरद ऋतु का मौसम आ गया। मेरी मिनी की शादी तय हो गई। दुर्गा पूजा की छुट्टी में ही ब्याह हो जाएगा। कैलाशवासिनी पार्वती के साथ-साथ मेरे घर की आनंदमयी भी पिता का घर अँधेरा कर पति के घर चली जाएगी।

बड़े ही मन लुभाने वाले ढंग से आज सवेरे सूर्योदय हुआ है। बरसात के बाद सरदियों की नई धुली हुई धूप ने जैसे सुहागे में गलाए हुए साफ और खरे सोने का रंग अपना लिया है। कलकत्ता के गलियारों में आपस में

सटी हुई ईंटों वाली गंदी इमारतों पर भी इस सूर्य की चमक ने एक अनोखी सुंदरता बिखेर दी है।

हमारे घर पर सवेरा होने से पहले से ही शहनाई बज रही है। मुझे लग रहा है, जैसे वह शहनाई मेरे हृदय में पसलियों के भीतर रोती हुई बज रही है। उसका करुण भैरवी राग जैसे मेरे सामने खड़ी बिछोह की पीड़ा को जाड़े की धूप के साथ दुनिया भर में फैलाए दे रहा हो। आज मेरी मिनी का ब्याह है।

आज सवेरे से ही बड़ी चहल-पहल और लोगों का आना-जाना शुरू हो गया। आँगन में बाँस बाँधकर शामियाना लगाया रहा है, मकान के कमरों में और बरामदे पर झाड़ लटकाए जाने की टन-टन सुनाई पड़ रही है। हाय-हुल्ला का तो कोई अंत ही नहीं।

मैं अपने पढ़ने-लिखने वाले कमरे में बैठा खर्च का हिसाब लिख रहा था कि रहमान आकर सलाम करते हुए खड़ा हो गया।

शुरू में तो उसे पहचान ही न सका। उसके पास वह झोली नहीं थी। उसके वे लंबे पट्टेदार बाल नहीं थे और न चेहरे पर चमक थी। आखिर में मैं उसकी मुसकराहट देखकर उसे पहचान गया।

"क्यों रहमान, कब आए?" मैंने पूछा।

उसने कहा, "कल शाम ही जेल से छूटा हूँ।"

यह बात मेरे कानों में जैसे जोर से टकराई। अब से पहले किसी खूनी को मैंने कभी अपनी आँखों से नहीं देखा था। इसे देखकर मेरा सारा मन विचलित सा हो गया। मेरी इच्छा होने लगी कि आज इस शुभ दिन पर यह व्यक्ति यहाँ से चला जाए तो बहुत अच्छा हो।

मैंने उससे कहा, "आज हमारे यहाँ एक जरूरी काम है। मैं उसी में लगा हुआ हूँ, आज तुम जाओ।"

मेरी बात सुनते ही, वह उसी क्षण जाने को तैयार हुआ, लेकिन फिर दरवाजे के पास जा खड़ा हुआ और कुछ संकोच से भरकर बोला, "एक बार खोखी को देख नहीं सकता क्या?"

शायद उसके मन में यही विश्वास था कि मिनी अभी तक वैसी ही बनी हुई है। या उसने सोचा था कि मिनी आज भी वैसे ही पहले की तरह 'काबुलीवाला, काबुलीवाला' पुकारती भागती हुई आ जाएगी और उसकी हँसी भरी अनोखी बातों में किसी तरह का कोई फर्क नहीं आएगा। यहाँ तक कि पहले की दोस्ती की याद कर वह एक पेटी अंगूर और कागज के दोने में थोड़ा किशमिश-बादाम शायद किसी अपने वतनी दोस्त से माँग-मूँगकर

ले आया था। उसकी पहली वाली झोली उसके पास नहीं थी।

मैंने कहा, "आज घर पर काम है। आज किसी से मुलाकात न हो सकेगी।"

वह कुछ उदास सा हो गया। वह खामोश मेरी ओर एकटक देखता रहा, फिर 'सलाम बाबू' कहकर दरवाजे से बाहर निकल गया।

मेरे हृदय में एक दर्द की टीस सी उठी। सोच रहा था कि उसे बुला लूँ, फिर देखा, वह खुद ही चला आ रहा है।

नजदीक आकर उसने कहा, "यह अंगूर, किशमिश और बादाम खोखी के लिए ले आया हूँ, उसको दे दीजिएगा।"

सब लेकर मैंने दाम देना चाहा, तो उसने एकदम मेरा हाथ पकड़ लिया, कहा, "आपकी बड़ी मेहरबानी है बाबू, हमेशा याद रहेगी। इसका मुझे पैसा न दें। बाबू, जैसी तुम्हारी लड़की है, वैसी मेरी भी एक लड़की मेरे देश में है। मैं उसकी याद कर तुम्हारी खोखी के लिए थोड़ा सा मेवा हाथ में लिए चला आता था। मैं यहाँ अब कोई सौदा बेचने नहीं आया।"

इतना कहकर उसने अपने ढीले-ढाले कुरते के अंदर हाथ डालकर एक मैला सा कागज निकाला और बड़े प्यार से उसकी तहें खोलकर दोनों हाथ से उसे मेज पर फैला दिया।

मैंने देखा, कागज पर एक नन्हे से हाथ के पंजे की छाप है। फोटो नहीं, तेल चित्र नहीं, सिर्फ हथेली में थोड़ी सी कालिख लगाकर उसी का निशान ले लिया गया है। बेटी की इस नन्ही सी याद को छाती से लगाए रहमान हर साल कलकत्ता की गलियों में मेवा बेचने आता था, जैसे उस नाजुक नन्हे हाथ का स्पर्श उसके विछोह से भरे चौड़े सीने में अमृत घोलता रहता था।

देखकर मेरी आँखें भर आईं, फिर मैं यह भूल गया कि वह एक काबुली मेवावाला है और मैं किसी ऊँचे घराने का बंगाली। तब मैं यह अनुभव करने लगा कि जो वह है, वही मैं भी हूँ, वह भी बाप है और मैं भी। उसकी पर्वतवासिनी नन्ही पार्वती के हाथ की निशानी ने ही मेरी मिनी की याद दिला दी। मैंने उसी समय मिनी को बाहर बुलवाया। घर में इस पर कड़ी आपत्ति की गई, पर मैंने एक न सुनी। ब्याह की लाल बनारसी साड़ी पहने, माथे पर चंदन की अल्पना सजाए दुलहन बनी मिनी शरम से भरी मेरे पास आकर खड़ी हो गई।

उसे देखकर काबुली पहले तो सकपका सा गया, अपनी पुरानी बातें अबकी बार दोहरा न सका। अंत में हँसकर बोला, "खोखी, तुम ससुराल जाओगी?"

मिनी अब ससुराल शब्द का मतलब अच्छी तरह समझती है। उससे पहले की तरह जवाब देते न बना। रहमान का सवाल सुनकर शरम से लाल हो, मुँह फेरकर खड़ी हो गई। काबुली से मिनी के पहले दिन की मुलाकात मुझे याद आ गई। मन न जाने कैसी वेदना से भर उठा।

मिनी के चले जाने के बाद एक लंबी साँस लेकर रहमान वहीं जमीन पर बैठ गया। अचानक उसके मन में एक बात साफ हो गई कि उसकी लड़की भी इस बीच इतनी ही बड़ी हो गई होगी और उसके साथ भी उसे नए ढंग से बातचीत करनी पड़ेगी। वह उसे फिर से पहले वाले रूप में नहीं पाएगा। इन आठ वर्षों में न जाने उसका क्या हुआ होगा। सवेरे के वक्त सर्दियों की सुहावनी कोमल धूप में शहनाई बजने लगी और कलकत्ता की एक गली में बैठा हुआ रहमान अफगानिस्तान के मेरू पर्वतों का दृश्य देखने लगा।

मैंने उसे एक बड़ा नोट निकालकर दिया, कहा, "रहमान, तुम अपने देश अपनी बेटी के पास जाओ। तुम दोनों के मिलन-सुख से मेरी मिनी का कल्याण होगा।"

यह रुपया दान करने के पश्चात् मुझे विवाहोत्सव की दो-चार चीजें कम कर देनी पड़ीं। मन में जैसी इच्छा थी, उस तरह रोशनी नहीं कर सका। किले का अंग्रेजी बैंड भी नहीं मँगा पाया। घर में औरतें बड़ा असंतोष प्रकट करने लगीं, लेकिन मंगल-ज्योति से मेरा यह शुभ समारोह उज्ज्वल हो उठा।

□

भाई-भाई

दम्मी-छदामी कोरी, दोनों भाई भोर होते ही जब हँसिया-गँड़ासा हाथ में पकड़े काम पर निकले, तब उन दोनों की घरवालियों में खूब जोर की जंग शुरू हो गई। आस-पास के लोग कुदरत, अनेक प्रकार की खटपट और शोर की भाँति इस घर के झगड़े और उससे पैदा हुए कोलाहल के आदी बन गए थे। जोर की चीख-पुकार और औरतों की गाली-गलौज कान में पड़ते ही लोग आपस में कहने लगते, "लो, हो गई शुरू।" यानी जैसी कि आशा थी, आज भी उस कुदरती सिद्धांत में कोई अंतर नहीं पड़ा। भोर होते ही पूरब में दिवाकर के उदय होने पर जैसे कोई उसका कारण पूछने की धृष्टता नहीं करता, ठीक वैसे ही कोरियों के इस घर में जब दोनों गृहिणियों में जंग और गाली-गलौज शुरू हो जाती तो फिर उसका कारण जानने के लिए आस-पास के किसी भी व्यक्ति को किंचित् मात्र भी आश्चर्य नहीं होता।

हाँ, इतना अवश्य है कि यह कलह या रोज-रोज का झगड़ा आस-पास के लोगों की अपेक्षा दोनों भाइयों को बहुत परेशान करता है; इस पर भी वे इसे विशेष परेशानियों में नहीं गिनते। उनके मानसिक भाव ऐसे हैं, मानो दोनों विश्व-यात्रा का लंबा सफर किसी इक्के में बैठकर काट रहे हैं और उसके बिना कमानी के पहियों के निरंतर घड़-घड़ शब्द को उन्होंने जीवन-यात्रा के विधि-विहित सिद्धांतों में ही मिला लिया है, अपितु घर में जिस दिन कोई शोरगुल नहीं होता, चारों ओर नीरवता सी छाई रहती है। उस दिन किसी प्रकार की मुसीबत आ जाए, इस बात पर कोई अनुमान भी नहीं कर सकता?

हमारी कहानी का कथानक जिस दिन से आरंभ होता है, उस दिन संध्या को दोनों भाई मेहनत-मजदूरी करके थके-माँदे जब घर लौटे तो देखा, घर

में सन्नाटे का साम्राज्य है।

बाहर काफी गरमी है। दुपहरिया भर खूब जोर की गरमी रही और अब भी मेघ गरज रहे हैं। हवा का चिह्न तक भी नहीं। वर्षा से घर के चारों ओर का जंगल और घास आदि बहुत ऊँचे-ऊँचे हो गए हैं; वहाँ से पानी में डूबे हुए पटसन के खेत में से दुर्गंध-सी निकल रही है और उसने चारों ओर चारदीवारी सी खड़ी कर दी है। गुहाल के पास वाली छोटी सी तलैया में मेढक टर्रा रहे हैं और संध्या का निस्तब्ध गगन मानो झींगुरों की ध्वनि से बिलकुल पूर्ण सा हो गया है।

समीप में बरसाती नदी पद्मा नए-नए बादलों से घिरकर और भयानक रूप धारण करके आजादी का रसास्वादन कर रही है तथा अधिकांश खेती को डुबोकर बस्ती की ओर मुँह बनाए बढ़ रही है। यहाँ तक कि उसने आस-पास के दो-चार आम, कटहल के वृक्षों को उखाड़कर धरा पर लिटा दिया है और उनकी जड़ें उसके पानी में से झलक रही हैं, मानो वे अपनी उँगलियों को गगन में फैलाकर किसी अंतिम अवलंब को पकड़ने का प्रयत्न कर रही हों।

दम्मी और छदामी, उस दिन गाँव में जमींदार के यहाँ गार में गए थे। उस पार की रेती पर धान पक गए हैं। वर्षा के पूर्व ही धान काट लेने के लिए देश के निर्धन किसान और मजदूर सब कोई अपने-अपने खेतों के काम पर पटसन काटने में लग गए हैं। केवल इन दोनों कोरियों को जमींदार के कारिंदे जबरदस्ती बेगारी में पकड़कर ले गए थे। जमींदार की कचहरी के छप्परों में से पानी टपक रहा था। उसकी मरम्मत के लिए और कुछ टट्टियाँ बनाने के लिए वे दोनों सारा दिन परिश्रम करते रहे। दो टूक पेट में डालने तक का मौका नहीं मिला। कचहरी की ओर से थोड़े से चने खाने को मिल गए थे। इसके अलावा हक की मंजूरी मिलनी तो दूर की बात, वहाँ उन्हें गालियाँ और फटकार ही मिलीं, वे उनकी मजूरी से कहीं ज्यादा थीं।

कीच-गारे में से किसी प्रकार निकल और पानी में होकर बड़ी मुश्किल से दोनों भाई संध्या समय पर घर पहुँचे, देखा तो, छोटी बहू चंदा छाती पर आँचल बिछाए चुपचाप औंधी पड़ी है। सावन की बदली की तरह उसने भी दिन भर अश्रु बहाकर आँखों को हलका किया है और अब शांत होकर हृदय को खूब गरम कर रखा है तथा बड़ी बहू अपना मुँह फैलाए द्वार पर बैठी थी, उसका डेढ़ साल का बच्चा बिलख रहा था। दोनों भाइयों ने जब

घर में पैर रखा तो देखा कि बच्चा नंगा-धड़ंगा चौक में एक ओर औंधा पड़ा सो रहा है।

भूख से व्याकुल दम्मी ने घुसते ही कहा, "उठ, परोस खाने को।" बड़ी राधा एक साथ जोर से बोल उठी, मानो कागज के ढेर में कोई चिंगारी पड़ गई हो, बोली, "खाने को है क्या जो परोस दूँ? चावल तू दे गया था, मैं क्या खुद जाकर कमा लाती?"

सारे दिन की थकान और डाँट-फटकार सहने के बाद निराहार निरानंद अँधेरे में, जलती हुई जठराग्नि पर घरवाली के रूखे शब्द, विशेषकर आखिरी वाक्य का छिपा हुआ असंतोष दम्मी को सहसा न जाने कैसे सहन न हुआ? क्रोधित सिंह की तरह वह चिल्लाकर बोला, "क्या हुआ?"

इतना कहकर उसी क्षण हँसिया उठाकर घर वाली के सिर पर दे मारा। राधा अपनी देवरानी के पास जाकर गिर पड़ी और वहीं दम तोड़ दिया।

चंदा के वस्त्र खून से लथपथ हो गए; वह 'हाय अम्मा, क्या हो गया,' कहकर क्रंदन कर उठी। छदामी ने आगे बढ़कर उसका मुँह दाब लिया। दम्मी हँसिया फेंककर गाल पर हाथ रखे भौंचक्के की तरह पृथ्वी पर बैठ गया। बेटा जाग गया और भय के मारे चिल्ला-चिल्लाकर रोने लगा।

बाहर का वातावरण तब तक पूर्ण रूप से शांत था। अहीरों के बालक गाय-भैंस चराकर गाँव को लौट रहे थे। उस पार की रेती पर जो लोग धान काटने गए थे, वे पाँच-पाँच सात-सात की टोली में एक छोटी सी नाव पर बैठकर, इस पार आकर अपनी मेहनत में दो-चार पूला धान का सिर पर लादे अपने-अपने घर में जा पहुँचे थे।

गाँव के रामलोचन चाचा डाकखाने में पत्र डालकर घर लौट आए थे और सब कामों से निबटकर चुपचाप बैठे तंबाकू का मजा ले रहे थे। एकाएक उन्हें याद आया कि उनके किसान दम्मी पर लगान के कुछ रुपए बाकी हैं, आज के दिन वह देने का वायदा कर गया था। यह सोचकर कि अब वह काम से लौट आया होगा, रामलोचन कंधे पर दुपट्टा डालकर और हाथ में छतरी ले उसके घर की ओर चल दिए।

दम्मी और छदामी के घर में घुसते ही उनके रोंगटे खड़े हो गए। देखा तो घर में दीया तक नहीं जल रहा था। आँगन अँधेरे से भरा हुआ था और उस अँधेरे में दो-चार काली छाया सी अस्पष्ट रूप से दिखाई दे रही थीं। रह-रहकर बरामदे में से किसी के रोने की आवाज आ रही थी और कोई उसे रोकने का प्रयत्न कर रहा था।

रामलोचन ने तनिक शरमाते हुए पूछा, "दम्मी है क्या?"

दम्मी एक प्रतिमा के समान चुपचाप बैठा था। अपना नाम सुनते ही वह सिसक-सिसककर अबोध बालक की तरह रोने लगा। छदामी झटपट बरामदे में से उतरकर रामलोचन चाचा के पास आँगन में आ खड़ा हुआ। रामलोचन ने पूछा, "औरतें कलह करके मुँह फुलाए पड़ी होंगी, इसी से अँधेरा है, क्यों? आज तो दिन भर चिल्लाती ही रही हैं।"

छदामी अभी तक क्या करना चाहिए, इस निर्णय पर नहीं पहुँच पाया था। अनेक प्रकार की असंभव कल्पनाएँ उसके मस्तिष्क में चक्कर काट रही थीं। अभी तक वह इस निश्चय पर पहुँचा था कि कुछ रात बीते, लाश को कहीं गायब कर देगा। इस बीच में चौधरी चाचा जान आ टपके, जिसकी उसे स्वप्न में भी आशा न थी। तुरंत ही उसे कोई जवाब न सूझा, कह बैठा, "हाँ, आज बहुत झगड़ा हो गया।"

चौधरी रामलोचन बरामदे की ओर बढ़ते हुए बोले, "इसके लिए दम्मी क्यों आँसू बहा रहा है?"

छदामी ने देखा कि अब बचने की कोई आशा नहीं, तो कह उठा, "लड़ते-लड़ते छोटी बहू ने बड़ी बहू के माथे पर हँसिया मार दिया है।"

इनसान आई हुई मुसीबत को ही बड़ा समझता है, उसके अलावा और भी कोई मुसीबत आ सकती है, यह बात शीघ्र ही उसके दिमाग में नहीं घुस पाती। छदामी उस समय इसी सोच में पड़ा हुआ था कि इस भयानक सजाई के पंजे से कैसे छुटकारा मिले? लेकिन झूठ उससे भी बढ़कर मुसीबत खड़ी कर सकता है, इस बात का उसे तनिक भी ध्यान न था। रामलोचन के पूछते ही तुरंत उसके दिमाग में जो उत्तर सूझा, वही उसने कह डाला। रामलोचन ने चौंककर पूछा, "ऐं, क्या कहा! मरी तो नहीं?"

छदामी ने उत्तर दिया, "मर गई!" इतना कहकर उनके पाँवों पर गिर पड़ा।

चौधरी महाशय बड़े असमंजस में फँस गए। सोचा कि भगवान ने न जाने संध्या समय कौन सी मुसीबत में फँसा दिया? कचहरी में गवाही देते-देते प्राण खुश्क हो जाएँगे। छदामी ने किसी प्रकार भी उनके चरणों को नहीं छोड़ा, बोला, "चौधरी चाचा, अब मैं बहू को बचाने के लिए क्या करूँ?"

अभियोग के विषय में परामर्श देने में चौधरी रामलोचन गाँव भर के प्रधानमंत्री थे। उन्होंने तनिक विचारकर कहा, "देख एक काम कर, तू अभी दौड़ जा थाने में, कहना कि मेरे बड़े भाई दम्मी ने शाम घर आकर खाने

को माँगा था। खाना तैयार नहीं था, सो उसने अपनी बहू के माथे पर हँसिया मार दिया। मैं ठीक बता रहा हूँ। ऐसा करने से तेरी बहू बच जाएगी।"

छदामी का कंठ सूखने लगा, उठकर बोला, "चौधरी चाचा, बहू तो और मिल जाएगी, लेकिन भाई को फाँसी हो जाने पर फिर भाई नहीं मिल सकेगा।" जब उसने अपनी घरवाली के माथे पर दोष मढ़ा था तब उसने यह बातें नहीं सोची थीं। भय के कारण एक बात मुँह से निकल गई, अब अलक्षित विचारों से उसका मन अपने लिए युक्तियाँ एकत्रित करने लगा।

चौधरी ने भी उसकी बात को युक्तिसंगत माना, बोले, "तब फिर जैसा हुआ है वैसा ही कहना, सब ओर से बचाव होना तो बहुत कठिन है छदामी।" इतना कहकर रामलोचन वहाँ से चल दिए और देखते-देखते सारे गाँव में इस बात की चर्चा हो गई कि कोरियों के घर की छोटी बहू ने गुस्से में बड़ी बहू के हँसिया दे मारा है।

बाँध टूटने पर जैसे ही बाढ़ आ जाती है, उसी प्रकार कोरियों के घर पुलिस आ धमकी। अपराधी और निरपराधी उन्हें देखकर घबरा उठे।

□

छदामी ने निर्णय किया कि जिस राह को अपनाया है, उसी पर चलना ठीक होगा, क्योंकि उसने चौधरी चाचा के सामने जो बात कह डाली है, उसे गाँव का बच्चा-बच्चा जान गया है। अब यदि और कोई बात कही जाए तो न जाने उसका नतीजा क्या निकले?

उसकी बुद्धि मारी गई। उसने अपनी बहू से अनुरोध किया कि वह इस बात को अपने ऊपर ले ले। सुनते ही उस पर मानो ज्वालामुखी का पहाड़ फूट पड़ा। उसने धीरज बँधाते हुए कहा, "अरी पगली! ऐसा करने में किसी बात का डर नहीं है, हम लोग तुझे जरूर बचा लेंगे।" धीरज बँधा तो सही, पर उसका गला सूख गया और चेहरे का रंग पीला पड़ गया।

चंदा की आयु सत्रह-अठारह वर्ष के लगभग होगी। चेहरा भरा हुआ और गोल-मटोल, बदन मँझोला और गठा हुआ, अंग-प्रत्यंग सौष्ठव से परिपूर्ण, चाल अति सुंदर, आस-पास के लोगों के घर जाकर गप-शप करना उसकी दिनचर्या है और बगल में पानी की गागर लिये पनघट जाते समय वह दो उँगलियों से अवगुंठन में तनिक-सा छिद्र करके चमकीली चंचल काली आँखों से जो कुछ देखने लायक वस्तु होती है, उसे देख लिया करती है।

बड़ी बहू ठीक इससे उल्टी थी, आलसिन, फूहड़ और बेशऊर। सिर का कपड़ा, गोद का बच्चा, घर का काम कुछ भी उससे न सँभलता था।

हाथ में न तो कोई खास काम-काज होता और न फुरसत। छोटी बहू उससे अधिक कुछ कहती-सुनती न थी। हाँ, मीठे स्वर में ही दो-एक पैने दाँत गड़ा देती और हाय-हाय, ही-ही करके क्रोध में बकती-झकती रहती, इस प्रकार मुहल्ले भर की नाक में दम करती रहती।

पर इन दो गृहस्थियों में भी स्वभाव की आश्चर्यजनक एकता थी। दम्मी देह में कुछ लंबा-चौड़ा, हट्टा-कट्टा है, चौड़ी हड्डियों, भद्दी नासिका, दुनिया से अनभिज्ञ आँखें। ऐसा भोला-भाला किंतु भयानक आदमी कोई विरला ही होगा।

और छदामी ऐसा लगता था जैसे किसी काले पत्थर को बड़ी मेहनत से कोंदकर कोई प्रतिमा तैयार की गई हो।

तनिक भी कहीं बाहुल्य एवं समानता नहीं, उसका प्रत्येक अंग स्थूल एवं शक्ति से परिपूण था। चाहे तो ऊँची से ऊँची चट्टान से नीचे कूद पड़े, चाहे किसी पेड़ की टहनियों को एकदम खाक कर दे, हरेक कार्य में उसके चातुर्य की स्पष्ट झलक दिखाई देती थी। वह बड़े-बड़े काले बालों को तेल में डुबो जतन से कंधे तक लटकाए रहता था। इससे स्पष्ट था कि वह अपनी देह की सजावट में विशेष ध्यान रखता है।

और और ग्रामवासियों के सौंदर्य की ओर से वास्तव में वह उदासीन न था, फिर भी वह अपनी घरवाली को बहुत चाहता था। दोनों में झगड़ा भी होता और मेल-जोल भी, कोई किसी को हरा नहीं पाता था? दोनों ही अपने दावों को खेलते हुए जीवन की डगर में आगे बढ़े चले जा रहे थे।

इस दुर्घटना के कई दिन पहले से दंपती में बहुत अधिक तनातनी चल रही थी। बात यह थी कि चंदा ने देखा कि उसका घरवाला काम के बहाने कभी-कभी दूर चला जाता है, यहाँ तक कि दो-एक दिन बाहर बिताकर घर लौटता है और कुछ कमा-धमाकर लाता नहीं। उसके बुरे लक्षणों के कारण वह उस पर कड़ी नजर रखने लगी और ज्यादती भी करने लगी। उसने भी पनघट पर चक्कर काटने शुरू कर दिए और मोहल्ले भर में अच्छी तरह घूम-फिरकर घर आकर काशीप्रसाद के मँझले बेटे की बहुत प्रशंसा करने लगी।

इससे परिणाम यह निकला कि छदामी के दिन और रातों में मानो किसी ने विष घोल दिया। काम-धंधों में उसे पल भर के लिए चैन नहीं पड़ता। इसके लिए उसने एक बार भाभी को खूब डाँटा-फटकारा। जवाब में भाभी ने खूब हाथ हिलाकर, झमक-झमककर उसके स्वर्गीय बाप को संबोधन

करके कहना शुरू कर दिया, "वह औरत आँधी के आगे-आगे भागती है, उसे मैं सँभालूँ। मैं तो सबकुछ समझती हूँ, किसी दिन खानदान की आबरू मिट्टी में मिला देगी!"

बगल के कोठे में चंदा बैठी थी। उसने बाहर आकर धीमे स्वर में कहा, "दीदी, तुम्हें इतना डर क्यों है?" बस फिर क्या था, दोनों में महाभारत छिड़ गई।

छदामी ने गुर्राकर कहा, "देख, अब की अगर सुना कि तू अकेली पनघट पर गई है तो तेरी हड्डी-पसली एक कर दूँगा।"

चंदा ने भभककर कहा, "तब तो मेरा कलेजा ही ठंडा हो जाएगा।" और कहती हुई वह बाहर जाने को तैयार हो गई।

छदामी ने उसकी चुटिया घसीटकर उसे कोठे के भीतर धकेल दिया और बाहर से दरवाजे में ताला डाल दिया।

संध्या समय जब छदामी घर लौटा तो देखा कि कोठा खुला पड़ा है, उसमें कोई भी नहीं है। चंदा तीन गाँव लाँघकर सीधी अपनी नानी के घर पहुँच गई है।

छदामी बड़ी मुश्किल से घरवाली को मनाकर वहाँ से वापस ले आया और इस बार उसने हार मान ली। फिर उसने किसी प्रकार की उससे जबरदस्ती नहीं की, लेकिन उसका मन अशांत रहने लगा। घरवाली के प्रति शंका के भाव उसके हृदय में शूल बनकर गड़ने लगे और जब कभी वह उसकी तीव्र पीड़ा से अधिक बेचैन हो जाता तो उसकी इच्छा होती कि काश, यह मर जाए तो पिंड छूटे। इनसान से इनसान को जितनी ईर्ष्या या जलन होती है उतनी संभवत: यमराज को भी नहीं।

इसी बीच घर में यह दुर्घटना घट गई।

चंदा से जब उसके घरवाले ने हत्या का दोष ले लेने के लिए कहा तो वह भौंचक्की होकर देखती रह गई, उसकी कजरारी आँखें अग्नि के समान छदामी को जलाने लगीं। उसका शरीर और मन संकुचित होकर इस राक्षस के पंजे से निकलकर भागने का प्रयत्न करने लगा। उसकी अंतर्रात्मा विमुख होकर अपने ही घरवाले के प्रति विद्रोह कर बैठी।

छदामी ने बहुतेरा उसको ढाढ़स बँधाया कि तेरे डरने की कोई बात नहीं है। इसके बाद थाने और अदालत में जज के सामने उसे क्या कहना होगा, बार-बार सिखा-पढ़ाकर सब ठीक-ठाक कर दिया, लेकिन चंदा ने लंबा-चौड़ा उसका व्याख्यान बिलकुल भी नहीं सुना, वह पाषाण-प्रतिमा

के समान वहाँ चुपचाप बैठी रही।

सभी कामों में दम्मी छदामी के भरोसे रहता है। छदामी ने जब चंदा पर सारा दोष गढ़ने की बात कही, तो दम्मी ने पूछा, "फिर बहू का क्या होगा?"

छदामी ने कहा, "उसे मैं बचा लूँगा।"

भाई की बात सुनकर हाँ-हाँ कर दम्मी निश्चिंत हो गया।

छदामी ने चंदा को सिखा दिया था कि तू कहना, "दीदी मुझे हँसिया लेकर मारने आई थीं, सो मैं भी हँसिया ले उसे रोकने लगी, अचानक वह उसके लग गया।" ये सब बातें चौधरी रामलोचन की बनाई हुई थीं। इनके अनुकूल जिन-जिन बातों और सबूतों की आवश्यकता थी, वे सब बातें भी उन्होंने विस्तार से छदामी को समझा दी थीं।

पुलिस ने आकर जोरों से तहकीकात करनी शुरू कर दी। लगभग सभी आस-पास के लोगों के मन में यह बात घर कर गई थी कि चंदा ने ही जिठानी की हत्या की है। सभी गाँव वालों के बयानों से ऐसा ही सिद्ध हुआ। पुलिस की ओर से चंदा से जब पूछा गया तो उसने कहा, "हाँ, मैंने ही खून किया है।"

"क्यों खून किया?"

"मुझसे वह डाह रखती थी।"

"कोई झगड़ा हुआ था?"

"नहीं।"

"वह तुम्हें पहले मारने आई थी?"

"नहीं।"

"तुम पर किसी किस्म का अत्याचार किया था?"

"नहीं।"

इस प्रकार का उत्तर सुनकर सब देखते रह गए।

छदामी एकदम घबरा गया, बोला, "यह ठीक नहीं कह रही है। पहले बड़ी बहू…।"

थानेदार ने उसे डाँटकर चुप करा दिया। अंत तक अनेक बार जिरह करने पर भी वही एक प्रकार का उत्तर मिला। बड़ी बहू की ओर से किसी प्रकार का हमला होना चंदा ने किसी प्रकार भी स्वीकार नहीं किया।

ऐसी जिद्दी औरत शायद ही कहीं देखने में आती हो। वह तो जी-जान से कोशिश करके फाँसी के तख्ते की ओर झुकी जा रही है, किसी भी तरह

रोके नहीं रुकती। यह कैसा रूठना है? चंदा शायद मन-ही-मन कह रही थी कि मैं तुम्हें छोड़कर अपनी इस जवानी को लेकर फाँसी के तख्ते पर चढ़ जाऊँगी, फाँसी की रस्सी को गले लगाऊँगी, मेरे इस जन्म का आखिरी बंधन उसी के साथ है।

बंदिनी होकर चंदा, फिर परिचित गाँव के रास्ते से, जगन्नाथ जी के शिवालय के पास से, बीच बाजार से, घाट के वट से, मजमूदारों के घर के सामने से, डाकखाना और स्कूल के बगल से, सभी परिचित लोगों की आँखों के सामने से कलंक का दाग माथे पर लगाकर सदैव के लिए घर छोड़कर चली गई। गाँव के बालकों का एक झुंड पीछे-पीछे चला जा रहा था और गाँव की औरतें, उसकी सखी-सहेलियाँ, कोई घूँघट की सेंध में से, कोई दरवाजे की बगल में से और कोई वृक्ष की ओट में से सिपाहियों से घिरी चंदा को जाती देख लज्जा से, घृणा से और भय से रोमांचित हो उठीं।

डिप्टी मजिस्ट्रेट के सामने चंदा ने अपना ही दोष स्वीकार किया और दुर्घटना से पहले बड़ी बहू ने उस पर किसी प्रकार की ज्यादती या जुल्म किया था, यह बात उसके मुँह से किसी भी प्रकार निकली ही नहीं।

पर छदामी उस दिन गवाह के कचहरी पहुँचते ही रो दिया और हाथ जोड़कर बोला, "दुहाई है हुजूर, मेरी बहू का कोई कसूर नहीं?" हाकिम ने रोबीले स्वर में उसे रोककर प्रश्न पर प्रश्न करना शुरू किया। उसने एक-एक करके सारी की सारी वारदात कह सुनाई।

पर हाकिम ने उसकी बात का विश्वास नहीं किया। कारण, गाँव के चौधरी रामलोचन ने गवाह के रूप में कहा, "खून होने के थोड़ी देर बाद मैं इनके घर पहुँचा था। गवाह छदामी ने सब बातें कबूल करके मेरे पैरों में गिरकर कहा था कि बहू को किस प्रकार बचाऊँ, कोई सलाह दीजिए। गवाह ने मुझसे कहा कि मैं यदि कहूँ कि मेरे बड़े भाई ने खाने को माँगा था, सो उसने दिया नहीं, इस पर गुस्से में आकर भाई ने अपनी घरवाली पर हँसिया का वार किया, जिससे उसने उसी समय दम तोड़ दिया, तो वह बच जाएगा।" मैंने कहा, "खबरदार हरामजादे, अदालत में एक कथन भी झूठ का न बोलना, इससे बढ़कर महापाप और नहीं है।"

रामलोचन ने पहले चंदा को बचाने के लिए बहुत सी बातें बना ली थीं, किंतु जब देखा कि चंदा खुद ही अड़कर फँस रही है, तब सोचा कि कहीं मुझे ही झूठे जुल्म की गवाही में न फँसना पड़े। इससे जितना जानता हूँ, उतना ही कहना अच्छा है। यह सोचकर उन्होंने उतना ही कहा और उस

कहने में किसी प्रकार की कोई कसर उठाकर न रखी।

डिप्टी मजिस्ट्रेट ने इस केस को सेशन के सुपुर्द कर दिया।

इस बीच में खेतीबाड़ी, हाट, बाजार, रोना-हँसना आदि संसार के सभी काम चलने लगे। पहले के समान सारे धान के खेतों में सावन के मेघ बरस उठे।

पुलिस मुल्जिम और गवाहों को लेकर सेशन जज की अदालत में पहुँची। इजलास लगा हुआ था। बहुत से लोग अपने-अपने मुकदमे की पेशी की इंतजारी में बैठे थे। कोई मुकदमा चल रहा था। छदामी ने खिड़की में से झाँककर रोजमर्रा की इस आकुल-व्याकुल दुनिया को एक नजर देखा। सबकुछ उसे सपना मालूम हुआ। अदालत के अहाते के भीतर के वट वृक्ष पर से एक कोयल कूक उठी।

अपनी पेशी पर चंदा से झुँझलाकर जज ने कहा, "तुम जिस दोष को अपने सिर पर ले रही हो, उसकी सजा जानती हो, क्या है?"

चंदा ने कहा, "नहीं।"

जज ने मुसकराते हुए कहा, "फाँसी यानी मौत।"

उसे सुनते ही चंदा के होश उड़ गए। उसने गिड़गिड़ाते हुए कहा, "साहब, आपके पैरों पड़ती हूँ, मुझे यही सजा दो, मुझसे अब दुनिया की बातें सही नहीं जातीं।"

जब छदामी को अदालत में पेश किया गया तो चंदा ने उसकी ओर से मुँह फेर लिया।

जज ने पूछा, "गवाह की ओर देखकर बताओ, यह तुम्हारा कौन लगता है?"

चंदा ने अपने मुँह को हाथों से ढककर कहा, "यह मेरा घरवाला है, साहब?"

जज, "तुम्हें यह चाहता है?"

चंदा, "बहुत ज्यादा हुजूर!"

जज, "तुम उसे नहीं चाहती क्या?"

चंदा, "बहुत ज्यादा चाहती हूँ, हुजूर।"

तभी छदामी ने बीच में ही कहा, "हुजूर, खून तो मैंने किया है।"

जज ने प्रश्न किया, "क्यों?"

छदामी ने कहा, "खाने को माँगा था, सो उसने दिया नहीं।" दम्मी जब गवाही देने आया तो बेहोश होकर गिर पड़ा।

होश आने पर उसने कहा, "हुजूर! खून तो मैंने किया है।"

"क्यों?"

"खाने को माँगा था, सो उसने दिया ही नहीं।"

बहुत जिरह और गवाहों के बयान के बाद जज ने साफ-साफ समझ लिया कि घर की बहू को फाँसी से बचाने के लिए दोनों भाई कसूर कबूल कर रहे हैं। लेकिन चंदा थाने से लेकर सेशन अदालत तक एक ही बात बराबर कहती आ रही थी। उसकी बात में तनिक भी कहीं अंतर नहीं पड़ा। दो वकीलों ने स्वतः प्रवृत्त होकर उसे फाँसी के फंदे से बचाने का बहुत प्रयत्न किया, लेकिन अंत में हार माननी पड़ी।

जिस दिन तनिक सी आयु में एक काली-काली छोटी-मोटी लड़की अपना गोल-मोल चेहरा लिये, गुड्डा-गुड़िया फेंककर, अपने माता-पिता का संग छोड़कर ससुराल आई थी, उस दिन रात को शुभ लग्न के वक्त आज दिन की कौन सोच सकता था? उसके पिता ने अंतिम समय में यह कहा था कि खैर, कुछ भी हो मेरी लड़की तो ठीक ठिकाने से लग गई।

फाँसी से पूर्व जेलखाने में सिविल सर्जन ने चंदा से पूछा, "किसी को देखने की इच्छा हो तो बोलो?"

चंदा ने उत्तर दिया, "बस एक बार अपनी माँ को देखना चाहती हूँ।"

सिविल सर्जन ने पुनः कहा, "तुम्हारा घरवाला तुम्हें मिलना चाहता है, उसे बुलवा लिया जाए?"

चंदा ने उद्विग्न होकर कहा, "उहूँ-हूँ, मौत भी नहीं आई।"

□

कंचन

मैं विदेश लौटकर छोटा नागपुर के एक चंद्रवंशीय राजा के दरबार में नौकरी करने लगा। उन्हीं दिनों मेरी देशव्यापी कीर्ति की पटल पर अचानक एक छोटी सी कहानी खिल उठी। उन दिनों गगन टेसू की रक्तिम आभा से विभोर था। शाल वृक्ष की टहनियों पर मंजरियाँ झूल रही थीं। मधुमक्खियों के समूह मँडराते फिर रहे थे। व्यापारी लोगों का लाख-संग्रह का समय आ गया था। बेर और शहतूत के पत्तों से रेशम के कीड़े इकट्‌ठे किए जा रहे थे। संथाल जाति महुए बीनती हुई फिर रही थी। नूपुर की झंकार के समान गूँजती हुई नदी वहीं पर बही जा रही थी। मैंने स्नेह से उसका नाम रखा था–'तनिका'।

उस समय का वातावरण अनोखे आवेश से परिपूर्ण था। उसका मेरे मन पर भी अधिकार हो गया था, जिससे कार्य की गति मंथर पड़ गई थी, तब मैं अपने पर ही खीझ उठा था।

दिन ढल रहा था। एक स्थान पर दोआबा बनाती हुई नदी दो शाखाओं में विभक्त होकर चली गई है। उसी बालू के टीले पर बगुलों की पंक्ति शांत बैठी थी। अपनी झोली में रंग-बिरंगे पत्थरों को भरे मैं कोठी को लौट रहा था, यह सोचकर कि अपनी विज्ञान-शाला में इनकी परीक्षा करूँगा। निर्जन वन में अकेले आदमी का समय काटना कठिन सा हो जाता है; अतः मैंने संध्या के बाद का समय प्रयोग के लिए नियत कर लिया है। डायनुमा द्वारा बिजली की रोशनी कर बैठ जाता हूँ, नाना प्रकार के रासायनिक द्रव्य, माइक्रोस्कोप और तराजू लेकर। इसी प्रकार बैठे-बैठे कभी-कभी आधी रात हो जाती है। मुझे आज विशेष खोज के बाद 'मेगनीज' के चिह्नों का आभास मिला था, इसलिए मेरी वापसी आज विशेष उत्साह के साथ हो रही थी।

उस वातावरण में कौए काँव-काँव करते हुए सिर पर से अपने-अपने नीड़ों की ओर बढ़े जा रहे थे।

इसी समय मेरे सम्मुख आकर एक बाधा खड़ी हो गई। उस निर्जन पथ के एक टीले पर पाँच साल वृक्षों का एक व्यूह जैसा खड़ा था। उसके झुरमुट में बैठे हुए व्यक्ति को केवल एक ही ओर संधि से देखा जा सकता था। उस समय मेघों के अंतराल से एक आश्चर्यमयी दीप्ति फूटकर निकल रही थी। उस छायामय वातावरण के भीतर गगन की लालिमा मानो किसी दिवंगना के खुले आँचल से गिरने वाले स्वर्ग की तरह छितरा रही थी। उसी विशेष ज्योति के पथ पर वह कोमलांगी बैठी थी। उस पेड़ के तने से टिककर दोनों पैरों को छाती के समीप समेटे वह मन लगाकर कुछ लिखे जा रही थी।

मैं वृक्ष की आड़ में खड़ा-खड़ा केवल उसकी ओर ताकता भर रहा। हृदय कितने ही चक्कर काटकर प्रवेश-द्वार तक आ पहुँचा था, किंतु मैं सदैव ही उससे खिसक जाता था। लेकिन आज ऐसा जान पड़ा, मानो जीवन के किसी चरम संघर्ष में आ गया हूँ। यह कैसे हो गया, उसका मुझे पता नहीं। मैं तो सदैव से अपने को पर्वत की तरह नीरस समझता आया था। अनायास ही भीतर से एक झरना फूट पड़ा।

उस बाला को भी मेरे खड़े होने का कुछ आभास-सा हो गया। उसने लिखना बंद कर दिया, किंतु उठ न सकी। मैंने सोचा कि कहूँ, "क्षमा कीजिए! किंतु कैसी क्षमा? मैंने ऐसा कौन सा दंडनीय कार्य किया था?"

यही सोचता हुआ मैं अपनी कोठी की ओर बढ़ा चला आ रहा था, तभी मेरी दृष्टि नीचे पड़े दो टुकड़ों में फटे हुए किसी पत्र के लिफाफे पर जा पड़ी। मैंने उठाकर देखा—नाम, भवतोष मजूमदार, आई.सी.एम., मुकाम छपरा हाथ की लिखावट लड़कियों जैसी, टिकट लगा हुआ था, लेकिन उस पर डाकखाने की मोहर नहीं। मेरी अक्ल ने झट समझ लिया कि फटे पत्र के लिफाफे पर किसी दुखांत का क्षत-चिह्न विद्यमान है और मैंने उस लिफाफे के रहस्य को जानने का भी संकल्प कर लिया।

जियोलॉजी के अध्ययन-अभ्यास के साथ भीतर-ही-भीतर इस रहस्योद्घाटन का काम भी चल रहा था, जिस समय मैंने कुसुमित साल वृक्षों की छाया और प्रकाश के बंधन में कंचन को देखा था। इसमें कोई शक नहीं कि इससे पूर्व भी बंगाली बाला को निहारा था, किंतु इस स्वतंत्र और एकांत वातावरण में देखने का अवसर कभी नहीं मिला। यहाँ उसकी सलोनी देह की कोमलता के साथ वन के फूल ने अपनी भाषा का स्वर मिला दिया।

विदेशी कोमलांगियों के दर्शन तो बहुत किए थे, संभवत: वे भली भी लगी थीं, किंतु बंगाली बाला को पहली बार ही इस प्रकार देखा कि उसकी समग्रता को उपलब्ध किया जा सके। उसे देखकर यह प्रतीत नहीं होता कि उसका संबंध किताबों से छूटा या नहीं।

बहुत दिन पहले, बाल्यावस्था में किन्हीं बसु महाशय का जो गीत मैंने सुना था और जिसे सुनकर भी भुला दिया था, न जाने क्यों ऐसा जान पड़ा कि उस राग की सहज संगिनी में इसी बंगाली लड़की के रूप की जो भूमिका व्यंजित है, वह आज मेरी आँखों के समक्ष साकार हो उठी है।

जियोलॉजी शास्त्र में पढ़ा था कि पृथ्वी के नीचे छुपी हुई आग्नेय सामग्री सहसा तेज भूकंप से आंदोलितावस्था में ऊपर आ जाती है। आज अपने ही निम्न स्तर के अंधकार में छुपी हुई उसी तपी-भली सामग्री को सहसा ऊपर के प्रकाश में देखा। कठोर विज्ञानी नवीनजी माधव के अंतस्थल में इस आंदोलितावस्था की मैंने कभी आशा नहीं की थी।

पता लग गया कि प्रतिदिन तीसरे पहर जब इसी मार्ग से काम से लौटा करता तो वह कुछ विशेष दृष्टि से देखा करती, पर उसकी दृष्टि में क्या है, यह अब तक मैं समझ नहीं सका था? कभी-कभी मैं मार्ग चलता हुआ पीछे की ओर मुड़कर देख लेता तो ऐसा लगता, कंचन मेरे ओझल होने के मार्ग की ओर देख रही है। मुझे मुड़ता देख वह अपनी दृष्टि घुमाकर उन कागजों की ओर कर लेती, जिन पर बैठी वह लिखा करती थी।

मेरे विज्ञानी मन को ऐसा लगा कि वह किसी को पाने के लिए इतना कठोर व्रत कर रही है। भवतोष विलायत से लौटकर छपरा में असिस्टेंट मजिस्ट्रेट के पद पर नियुक्त हो गया है। विलायत जाने से पूर्व इन दोनों में यही रहते समय गंभीर प्रणय हो गया था, परंतु अब पद की नियुक्ति के बाद कोई विशेष विप्लव घट चुका है। असल बात क्या है? इसकी तो जानकारी करने से ही पता लगेगा।

मेरे लिए जानकारी करना कोई कठिन कार्य नहीं था, क्योंकि मेरे सहपाठी बंकिम बाबू पटना विश्वविद्यालय में काम करते थे। उनको पत्र लिखकर डाल दिया, "बिहार की सिविल सर्विस में कोई भवतोष महाशय हैं। मेरे किसी मित्र ने अपनी लड़की के लिए इन्हें पसंद किया है। इस कार्य में मेरा सहयोग चाहते हैं। रास्ता पथरीला तो नहीं, इसका पूरा पता लगाकर मुझे लिखो तो मैं आभारी रहूँगा। उन महाशय का विवाह के लिए क्या मत है, यह भी लिखिए?"

पत्र का उत्तर मिला, "रास्ता पथरीले से भी अधिक बढ़कर है। उसकी राय के विषय में सुनो! जब मैं कॉलिज में डॉ. अनिल कुमार का छात्र था, जितना साधारण उनका पांडित्य था, उतना ही सरल उनका हृदय। उनकी नातिन को देखो तो पता लगेगा कि सरस्वती देवी ने उनकी साधना से संतुष्ट होकर, उनके बुद्धि-लोक को ही प्रकाशित नहीं किया बल्कि वह रूप-सुधा को लेकर उनकी गोदी में आ गई है। तुम्हारा शैतान भवतोष उनके इसी स्वर्गलोक में न जाने कहाँ से आन पड़ा? उसकी बुद्धि प्रखर थी और वाक्पटुता में वह निपुण। पहले धोखा खाया डॉक्टर साहब ने और बाद में उनकी नातिन ने। विवाह संबंध निश्चित हो चुका था, प्रतीक्षा थी भवतोष की विलायत से लौटने की। वहाँ का सारा खर्च डॉक्टर साहब ने दिया था। सिविल सर्विस की परीक्षा पास करके जब वह भारत आया और यहाँ के किसी उच्च पदाधिकारी की कन्या से विवाह कर लिया। उसके इन कुकृत्य और लज्जा से क्षुब्ध होकर डॉक्टर साहब नौकरी को तिलांजलि देकर अपनी नातिन के साथ कहाँ चले गए, इसका कुछ पता नहीं।"

पत्र को पढ़कर कंचन की परिस्थिति का पूर्ण आभास हुआ। तभी दृढ़ संकल्प किया कि उसको लज्जा और अवसाद से मुक्त करूँगा।

दिवाकर अस्ताचल की ओर जा रहे थे। संध्या अपना आवरण फैला रही थी। यह समय कंचन का घर लौटने का होता था। तभी कोई गँवार उसके हाथ से लिखे हुए पृष्ठ छीनकर भाग खड़ा हुआ। मैंने उसका पीछा किया और उन पृष्ठों को पाने में सफल हो गया। मैंने वे सब कंचन को लौटा दिए। अपनी संपत्ति को वापस आया देख कंचन ने स्निग्ध दृष्टि से देखते हुए कहा, "सौभाग्य से आप…।"

मैंने कहा, "भाग चले थे कि वह आया…।"

"इसका आशय?"

"स्पष्ट है।"

"मैं नहीं समझी।"

"यही कि उसकी सहायता से आपके साथ ही पहली बात हो गई। इससे पूर्व वही सोचता रहता था कि कैसे और क्या बोलूँ?"

"किंतु वह तो एक…।"

"क्या एक?"

"डाकू।"

"नहीं, वह डाकू नहीं, वह मेरा ही सिपाही था।"

कंचन अपने गहरे रंग की साड़ी का छोर पकड़, अपने मुँह पर रख खिलखिलाकर हँस पड़ी। हँसी के रुकते ही उसने कहा, "काश, यह सच होता तो बड़ा मजा आता।"

"जिसके यहाँ डाका पड़ा उसको।"

"उद्धार करने वाले के लिए क्या होगा?"

"उसे घर पर ले जाकर चाय पिला देती।"

"और इस नकली उद्धारकर्ता का क्या होगा?"

"उसने जो चाहा था, मिल गया।"

"क्या मिल गया?"

"परिचय की पहली बात और क्या?"

"बस।"

"हाँ।"

"मैं चाहता हूँ।"

"क्या चाहते हैं आप?"

"बातों का क्रम अब समाप्त न हो जाए।"

"समाप्त कैसे होगा?"

"अच्छा, यदि आप होतीं तो पहली बात आप क्या कहतीं?"

"मैं तो केवल यही पूछती कि सड़कों पर से पत्थर चुनने में लड़कपन नहीं लगा आपको?"

"फिर आपने पूछा क्यों नहीं?"

"डर लगता था।"

"डर! मुझसे?"

"हाँ, दादू से सुना था कि आप बड़े विद्वान् हैं। उन्होंने विलायत से छपा हुआ आपका लेख पढ़ा था। उन्होंने उसे समझाने का प्रयत्न किया, पर मैं समझ न सकी।"

तभी किसी की आवाज सुनाई दी, "दीदी कहाँ हो तुम? अँधेरा हो गया है। आजकल समय अच्छा नहीं है।" डॉक्टर साहब के उपस्थित होते ही मैंने उनके चरणों की धूल लेकर प्रणाम किया। वे तनिक सहम गए। परिचय दिया, "मेरा नाम नवीन माधव सेन गुप्त है।"

उसे सुनकर वृद्ध डॉक्टर का मुख उज्ज्वल हो उठा, बोले, "क्या कहते हो? आप ही डॉक्टर सेन गुप्त हैं? आप तो बच्चे हैं।"

मैंने उत्तर दिया, "अभी बच्चा ही हूँ, मैंने अभी छत्तीस को पार किया है।"

"आपको हमारे यहाँ चलना होगा।"

"इसके लिए कहना न पड़ेगा दादू; ये तो पहले ही चलने के लिए मुँह धोए बैठे हैं।"

मैंने मन-ही-मन कहा, 'अनर्थ हो गया! कैसी शरारत की है कंचन ने?'

डॉक्टर साहब ने उत्साहित स्वर में कहा, "आपको शायद देश और काल की…।"

"नहीं, नहीं! मैं इन चीजों को कुछ भी नहीं समझता! मुझे समझाने में आपका समय ही बरबाद होगा।"

"समय! यहाँ समय का अभाव ही क्या है? अच्छा, आज भोजन हमारे ही यहाँ करें।" मैं धन्यवाद करने ही जा रहा था कि कंचन बोल उठी, "दादू! हरेक को न्योता देकर मुझे मुश्किल में डाल देते हो। भला इस जंगल में फिरंगी की दुकान कहाँ मिलेगी? ये विलायत के 'डिनर' खाने वाली जाति से संबंधित इनसान हैं। व्यर्थ में अपनी नातिन को बदनाम करना चाहते हो?"

"अच्छा, अच्छा तो कब आपको सुविधा होगी, बताइए?" वृद्ध महाशय पूछ उठे।

"मेरी सुविधा तो कल ही हो सकती है; परंतु मैं कंचन देवी को परेशान नहीं करना चाहता। मुझे अनुसंधान के लिए वनों में जाना पड़ता है। वहाँ जो कुछ भी प्रकृति की देन स्वरूप मिलता है, उसे बटोरकर ले आता हूँ।"

"दादू! उनकी बातों पर विश्वास मत कीजिए, ये तो ऐसे ही कहते रहते हैं।"

मैंने सोचा, 'यह तो अजीब लड़की है, जो कहता हूँ उसी को जड़ से काट देती है।' इस प्रकार वार्त्ता करते-करते हम सब कंचन के मकान की ओर बढ़े चले जा रहे थे कि कंचन हठात् बोल उठी, "अब आप अपने शिविर को लौट जाइए।"

"क्यों? मैंने तो सोचा था कि आप लोगों को मकान तक छोड़ आऊँ।"

"बस-बस, हम खुद ही चले जाएँगे। अस्तव्यस्त अवस्था में मकान को दिखाकर परिहास का केंद्र नहीं बनना चाहती। उसे देखते ही मेमसाहिब की याद आ जाएगी।"

विवश हो मुझे विलग होना पड़ा। उस अवस्था में मैंने कहा, "कल आप लोगों के यहाँ जो मेरा न्योता है, वह मेरे नामकरण के लिए है। कल से नवीन माधव नाम का डॉक्टर सेन गुप्त अंश छूट जाएगा।"

"तब तो नामवर्तन कहिए, नामकरण क्यों कहते हैं?"

"जैसा आप समझें।"

इसके उपरांत मैं अपने शिविर में लौट आया। उस दिन अनुसंधान के लिए साथ लाए पदार्थों की मैं परख नहीं कर सका। मेरा मस्तिष्क कंचन के विषय में ही सोचता रहा।

अगले दिन तनिका के तट पर कंचन के साथ हमारी पिकनिक हुई। डॉक्टर साहब बालकों के समान मुझसे पूछ बैठे, "नवीन, क्या तुम विवाहित हो?" मैंने उस भावार्थ प्रश्न का तुरंत ही उत्तर देते हुए कहा, "अभी तो अविवाहित हूँ।" कंचन को किसी बात से छुटकारा नहीं? वह बोली, "दादू! अभी तक शब्द तो कन्या पक्ष वालों को सांत्वना देने मात्र के लिए है। उनका कोई यथार्थ अर्थ नहीं।"

"यथार्थ अर्थ नहीं, यह कैसे निश्चय कर लिया?"

"यह गणित की एक उलझन है, फिर उच्च गणित कहने से जो वस्तु समझी जाती है, वह यह नहीं है। यह तो पहले से ही सुनने में आया है कि आप छत्तीस साल के बच्चे हैं। इस अरसे में आपसे पाँच-सात बार कहा जा चुका है कि बेटा, बहू लाना चाहती हूँ। लेकिन आपने कहा, इससे पहले मैं लोहे के संदूक में रुपए लाना चाहता हूँ।" इसके बाद इस अरसे में आपका सबकुछ हो गया केवल फाँसी भर शेष थी। अंत में प्रांतीय सरकार का बड़ा पद जुट गया तो माँ ने फिर कहा, 'अब तो बेटा ब्याह करना होगा। मेरी जिंदगी के और कितने दिन बाकी हैं?' आपने कहा, 'मेरा जीवन और मेरा विज्ञान एक है, उसे मैं देश के लिए उत्सर्ग करूँगा। मैं अभी ब्याह न करूँगा।' विवश होकर फिर उन्होंने आँखों का पानी पोंछकर चुप्पी साध ली। आपके छत्तीस वर्ष का हिसाब लगाते समय मैंने कहीं गलती की हो तो कहिए, बताइए, संकोच की कोई आवश्यकता नहीं।"

फिर बोली, "हम लोगों के देश में आप लोग लड़कियों को जीवनसंगिनी के रूप में पाते हैं। विश्व का जिससे कोई प्रयोजन नहीं, किंतु विदेश में जो लोग विज्ञान के तपस्वी हैं, उनको तो उपयुक्त तपस्विनी ही मिल जाती है, जैसे-अध्यापक क्यूरी को सहधर्मिनी मादाम क्यूरी! तो क्या वैसी आपको वहाँ रहते नहीं मिली?"

कंचन के कहते ही कैथेरिन की बात याद आ गई। लंदन में रहते समय साथ ही काम किया था। यहाँ तक कि मेरी एक रिसर्च की पुस्तक में मेरे नाम के साथ उसका नाम भी जड़ित था। बात माननी पड़ी।

कंचन ने तत्काल ही पूछा, "उनके साथ आपने विवाह क्यों नहीं किया?

वे क्या इसके लिए तैयार नहीं थीं?"

"उन्हीं की ओर से प्रस्ताव तो उठा था।"

"तब?"

"मेरा नाम भारतवर्ष का ठहरा, इसलिए…।"

"यानी स्नेह की सफलता आप जैसे साधकों की कामना की वस्तु नहीं। लड़कियों के जीवन का परमलक्ष्य व्यक्तिगत है, और आप जैसे इनसानों का नैर्यक्तिक।"

इसका उत्तर मुझसे देते न बन पड़ा। मुझे चुप देखकर कंचन पुनः बोली, "बँगला साहित्य कतिपय आपने नहीं पढ़ा। उसमें यही बात दिखाई गई है कि लड़कियों का व्रत पुरुष को बाँधना है और पुरुष का व्रत है उस बंधन को काटकर ऊपर लोक का मार्ग पकड़ना। कच भी देवयानी के अनुरोध की उपेक्षा कर निकल पड़ा था। आप माँ का अनुनय न मानकर चल पड़े हैं। एक ही बात हुई, नारी और पुरुष में चिरकाल से चला आने वाला संबंध हो, चाहे भले ही अबला क्रंदन होता रहे। उस क्रंदन से आप लोग अपनी पूजा का नैवेद्य सजा लीजिए। देवता के उद्देश्य से ही नैवेद्य भी भेंट होती है, लेकिन देवता निरासक्त ही रहते हैं।"

कंचन ने फिर कहा, "देवयानी ने कच को क्या शाप दिया था, जानते हैं, नवीन बाबू?"

"नहीं।"

"अपने ज्ञान-साधन का फल आप स्वयं न सोच सकेंगे। हाँ, दूसरों को दान कर सकेंगे। मुझे यह बात कुछ अजीब सी लगती है। यदि यह शाप आज कोई विदेशी लोगों को देता तो वह बच जाता। विश्व की सामग्री को अपनी सामग्री के समान व्यवहार करने की वजह से ही यूरोप वाले लालच के द्वार पर मरते हैं।"

उस दिन जो बातें हुईं, वे केवल हास्य-व्यंग्य ही नहीं थीं। उनमें युद्ध की ओर संकेत था। कंचन के साथ अब मेरा संबंध सहज हो आया था, इस पर भी मैं कंचन के सम्मुख खड़े होकर उसकी चरम अभिलाषा की थाह पाने का कोई उपाय खोज नहीं पाया।

हाँ, एक दिन अवश्य पिकनिक के समय यह सुयोग मिल गया। उस समय डॉक्टर साहब शिवालय के खँडहर की सीढ़ी पर बैठकर रसायन-शास्त्र की कोई नई आई हुई पोथी पढ़ रहे थे। आबनूस के पेड़ की एक झाड़ी में बैठकर कंचन अचानक कह उठी, "इस महाकाल के वन में एक अंधी

प्राणशक्ति है, उससे भयग्रस्त हूँ।"

कंचन कहती गई, "पुराने भवनों की दरार से लुक-छिपकर पीपल का अंकुर निकलता है, और फिर धीरे-धीरे अपनी जड़ों से उसे बुरी तरह जकड़ लेता है, यह भी वैसा ही है। दादू के साथ यही बात हो रही थी। दादू कह रहे थे, बस्ती से बहुत दिनों तक दूर रहने से प्रकृति के अभाव से मानव का चरित्र दुर्बल हो जाता है और आदमी की प्राणी-प्रकृति का असर प्रखर हो उठता है।"

मैंने उत्तर दिया, "बताता हूँ। मेरी बात को भली-भाँति सोच देखिएगा। मेरा विचार यह है कि ऐसे अवसरों पर मानव का संग भीतर और बाहर से मिलना चाहिए, जिसका प्रभाव मानव-प्रकृति को पूर्ण कर सके। जब तक यह नहीं होगा तब तक अंध-शक्ति से पराजित ही होना पड़ेगा। काश, आप मामूली···।"

"हाँ, हाँ कहिए, संकोच मत कीजिए।" कंचन ने शीघ्रता से कहा।

"यह तो जानते ही हैं कि मैं वैज्ञानिक हूँ अतः जो कहने जा रहा हूँ, उसे व्यक्तिगत आसक्ति से रहित होकर ही कहूँगा। आपने एक दिन भवतोष को बहुत स्नेह से देखा था, क्या आज भी उसे उसी प्रकार···।"

"समझ लीजिए, नहीं करती···तब?"

"मैंने ही आपके मन को अधर से हटाया है।"

"संभव हो सकता है; लेकिन आपने ही नहीं, बल्कि इस अंध-शक्ति ने भी। इसलिए मैं इस हटने को श्रद्धा की दृष्टि से नहीं देखती।"

"ऐसा क्यों?"

"दीर्घकाल के प्रयास से मानव चित्र-शक्ति में अपने आदर्श की रचना करता है, प्राण-शक्ति की अंधता उस आदर्श को तोड़ देती है। आपके प्रति जो मेरा प्रेम है, वह उसी अंध-शक्ति के आक्रमण का फल है।"

"नारी होकर भी आप प्रेम पर ऐसा अपवाद मढ़ती हैं।"

"नारी होने के कारण ही ऐसा कह रही हूँ। प्रेम का आदर्श हमारे लिए पूजा की सामग्री है। उसी को सतीत्व कहते हैं। सतीत्व एक आदर्श है। यह सामग्री वन की प्रकृति की नहीं है, मानवी की है। इस निर्जन में इतने दिनों से इसी आदर्श की पूजा कर रही थी। सारे आघातों को सहन करने और धोखा खाने के बाद भी उसे बचा सकी तो मेरी पवित्रता भी नहीं जाएगी।"

"क्या भवतोष के लिए अब भी श्रद्धा का स्थान है?"

"नहीं।"

"उसके पास जाना चाहती हो।"

"नहीं।"

"तो फिर? मैं आशय नहीं समझा।"

"आप समझ भी नहीं सकेंगे। आपकी संपत्ति ज्ञान है, उच्चतर शिखर पर वह भी इंपर्सनल है। नारी संपत्ति हृदय की संपत्ति है। यदि उसका सब कुछ चला जाए, वह सबकुछ जो बाहरी है, जिसे स्पर्श किया जा सकता है, तब भी उस प्रेम में वह वस्तु बच रहती है, जो कि इंपर्सनल है।"

"वाद-विवाद में समय नष्ट न कीजिए। मुझे कुछ ही दिनों में खोज करने के अभिप्राय से अन्यत्र कहीं चला जाना होगा किंतु...।"

"फिर गए क्यों नहीं?"

"आपसे···।"

तभी कंचन ने पुकारा, "दादू!"

डॉक्टर साहब अपना पढ़ना-लिखना छोड़कर उठ आए और मधुर स्नेह के स्वर में बोले, "क्या है दीदी?"

"आपने उस दिन कहा था कि मनुष्य का सत्य उसी की तपस्या के भीतर से अभिव्यक्त हुआ है। उसकी अभिव्यक्ति प्राणी शास्त्र से समझी जाने वाली अभिव्यक्ति नहीं है?"

"हाँ, बिलकुल ठीक।"

"दादू, तो फिर आज अपनी और आपकी बात का निर्णय कर दूँ। कई दिनों से मस्तिष्क उथल-पुथल का केंद्र बना हुआ है।"

मैं उठ खड़ा हुआ, बोला, "तो मैं चलूँ?"

"नहीं! आप बैठिए। दादू, आपका वही पद फिर खाली हुआ है और सेक्रेटरी ने पुनः आपको बुलवाया भी है।"

"हाँ तो फिर...?"

"आपको उस पद को स्वीकार करना होगा, अति शीघ्र वहीं लौट जाना होगा।"

डॉक्टर साहब बेचारे हत्बुद्धि होकर कंचन के मुँह की ओर ताकते रहे। कंचन बोली, "अच्छा, अब समझी, आप इसी सोच में पड़े हैं कि मेरी क्या गति होगी? यदि अहंकार की मात्रा बहुत न बढ़ती हो तो आपको यह बात स्वीकार करनी ही होगी कि मेरे बिना आपका एक दिन भी नहीं चल सकता। मेरी अनुपस्थिति में तो पंद्रहवीं आश्विन अक्तूबर समझ बैठते हो। जिस दिन घर में अपने सहयोगी अध्यापक को भोजन के लिए आमंत्रित करते हो, उसी

दिन लाइब्रेरी का द्वार बंद करके कोई 'निदारुण इक्वेशन' सुलझाने में लग जाते हो। नवीन बाबू सोचते होंगे कि मैं बात बढ़ा-चढ़ाकर कह रही हूँ।"

"आज ऐसी अशुभ बातें…।"

"सब अभी खत्म हो जाएँगी। आप चलें तो मेरे साथ अपने काम पर, छूटी हुई गाड़ी फिर लौट आएगी।"

डॉक्टर साहब मेरी ओर देखकर बोले, "तुम्हारी क्या सलाह है, नवीन?"

मैं क्षण भर स्तब्ध रहकर बोला, "कंचन देवी से अधिक अच्छा परामर्श कोई नहीं दे सकता।"

कंचन ने उठकर मेरे चरण छूकर प्रणाम किया। मैं संकुचित होकर पीछे हट आया। कंचन बोली, "संकोच न कीजिए। आपकी तुलना में मैं कुछ भी नहीं हूँ, यह बात किसी दिन साफ हो जाएगी। आज आपसे यहीं अंतिम विदा लेती हूँ, जाने से पूर्व अब भेंट न होगी।"

"यह कैसी बात कह रही हो, दीदी?" डॉक्टर साहब ने पूछा।

"दादू!" इतना ही कह सकी कंचन।

मैंने उसी क्षण डॉक्टर साहब की पग-धूलि का स्पर्श किया। उन्होंने छाती से लगाकर कहा, "मैं जानता हूँ नवीन कि तुम्हारी कीर्ति का पथ तुम्हारे सामने प्रशस्त है।"

अपने स्थान पर लौटकर पहला रिकॉर्ड निकाला। उसे देखते ही मन में सहसा आनंद उमड़ आया। समझा, मुक्ति इसी को कहते हैं। संध्यावेला में दिन भर का काम समाप्त करके बरामदे में आते ही अनुभव हुआ, पंछी पिंजरे से तो निकल आया है, किंतु उसके पाँवों में जंजीर की एक कड़ी अब भी उलझी हुई है, हिलते-हिलते वह बज उठती है।

□

उद्धार

गौरी पुराने धनवान् घराने की बड़े लाड़-प्यार में पली खूबसूरत लड़की है। उसके पति पारस की हालत पहले बहुत ही गिरी हुई थी, पर अब अपनी कमाई के बूते पर उसने खासी उन्नति की है। जब तक वह गरीब था, तब तक सास-ससुर ने इस खयाल से कि लड़की कष्ट पाएगी, बहू को विदा नहीं किया था। गौरी कुछ अधिक आयु में ही ससुराल आई।

शायद इन्हीं कारणों से पारस अपनी खूबसूरत जवान पत्नी को पूरी तरह अपने हाथ की चीज नहीं समझता था और आदत में शक तो उसमें बीमारी बनकर समा गया था।

पारस पछाँह के एक छोटे से शहर में वकालत करता है। घर में परिवार का कोई न था, अकेली पत्नी के लिए उसका दिल हमेशा उतावला बना रहता। बीच-बीच में वह अचानक बेवक्त में अदालत से घर चला आता। शुरू-शुरू में पति के इस तरह अचानक चले आने का कारण गौरी की कुछ समझ में नहीं आया। बाद में वह क्या समझी, सो वही जाने।

बीच-बीच में वह अकारण ही गौरी के नौकर को भी भगा देने लगा, किसी नौकर का अधिक दिन तक बने रहना उसे सहन नहीं होता। विशेषकर काम की कठिनाई का ध्यान करके गौरी जिस नौकर को रखने के लिए आग्रह करती, उसे तो वह फौरन ही निकाल बाहर करता। तेजस्विनी गौरी को इससे जितनी चोट पहुँचती, उसका पति उतना ही विचलित होकर कभी-कभी ऐसा व्यवहार कर बैठता कि जिसका ठिकाना नहीं।

आखिर जब वह अपने घर को सँभाल न सका और नौकरानी को अकेले में बुलाकर उससे तरह-तरह के सवाल करने लगा, तब सब बातें गौरी को मालूम होने लगीं। कम बोलने वाली स्वाभिमानी स्त्री अपमान की चोट खाकर शेरनी की तरह भीतर-ही-भीतर उबलने लगी और घुमड़ने लगी और इस

पागल संदेह ने दंपती के बीच में पड़कर खंड-प्रलय की तरह दोनों को बिलकुल बेरुखा कर दिया।

गौरी के आगे अपना गहरा शक जाहिर करने के बाद पारस की झिझक और शरम जब बिलकुल ही जाती रही, तब वह रोज ही पग-पग पर साफ-साफ शक प्रकट करके पत्नी से लड़ने लगा और गौरी उतनी ही गुपचुप उपेक्षा और पैनी नजरों के तेज तीरों से नीचे से लेकर ऊपर तक उसके सारे शरीर को लहूलुहान करने लगी। इस तरह दांपत्य-सुख से छूटकर उस बेऔलाद युवती ने अपना सारा अंतर्मन धर्म की चर्चा में लगा दिया। हरिमन-सभा के नए प्रचारक ब्रह्मचारी परमानंद स्वामी को बुलाकर गौरी ने उनसे दीक्षा-मंत्र लिया और 'भागवत' की व्याख्या सुनने लगी। नारी हृदय का सारा बेकार का प्रेम एकमात्र रूप में एकत्र होकर गुरुदेव के चरणों में लोटने लगा।

परमानंद के साधु-चरित्र के संबंध में किसी को भी कोई शक न था। सभी उनकी पूजा करते थे, किंतु पारस उनके बारे में मुँह खोलकर शक प्रकट न कर सकने के कारण अधिक बेचैन हो उठा और उसका शक दिखाई न पड़ने वाले फोड़े की तरह धीरे-धीरे खुद उसी के मन को कुरेद-कुरेदकर खाने लगा।

एक दिन जरा सी किसी बात पर जहर निकल आया। पत्नी के सामने वह 'दुश्चरित्र', 'पाखंडी' कहकर गाली देने लगा और कहते-कहते कह बैठा, "तुम अपने शालिग्राम को छूकर धर्म से बताओ तो, उस बगुलाभगत से मन-ही-मन प्यार करती हो या नहीं?"

गौरी पाँव तले दबी नागिन की तरह एक पल में उग्र रूप धारण करके झूठी होड़ से पति को छेड़ते हुए भरे हुए गले से बोल उठी, "हाँ करती हूँ, तुम्हें जो कुछ करना हो सो कर लो।"

पारस उसी समय घर को ताला लगाकर, पत्नी को ताले में बंद करके अदालत चला गया।

बरदाश्त से बाहर गुस्से में भरकर गौरी ने किसी तरह दरवाजा खोल लिया और उसी समय वह घर से बाहर निकल गई।

परमानंद अपनी एकांत कोठरी में बैठे शास्त्र पढ़ रहे थे। वहाँ और कोई भी नहीं था। सहसा गौरी बिना बादल की बिजली की तरह ब्रह्मचारी के शास्त्र-अध्ययन के बीच जाकर टूट पड़ी।

गुरु ने पूछा, "यह क्या है?"

शिष्य ने कहा, "गुरुदेव, इस अपमान से भरी दुनिया में उद्धार करके

मुझे कहीं ले चलो। अब मैं तुम्हारी ही सेवा में अपना जीवन न्योछावर करना चाहती हूँ।"

परमानंद ने बहुत डाँट-फटकारकर गौरी को घर भेज दिया। किंतु हाय गुरुदेव! उसका-तुम्हारा वह अचानक टूटा हुआ अध्ययन का सिलसिला क्या फिर पहले जैसा जुड़ पाया!

□

पारस ने घर आकर दरवाजा खुला पाया। पत्नी से पूछा, "कौन आया था?"

पत्नी ने कहा, "कोई नहीं, मैं स्वयं गुरुदेव के घर गई थी।"

पारस का चेहरा सफेद पड़ गया। दूसरे ही पल लाल-सुर्ख होकर बोला, "क्यों गई थी?"

गौरी ने कहा, "मेरी तबीयत!"

उस दिन से घर पर पहरा बैठाकर पत्नी को कोठरी में बंद करके पारस ने ऐसी हुड़दंग मचाई कि सारे नगर में बदनामी हो गई।

इन सब भद्दे अपमान और अत्याचारों की सूचना पाकर परमानंद का हरि-भजन बिलकुल ही छूट गया। इस नगर को छोड़कर वे और कहीं जाने की सोचने लगे, किंतु बेचारी गौरी को इस हालत में छोड़कर उनसे कहीं जाते न बना।

और संन्यासी के इन दिन-रातों का इतिहास अंतर्यामी के अलावा और कोई भी न जान सका।

अंत में रुकावट की हालत में गौरी को एक चिट्ठी मिली। उसमें लिखा था, "वत्से! मैंने काफी सोचा है। पहले अनेक साध्वी, साधक, रमणियाँ कृष्ण-प्रेम में अपना घर-बार, सबकुछ छोड़ चुके हैं। यदि दुनिया के अत्याचारों से तुम्हारा मन हरि के चरण-कमल से विमुख हो गया हो तो मुझे सूचना देना। भगवान् की मदद से उनकी सेविका का उद्धार कर उसे मैं प्रभु के भयहीन चरण-कमल में न्योछावर करने की कोशिश करूँगा। फाल्गुन शुक्ला त्रयोदशी बुधवार की शाम को दिन के दो बजे तुम चाहो तो अपने तालाब के किनारे मुझसे मिल सकती हो।"

गौरी ने चिट्ठी को बालों में बाँधकर जूड़े में खोंस लिया। तेरस के दिन स्नान के पहले वह जूड़ा खोलने लगी तो देखा कि पत्र नदारद। सहसा शक हुआ कि शायद पत्र सोते में किसी समय निकलकर बिस्तर पर गिर गया होगा। पति उस पत्र को पढ़कर भीतर-भीतर ही जल-भुनकर खाक हुए जा

रहे होंगे, यह सोचकर गौरी मन-ही-मन में तनिक प्रसन्न हुई, किंतु साथ ही उसका सिर का गहना बनने वाला पत्र पाखंडी के हाथ पड़कर लांछित हो रहा होगा, यह बात भी उसे बरदाश्त नहीं हुई।

वह तेजी से पति के कमरे में पहुँची।

देखा पति जमीन पर पड़ा हुआ बुरी तरह तड़प रहा है। मुँह से झाग निकल रहे हैं और आँखों की पुतलियाँ ऊपर चढ़ गई हैं।

पति के दाहिने हाथ की मुट्ठी में से उस पत्र को निकालकर गौरी ने जल्दी से डॉक्टर को बुलवाया।

डॉक्टर ने कहा, "एपोप्लेक्सी, मिरगी है।"

रोगी तब तक मर चुका था।

उस दिन पारस को किसी जरूरी मामले की पैरवी के लिए बाहर जाना था और संन्यासी का यहाँ तक पतन हुआ था कि उस खबर को सुनकर वे गौरी से मिलने के लिए तैयार थे।

अभी-अभी बेवा हुई गौरी ने खिड़की में से देखा कि उसके गुरुदेव पिछवाड़े के तालाब के किनारे चोर की तरह छिपे हुए खड़े हैं। अचानक उस पर बिजली सी टूट पड़ी। उसने आँखें नीची कर लीं। उसके गुरु कहाँ से कहाँ उतर आए, सहसा एक ही क्षण में उनका वीभत्स चित्र उसकी आँखों के सामने नाचने लगा।

गुरु ने पुकारा, "गौरी!"

गौरी ने कहा, "आई, गुरुदेव!"

मरने की खबर पाकर पारस के मित्र वगैरह जब घर के भीतर पहुँचे, तब देखा कि गौरी भी पति की बगल में मरी पड़ी है।

उसने विष खा लिया था और इस जमाने में इस आश्चर्यजनक साथ-साथ प्राण त्यागने के उदाहरण से सती की महानता ने सबको दंग कर दिया।

□

धन की भेंट

गुस्से में भरकर वृंदावन कुंडू अपने पिता के समीप आकर कहने लगा, "मैं इसी वक्त आपसे विदा होना चाहता हूँ।"

उसके पिता जगन्नाथ कुंडू ने क्रोध तथा नफरत से देखते हुए कहा, "अभागे! कृतघ्न! मैंने जितना भी रुपया तेरे पालन-पोषण पर खर्च किया है, उसे चुकाकर ही ऐसी धमकी देना।"

जिस तरह का खान-पान जगन्नाथ के घर चला करता था, ऐसे खाने पर कुछ ज्यादा धन खर्च न होता था। भारत के प्राचीन ऋषि मितव्ययिता के लिए ऐसी ही चीजों का प्रबंध कर लिया करते थे। जगन्नाथ के बरताव से मालूम होता था कि वह इस विषय में अपनी औलाद को उन ऋषियों के आदर्शों पर ही चलाना पसंद करता था। यद्यपि वह पूर्णरूप से इस आदर्श को निभाने में असमर्थ था। इसकी वजह कुछ यह समझी जा सकती है कि जिस संसार में उसका रहन-सहन था, उसमें अपने पुराने आदर्श को शरीर के साथ मिलाए रखने के विषय में प्रकृति की उत्तेजना तीव्र तथा युक्ति-संगत थी।

जब तक वृंदावन अविवाहित था, उनका निर्वाह जैसे-तैसे चलता रहा, लेकिन विवाह के बाद उसने हद से बाहर इस उत्तम और सुंदर आदर्श को, जो उसके महामना पिता ने बनाकर रखा था, छोड़ना आरंभ कर दिया। ऐसा मालूम होता था कि सांसारिक सुख-ऐश्वर्य के संबंध में उसके खयाल आध्यात्मिक से शारीरिक की ओर बदल रहे हैं और खाने-पीने की न्यूनता से उसे भूख-प्यास, सर्दी-गरमी आदि जो परेशानियाँ भी सामने आती रहीं, उसने उन्हें सहना पसंद न करके दुनिया के साधारण व्यक्तियों के आचरण का अनुकरण करना शुरू कर दिया।

जब से वृंदावन ने अपने पिता के निर्मित उच्च आदर्श का बलिदान किया, तभी से पिता तथा पुत्र में झगड़ा आरंभ हो गया। इस कलह ने चरम सीमा का

रूप उस समय धारण किया, जब वृंदावन की पत्नी ज्यादा बीमार हुई और उसकी चिकित्सा के लिए एक कविराज बुलाया गया। यहाँ तक का व्यवहार भी माफ करने के योग्य था, किंतु जब वैद्यराज ने रोगी के लिए अधिक रुपयों की दवाई का निर्णय किया, तो जगन्नाथ ने समझ लिया कि वैद्यराज अयोग्य है और वैद्यक के नियमों से अनजान। बस उसने उसी वक्त उनको घर से बाहर निकलवा दिया। वृंदावन ने पहले तो पिता से काफी अनुनय-विनय की, फिर झगड़ा भी किया, लेकिन पिता के कान पर जूँ तक न रेंगी। अंत में जब पत्नी स्वर्ग सिधार गई तो वृंदावन का क्रोध अधिक बढ़ गया तथा उसने अपने पिता को उसका प्राण-घातक ठहराया।

जगन्नाथ ने स्वभावानुसार उसको समझाने की बहुत कोशिश की और कहा, "तुम कैसी नासमझी की बातें करते हो? क्या लोग विभिन्न तरह की औषधि खाकर नहीं मरते, अगर मूल्यवान औषधियाँ ही मनुष्य को जीवित रख सकतीं तो बड़े-बड़े राजा-महाराजा क्यों मरते? इससे पहले तुम्हारी माँ तथा दादी मर चुकी हैं, बहू मर गई तो क्या हुआ? समय आने पर हर एक को इस दुनिया से जाना पड़ता है।"

वृंदावन अगर इस इस तरह दुखी और सचेत होकर वास्तविक परिणाम पर पहुँचने में योग्य न होता तो संभव था कि वह इन बातों सें कुछ सांत्वना हासिल कर लेता। इससे पहले मरने के वक्त उसकी माँ और दादी ने दवाई पी थी तथा औषधि सेवन न करने का यह रिवाज बहुत पहले से इस खानदान में चला आया है। नई पौध का चरित्र इतना बिगड़ चुका है कि वह पुराने तरीके पर मरना भी पसंद नहीं करती।

जिस युग की चर्चा हम कर रहे हैं, उन दिनों अंग्रेज भारत में नए-नए आए थे, मगर उस वक्त भी इस देश के बड़े-बूढ़े अपनी-अपनी औलाद की आदत की खिलाफतपन के ढंग पर आश्चर्य तथा विकलता प्रकट किया करते और आखिर में जब उनकी एक न चलती तो अपने मुँह में लगे हुए हुक्कों से सांत्वना हासिल करने की कोशिश करते।

वास्तविकता यह है कि जिस वक्त मामला चरमसीमा को पहुँच गया तो वृंदावन से न रहा गया तथा उसने आवेश और विकलता के साथ अपने पिता से कहा, "मैं जाता हूँ।"

पिता ने उसे दृढ़ देखकर उसी वक्त आज्ञा दे दी।

उन्होंने घोषणा करते समय कह दिया, "चाहे देवता मेरे तरीके को गौ-हत्या के समान क्यों न समझें, मैं सौगंध खाकर कहता हूँ कि तुम्हें अपनी धन-दौलत

में से एक कौड़ी भी नहीं दूँगा।"

"अगर मैं तुम्हारी एक पाई तक को भी हाथ लगाऊँ तो उस आदमी से भी नीचे होऊँगा जो अपनी माँ को बुरे भाव से देखता है।" कहते हुए वह आगे निकल गया।

गाँव के निवासियों ने अपने जैसे विचारों के लंबे-चौड़े वाद-विवाद के बाद उस छोटे से परिवर्तन भरे झगड़े को संतोषपूर्वक देखा। जगन्नाथ ने चूँकि अपने बेटे को अपनी संपत्ति से वंचित कर दिया था, अतः प्रत्येक आदमी उसे सांत्वना देने का प्रयास कर रहा था। वे सब इस विषय में सहमत थे कि सिर्फ पत्नी की खातिर पिता के साथ झगड़ा करने का दृश्य इस नए युग में ही देखा जा सकता है। इसके संबंध में वे खुद जो कारण बताते थे, वे भी बहुत असंगत थे। उनका कहना था कि अगर किसी की पत्नी मर जाए तो बड़ी सरलता से दूसरी हासिल कर सकता है, पिता मर जाए तो विश्व भर की धन-दौलत के बदले में भी उसे हासिल नहीं किया जा सकता।

इस बात में संदेह नहीं कि उनका उपदेश हर तरह से ठीक था, किंतु हमें संदेह है कि दूसरा पिता हासिल करने की पीड़ा उस पथभ्रष्ट बेटे को कहाँ तक प्रभावित कर सकती थी। इसके खिलाफ हमारा विचार यह है कि ऐसा मौका आता तो वह उसे ईश्वरीय अनुकंपा में सम्मिलित समझता।

वृंदावन के अलग होने का दुःख उसके पिता जगन्नाथ को जरा भी महसूस न हुआ था। इसके कुछ विशेष कारण थे। एक तो यह कि उसके जाने से घर का खर्च कम हो गया। दूसरे, मन से एक भारी फिक्र दूर हो गई। हर समय उसे इस बात का भय रहता था कि मेरा बेटा मुझे जहर देकर न मार दे। जब कभी वह अपना थोड़ा सा भोजन करने बैठता तो यही विचार उसे परेशान कर देता कि इसमें जहर न मिला हो? यही चिंता किसी हद तक वृंदावन की पत्नी का स्वर्गवास हो जाने पर दूर हो गई थी, मगर अब वह बिलकुल ही न रही।

जिस तरह घने अँधियारे बादलों में चमकीली बिजली तथा भयंकर तूफानी समुद्र में बहुमूल्य रत्न विद्यमान रहते हैं, उसी तरह बूढ़े जगन्नाथ के कठोर हृदय में भी एक कमजोरी बाकी थी। वृंदावन जाते वक्त अपने साथ चार वर्षीय पुत्र गोकुलचंद को भी ले गया था, चूँकि उसकी खुराक तथा वस्त्रों का खर्च बहुत कम था, इसलिए जगन्नाथ को उससे बहुत प्यार था। जाते वक्त जब वृंदावन उसे अपने साथ ले गया तो सबसे पहले दुख तथा पछतावे की अपेक्षा उसने दिल में हिसाब लगाना शुरू किया कि इन दोनों के चले जाने से खर्च में कितनी कमी हो जाएगी। इस बचत की सालाना रकम कहाँ तक पहुँचेगी और इस बचत को

अगर किसी रकम का सूद समझा जाए तो उसका मूलधन कितना हो सकेगा?

जब तक गोकुलचंद घर में था, वह अपनी चंचलता से जगन्नाथ का ध्यान अपनी तरफ आकर्षित रखता था, लेकिन उसके चले जाने पर कुछ दिनों में ही बूढ़े को ऐसा अनुभव होने लगा कि घर काटने को दौड़ता है। इससे पहले जिस वक्त जगन्नाथ पूजा-पाठ में तल्लीन होता तो गोकुलचंद उसे छेड़ा करता। भोजन करते वक्त उसके आगे से रोटी या चावल उठाकर भाग जाता और खुद खा लेता तथा जब वह आय-व्यय लिखने बैठता तो उसकी दवात लेकर दौड़ जाता, मगर अब उसके चले जाने पर ये सब बातें भी दूर हो गईं। जिंदगी का रोजाना का क्रियाकर्म उसे भार अनुभव होने लगा। उसे ऐसा मालूम होता था कि इस तरह का विश्राम भविष्य के संसार में ही सहन किया जा सकता है। जब कभी वह गोकुल की चंचलता को याद करता तो रजाइयों में उसके हाथ में छेदों या दरी पर कलम-दवात से उसके बनाए हुए भद्दे चित्रों को देखता तो उसका मन मारे कष्ट के व्याकुल हो जाता। जगन्नाथ को अपने सोने के कमरे में एक कोने के भीतर पड़ी हुई पुरानी धोती के टुकड़े दिखाई पड़े, तो एकदम उसके नेत्रों से आँसू बह निकले। यह वह धोती थी, जिसे गोकुल ने दो साल के थोड़े वक्त में फाड़ दिया था तो जगन्नाथ ने उसे झिड़का और बुरा-भला कहा था। मगर अब उसने शपथ खा ली कि अगर गोकुल उसके जीते जी फिर कभी वापस आ गया तो चाहे वह हर वर्ष एक धोती फाड़े, वह उससे कभी नाराज न होगा।

लेकिन गोकुल को न वापस आना था, न आया। गरीब जगन्नाथ दिन-प्रतिदिन बूढ़ा होता जा रहा था और उसको खाली घर अधिक-से-अधिक डरावना लगने लगा था।

अंत में दशा यहाँ तक पहुँची कि वह संतोष से घर में बैठ भी न पाता। मध्याह्न के वक्त जब गाँव के सब लोग अपने-अपने घरों में सोए होते तो जगन्नाथ नारियल हाथ में लिये गलियों में घूमता दिखाई देता। गाँव के लड़के जब कभी उसे अपनी तरफ आता देखते तो खेल छोड़कर दूर जा खड़े होते और इस तरह पद्य-पंक्ति गाने लगते, जिसमें एक स्थानीय कवि ने वृद्ध जगन्नाथ की मितव्ययी आदत की प्रशंसा की थी। कोई आदमी उसका वास्तविक नाम इस भय से जबान पर न लाता कि कहीं उस रोज अन्न-जल हासिल न हो। अत: लोगों ने उसके अनेक प्रकार के नाम रख रखे थे। वृद्ध उसे जगन्नाथ कहा करते थे, लेकिन मालूम नहीं छोटे लड़के उसे चिड़ियल क्यों कहते थे। संभव है, इसका कारण यह हो सकता है कि उसकी त्वचा शुष्क तथा शरीर रक्तहीन दिखाई देता था। उन्हीं वजहों से वह प्रेत आत्माओं के जैसा समझा जाने लगा।

एक दिन दोपहर बाद जगन्नाथ स्वभावानुसार गाँव की गलियों में आम के छतनारे पेड़ों के नीचे अपना नारियल हाथ में लिए घूम रहा था। उसने देखा कि लड़का जो देखने में अजनबी मालूम होता था, गाँव के लड़कों का सरदार बना हुआ है तथा उन्हें कोई नई शरारत समझा रहा है। उसके महान् चरित्र तथा उसकी कुशाग्र बुद्धि से प्रभावित होकर सब लड़कों ने इस बात का निर्णय कर लिया था कि प्रत्येक कार्य में उसकी आज्ञानुसार आचरण करेंगे। दूसरे लड़कों की भाँति वह बूढ़े जगन्नाथ को अपनी तरफ आता देखकर डर से भागा नहीं, बल्कि उसके समीप जाकर चादर झाड़ने लगा। उसी वक्त चादर में से एक जीवित छिपकली निकलकर बूढ़े के शरीर पर गिरी और उसकी पीठ की ओर से नीचे उतरकर वन की तरफ भाग गई। डर से वृद्ध के हाथ-पाँव काँपने लगे। यह देखकर बच्चे प्रसन्नता से उच्च स्वर में बेहूदा नारे लगाने लगे। वृद्ध जगन्नाथ बड़बड़ाता और गालियाँ देता हुआ बहुत दूर निकल गया, किंतु वह अँगोछा जो प्राय: उसके कंधों पर पड़ा रहता था, अचानक गायब हो गया तथा दूसरे ही क्षण वह उस अपरिचित लड़के के सिर पर बँधी हुई पगड़ी के रूप में दिखाई देने लगा।

लड़के की तरफ से इस तरह की चेष्टा देखकर जगन्नाथ पहले तो कुछ चिंतित हुआ, फिर वह गाँव की रोजाना की कठोरता को इस तरह पराजित होते देखकर प्रसन्न भी हुआ। काफी दिनों से लड़के उसकी छाया ही देखकर दूर भाग जाया करते थे तथा उसे उनसे बोलने व बातचीत करने का अवसर भी न मिलता था। अपरिचित लड़का इस शरारत के बाद दूर भाग गया था, किंतु बहुत से वचन और सांत्वना देने के बाद वह उस वृद्ध के नजदीक आया। फिर दोनों में निम्न बातें होने लगीं–

"बेटा, तुम्हारा क्या नाम है?"

"मेरा नाम नितईपाल है।"

"तुम्हारा घर कहाँ है?"

"मैं नहीं बताऊँगा अपना घर।"

"तुम क्यों नहीं बतलाओगे?"

"क्योंकि मैं घर से भागकर यहाँ आया हूँ।"

"घर से भागे क्यों थे?''

"मेरा पिता मुझे स्कूल जाने को कहता था इसलिए।"

जगन्नाथ के मन में विचार आया, ऐसे होनहार लड़के को स्कूल भेजना कैसी व्यर्थ की बात है? वह कैसा लड़के के भविष्य के परिणाम की तरफ आँखें बंद रखने वाला पिता होगा, जो इसे स्कूल भेजना चाहता है।

थोड़ी ही देर बाद वह कहने लगा, "अच्छा, क्या तुम मेरे घर रहना पसंद करोगे?"

लड़के ने जवाब दिया, "क्यों नहीं।"

उसी दिन से वह लड़का उसके घर रहने लगा। उसे घर में प्रवेश करते हुए इतना भी डर न हुआ, जितना अँधेरे में किसी पेड़ के नीचे जाने से हो सकता है। इतना नहीं, बल्कि उसने अपने कपड़े और भोजन के विषय में ऐसे निर्भयतापूर्ण ढंग से प्रश्न करने शुरू किए जैसे वह उस घर में वर्षों से आ रहा हो। यदि कोई वस्तु उसकी मनपसंद न होती तो वह जगन्नाथ से झगड़ा आरंभ कर देता। जगन्नाथ अपने बेटे को तो डरा-धमका भी लेता, लेकिन उसे बस में लाना आसान न था। उसे उसकी हर एक बात माननी पड़ती।

गाँव के लोग आश्चर्य में थे कि जगन्नाथ ने नितईपाल को क्यों इस तरह सिर चढ़ा रखा है। यह सर्वविदित था कि वृद्ध कुछ सप्ताह का मेहमान है। वे इस बात को सोचकर बहुत चिंतित होते थे कि उसके स्वर्ग सिधारने पर उसकी संपत्ति का अधिकारी यही लड़का होगा। वे सब इस बात पर लड़के को भड़काने की कोशिश कर सकते थे, लेकिन जगन्नाथ उसकी ऐसी निगरानी रखता था जैसे वह उसकी रीढ़ की हड्डी हो।

कभी-कभी लड़का धमकी देकर कहता, "मैं अपने घर चला जाऊँगा।" ऐसे मौके पर लोभ-लालच का जाल बिछाकर कहता, "मैं अपनी सारी दौलत तुमको ही दे दूँगा।" लड़का हर तरह से कम आयु का था, तब भी इस वचन के महत्त्व को बखूबी समझता था।

गाँव वालों से और कुछ न हो सका तो उन्होंने उस लड़के के बाप के संबंध में जाँच शुरू की। उनको यह सोचकर बहुत दुख होता था कि उसके माता-पिता उसकी याद में दुखी होंगे। लड़का बड़ा ही चंचल है, जो उन्हें इस तरह छोड़कर भाग आया। वे इसे हजार-हजार गालियाँ देते होंगे। लेकिन ये सब बातें वे जिस आवेश में करते थे, इससे साफ पता लगता था कि वे न्याय नहीं, ईर्ष्या से काम ले रहे हैं।

वृद्ध को एक दिन किसी बटोही की जबानी ज्ञात हुआ कि दामोदर पाल अपने बेटे की खोज में पास के गाँवों तथा कस्बों में फिर रहा है, और कुछ ही वक्त में वह इस गाँव में आने वाला है। नितई ने जब यह बात सुनी तो सहज भाव से उसके मन के प्रेम में आवेश आया। वह उद्विग्नता की स्थिति में धन-दौलत छोड़कर अपने पिता के पास जाने को तैयार हो गया। जगन्नाथ उसे रोकने के लिए हर एक संभव ढंग से कोशिश करता था। अतः उसने कहा, "तुम अपने

पिता के पास जाओगे तो वह तुम्हें पीटेगा, मैं तुम्हें एक ऐसे स्थान पर छिपा दूँगा कि किसी को भी तुम्हारा पता न मिल सकेगा, यहाँ तक कि गाँव वाले भी पता न कर सकेंगे।"

इस बात से लड़के के मन में आश्चर्य उत्पन्न हुआ तथा कहने लगा, "बाबा! मुझे कहाँ छिपाओगे? भला वह जगह तो तुम भी दिखा दो।"

जगन्नाथ ने जवाब दिया, "यदि वह स्थान मैं इस समय दिखा दूँ तो लोगों को खबर हो जाएगी, रात हो जाने दो।" सभी बच्चों में आश्चर्यजनक जगह की उत्कट लालसा होती है, नितई भी उसी प्रकार यह बात सुनकर खुश हुआ। उसने अपने हृदय में विचारा कि जब मेरे पिता मेरी खोज करने के बाद वापस चले जाएँगे तो मैं दौड़ लगाकर लड़कों के साथ उस जगह पर आँखमिचौली खेला करूँगा तथा कोई मालूम न कर सकेगा कि मैं कहाँ छिपा हूँ, वास्तव में उस वक्त बड़ा आनंद आएगा। पिताजी पूरा गाँव छान मारेंगे तथा मुझे कहीं न पा सकेंगे, बड़ी दिल्लगी होगी।

दोपहर बाद के वक्त जगन्नाथ लड़के को कुछ समय के लिए घर में बंद करके कहीं चला गया। उसके वापस आने पर नितई ने उससे सवाल किए तो वह परेशान हो गया।

अंत में जब रात हुई तो नितई कहने लगा, "बाबा, अब तो वह जगह मुझे दिखा दो।"

जगन्नाथ ने जवाब दिया, "अभी रात नहीं हुई।"

इसके कुछ वक्त बाद लड़के ने फिर कहा, "बाबा, अब रात बहुत हो गई है, अब तो चलो।"

जगन्नाथ ने धीरे से कहा, "अभी गाँव के मानव सोए नहीं हैं।"

फिर नितई एक क्षण के लिए रुका और बोला, "बाबा, इस समय तो सब लोग सो गए, आओ अब चलें।"

रात बहुत बीत चुकी थी। गरीब लड़का इतनी देर तक कभी न जागा था, इसलिए उसको जागे रहने में बड़ी कठिनाई पड़ रही थी। अंत में आधी रात के वक्त जगन्नाथ लड़के की बाँह पकड़कर खाली गाँव की अँधेरी गलियों से रास्ता टटोलता बाहर निकला। सब दिशाएँ सूनी थीं, चारों ओर सूनापन था, कभी-कभी कोई कुत्ता भौंकने लगता और कुत्ते भी उसके साथ मिलकर भौंकना शुरू कर देते। इसके अलावा कहीं-कहीं उसके पैरों की आहट से कोई पक्षी वृक्ष की टहनी से पंख फड़फड़ाता हुआ उड़ जाता। नितई डर से काँप रहा था, लेकिन जगन्नाथ ने उसका हाथ मजबूती से पकड़ा हुआ था।

कई खेतों से होकर आखिर में ये लोग जंगल में घुस गए। यहाँ एक पुराना मंदिर खड़ा हुआ था, जिसमें कभी भी देवता की मूर्ति दिखाई न पड़ती थी।

नितई ने उसे देखकर निराशा भरे स्वर कहा, "बस, यही स्थान था?"

यह स्थान उसकी सभी कल्पनाओं से भिन्न था, क्योंकि उसमें कोई आश्चर्य की बात न थी। जब से वह घर से भागा था, अनेक बार ऐसे खँडहर मंदिरों में रातें बिता चुका था। इतना होने पर भी आँखमिचौली खेलने के लिए यह जगह सुंदर थी, अर्थात् ऐसी कि उसके साथ खेलने वाले लड़के यहाँ उसकी खोज न कर सकते थे।

जगन्नाथ ने फर्श के मध्य से एक पत्थर की शिला उठाई। उसके नीचे आश्चर्यचकित लड़के को एक तहखाना दिखा, जिसमें एक धीमा सा दीप जल रहा था। डर और आश्चर्य, ये दोनों बातें उसके मन पर जमी हुई थीं। अंदर एक बाँस की सीढ़ी खड़ी थी, जगन्नाथ नीचे उतरा तथा नितई भी उसके पीछे-पीछे हो लिया।

नीचे उतरकर लड़के ने इधर-उधर देखा तो उसे चारों तरफ पीतल के टोकरे पड़े हुए दिखाई दिए। उसके बीच में एक आसन बिछा हुआ था तथा सामने थोड़ा सिंदूर, घिसा हुआ चंदन, कुछ जंगली फूल तथा पूजा की बची सामग्री रखी हुई थी। लड़के ने अपनी जिज्ञासापूर्ति के लिए उन टोकरों में से कुछ के अंदर हाथ डाला और जब हाथ बाहर निकालकर देखा तो मालूम हुआ कि उनमें रुपए तथा सोने की मोहरें भरी हुई हैं। इतने में वृद्ध जगन्नाथ ने कहा, "नितई, मैंने तुमसे कहा था न कि मैं अपनी सारी दौलत तुम्हें दे दूँगा, मेरे पास कोई ज्यादा धन नहीं है, किंतु जो कुछ भी है, वह इन पीतल के टोकरों में भरा है तथा यह सब मैं आज तुम्हारे हवाले करना चाहता हूँ।"

नितई प्रसन्नता की अधिकता के मारे उछल पड़ा और बोला, "सच! क्या तुम इसमें से एक रुपया भी अपने पास न रखोगे?"

वृद्ध ने जवाब दिया, "अगर मैं इसमें से कुछ लूँ तो ईश्वर करे, मेरा वह हाथ कोढ़ी हो जाए, लेकिन यह धन मैं तुम्हें एक शर्त पर देता हूँ। यदि कभी मेरा पोता गोकुलचंद या उसका भी पोता या परपोता या उसकी संतान में कोई भी इस रास्ते से होकर जाए तो तुम्हारे लिए जरूरी होगा कि यह सारी संपत्ति उसको सौंप दो।"

लड़के ने थोड़ा ध्यान से सोचा और पक्के इरादे के साथ सोचा कि बूढ़ा पागल हो गया है। फिर वृद्ध कहने लगा, "बस, तो इस जगह पर बैठ जाओ।"

"मगर क्यों?"

"तुम्हारी पूजा की जाएगी, इसलिए।"

लड़के ने हैरत से पूछा, "यही रीति है क्या?"

वृद्ध ने जवाब दिया, "हाँ, यही रीति है।"

लड़का उछलकर फौरन आसन पर बैठ गया। वृद्ध जगन्नाथ ने उसके माथे पर चंदन लगाया, भौंहों के बीच सिंदूर की बिंदी लगा दी, जंगली फूलों का हार उसके गले में डाला तथा कुछ मंत्र उच्चारण करने लगा।

बेचारा नितई देवता की तरह आसन पर बैठा-बैठा बोर हो गया, क्योंकि उसकी पलकें नींद से भारी हो रही थीं। अंत में उसने घबराकर कहा, "बाबा!"

लेकिन जगन्नाथ उत्तर दिए बिना ही मंत्रों का उच्चारण करता रहा।

आखिर में उसके मंत्रों का सिलसिला समाप्त हुआ और जगन्नाथ ने बड़ी मुश्किल से एक टोकरे को खींचकर लड़के के सम्मुख रखा तथा ये शब्द विवशता से उसके मुँह से कहलवाए, "मैं ईमानदारी से प्रतिज्ञा करता हूँ कि इस सारी धन-संपत्ति को गोकुलचंद कुंडू के बेटे, पोते-परपोते अथवा उसकी संतान के किसी आदमी को, जो इसका हकीकतन और योग्य उत्तराधिकारी होगा, दे दूँगा।"

कई बार शब्दों के कहने में भोले लड़के की चेतना जाती रही तथा कंठ सूखने लगा।

जैसे-जैसे यह रीति खत्म हुई, गुफा की हवा, दीपक का धुआँ तथा उन दोनों के साँस की वजह से बुरी मालूम होने लगी। नितई को अपना कंठ मिट्टी की तरह सूखा तथा हाथ-पैर जलते अनुभव हो रहे थे। बेचारे का दम घुटा जा रहा था।

धीरे-धीरे दीपक की रोशनी मद्धिम होती जा रही थी। यहाँ तक कि दीपक आखिरी झोंका खाकर बुझ गया। इसके बाद अँधेरा फैल गया। नितई को ऐसा लगा कि वृद्ध जल्दी-जल्दी सीढ़ी से ऊपर चढ़ रहा है। उसने घबराकर पूछा, "बाबा, तुम कहाँ जा रहे हो?"

जगन्नाथ ने लगातार ऊपर की तरफ चढ़ते हुए उत्तर दिया, "मैं अब जाता हूँ, तुम यहीं रहो, यहाँ तुम्हें कोई न ढूँढ़ सकेगा। वृंदावन के बेटे तथा जगन्नाथ के पोते गोकुलचंद का नाम याद रखना।"

इसके बाद उसने ऊपर जाकर सीढ़ी खींच ली। लड़के ने अवरुद्ध तथा दयनीय स्वर में कहा, "मैं अब अपने पिता के पास जाना चाहता हूँ, यहाँ मुझे डर लगता है।"

जगन्नाथ ने उसकी परवाह न करते हुए गुफा के मुँह पर पत्थर की शिला

रख दी। इसके बाद दोनों जंघाओं को मोड़कर झुका तथा अपने कान पत्थर के पास लगाकर सुनने लगा। अंदर से आवाज आई, "बाबाजी!" फिर किसी भारी चीज के फर्श पर गिरने की आवाज सुनाई दी तथा इसके बाद गहरी खामोशी छा गई।

बूढ़े जगन्नाथ ने इस तरह अपना धन उसको सौंपकर जल्दी-जल्दी पत्थर के ऊपर मिट्टी डालनी आरंभ कर दी। उस पर टूटी-फूटी ईंटें और चूना रख दिया तथा फिर मिट्टी बिछाकर उसमें जंगली घास तथा बूटियों की जड़ें खड़ी कर दीं।

रात संभवत: खत्म हो चुकी थी, लेकिन वह उस जगह से हटकर घर न जा सका। वह रह-रहकर अपना कान पृथ्वी पर लगाता और आवाज सुनने की कोशिश करता। ऐसा मालूम होता था कि अब भी उस गुफा के भीतर या पृथ्वी की असीम गहराइयों में से एक वेदनायुक्त क्रंदन सुनाई दे रहा है। उसे ऐसा मालूम होता था कि रात में आसमान पर सिर्फ वही एक आवाज छाई हुई है और विश्व के सब आदमी उस आवाज से जागकर बिस्तरों में बैठे उसे सुनने का प्रयत्न कर रहे हैं।

पागल वृद्ध जोश में आकर ज्यादा मिट्टी डाले जा रहा था, जिससे उस आवाज को दबा दे, मगर इस पर भी रह-रहकर वह आवाज उसके कानों में आ रही थी, "बाबाजी! हाय बाबाजी!"

उसने पूरी शक्ति से धरती पर पाँव मारकर चीखते हुए कहा, "चुप रहो, लोग तुम्हारी आवाज सुन लेंगे।"

फिर भी उसे मालूम हुआ कि 'हाय बाबाजी! हाय बापू!' की आवाजें रह-रहकर सुनाई दे रही थीं।

इतने में सूरज निकल आया तथा जगन्नाथ कुंडू मंदिर को छोड़कर खेतों की तरफ आ गया।

वहाँ भी किसी ने उसके पीछे से आवाज दी, "बापू!" घबराहट की स्थिति में जगन्नाथ ने पीछे फिरकर देखा तो उसका लड़का वृंदावन था।

वृंदावन कहने लगा, "हाँ, मुझे मालूम हुआ है कि मेरा लड़का आपके घर में छिपा हुआ है, उसे मुझे दे दो।"

यह सुनकर वृद्ध के नेत्र चौड़े हो गए, मुँह खुला का खुला रह गया, उसने मुड़कर पूछा, "क्या कहा, तुम्हारा लड़का?"

वृंदावन ने कहा, "हाँ, मेरा लड़का गोकुल, अब उसका नाम नितईपाल है और मैंने अपना नाम बदलकर दामोदर पाल प्रसिद्ध कर रखा था, क्योंकि तुम्हारी

मनहूसी तथा कंजूसी की बात चारों तरफ ज्यादा फैल चुकी थी। मजबूर होकर मुझे अपना वास्तविक नाम बदलना पड़ा, वरना मुमकिन यह था कि लोग हमारा नाम लेने से भी सकुचाते।"

वृद्ध ने धीरे से अपने दोनों हाथ सिर के ऊपर उठाए, उसकी उँगलियाँ इस तरह काँपने लगीं, मानो वह हवा में किसी अदृश्य चीज को पकड़ने की कोशिश कर रही हों, फिर वह अचेत होकर पृथ्वी पर गिर पड़ा। जब उसे चेत हुआ तो वह अपने बेटे की बाँह पकड़कर उसे लगभग घसीटता हुआ पुराने मंदिर के समीप ले गया तथा पूछने लगा, "तुम्हें इसके भीतर से रोने की आवाज सुनाई देती है क्या?"

वृंदावन ने जवाब दिया, "नहीं।"

वृद्ध ने कहा, "ध्यान से सुनो, कोई आवाज अंदर से 'बाबाजी-बाबाजी' कहती सुनाई नहीं देती क्या?"

वृंदावन ने फिर कान लगाकर जवाब दिया, "नहीं।"

इससे बूढ़े जगन्नाथ की परेशानी किसी सीमा तक दूर हो गई, साथ ही उसके दिमाग ने भी उसे जवाब दे दिया।

लोग उसके पागलपन पर हँसने लगते। इसके लगभग चार साल पश्चात् जगन्नाथ मृत्यु-शैया पर पड़ा हुआ था। विश्व का प्रकाश धीरे-धीरे उसकी आँखों के सामने से दूर होता जा रहा था तथा साँस अधिक कष्ट से आने लगी थी। सहसा वह विक्षिप्त अवस्था में उठकर बैठ गया। उसने अपने दोनों हाथ ऊपर को उठा लिये तथा हवा में इस तरह चलाने लगा जैसे किसी चीज को टटोल रहा हो और कहने लगा, "मेरी सीढ़ी किसने उठा ली?"

उस खतरनाक बंदीगृह में से, जहाँ न देखने को रोशनी तथा न साँस लेने के लिए वायु थी, बाहर निकलने के लिए सीढ़ी न पाकर वह फिर अपनी मृत्यु-शैया पर गिर पड़ा तथा जहाँ संसार की स्थायी आँखमिचौली के खेल में कोई छिपने वाला पाया नहीं गया, वह उस श्रेणी में खो गया।

□

खोया हुआ मोती

मैंने अपनी नौका का स्नान-घाट की टूटी-फूटी सीढ़ियों के करीब लंगर डाला। सूर्य छिप चुका था। नाविक नौका के तख्ते पर ही मगरिब (सूर्यास्त) की नमाज अदा करने लगा। प्रत्येक सजदे के बाद उसकी काली छाया सिंदूरी आसमान के नीचे एक चमक के समान खिंच जाती।

नदी के किनारे एक टूटी-फूटी इमारत खड़ी थी, जिसका छज्जा इस प्रकार झुका हुआ था कि उसके गिर पड़ने की हर वक्त भारी आशंका रहती थी। उसके दरवाजों और खिड़कियों के किवाड़ बहुत पुराने और ढीले हो चुके थे। चारों तरफ शून्यता छाई हुई थी। उस शून्य वातावरण में अचानक एक मनुष्य की आवाज मेरे कानों में सुनाई पड़ी तो मैं काँप उठा।

"आप कहाँ से आ रहे हैं?"

मैंने गरदन घुमाकर देखा तो एक पीले, लंबे और बूढ़े मनुष्य की सूरत दिखाई पड़ी, जिसकी हड्डियाँ निकली हुई थीं, दुर्भाग्य के लक्षण सिर से पैर तक प्रकट हो रहे थे। वह मुझसे मात्र दो-चार सीढ़ियाँ ऊपर खड़ा था। सिल्क का मैला कोट और उसके नीचे एक मैली सी धोती बाँधे हुए उसका कमजोर शरीर, उतरा हुआ मुख और लड़खड़ाते हुए कदम बता रहे थे कि उस क्षुधा-पीड़ित मनुष्य को शुद्ध हवा से अधिक भोजन की आवश्यकता है।

"मैं राँची से आ रहा हूँ।"

यह सुनकर वह मेरे बराबर उसी सीढ़ी पर आ बैठा।

"और आपका काम?"

"व्यापार करता हूँ।"

"किस चीज का?"

"इमारती लकड़ी, रेशम और त्रिफला का।"

"आपका नाम क्या है?"

एक क्षण सोचने के बाद मैंने अपना एक कृत्रिम नाम बता दिया। किंतु वह अब मुझे एकटक देखता रहा।

"परंतु आपका यहाँ आना कैसे हुआ?"

मैंने कहा, "वायु परिवर्तन के लिए।"

"यह भी खूब रही। मैं लगभग छह साल से रोजाना यहाँ की ताजी हवा पेट भरकर खा रहा हूँ और साथ ही पंद्रह ग्रेन कुनैन भी, परंतु कुछ अंतर नहीं हुआ। कोई फायदा दिखाई नहीं देता।"

''किंतु राँची और यहाँ की जलवायु में तो जमीन-आसमान का अंतर है।"

"इसमें कोई शक नहीं, किंतु आप यहाँ ठहरे किस स्थान पर हैं? क्या इसी मकान में?"

शायद उस व्यक्ति को संदेह हो गया था कि मुझे उसके किसी गड़े हुए धन का कहीं से सुराग मिल गया है और मैं उस जगह पर ठहरने के लिए नहीं, बल्कि उसके गड़े हुए धन पर अपना अधिकार जमाने आया हूँ। मकान की भलाई-बुराई के संबंध में एक शब्द कहे बिना उसने अपने उस मकान के स्वामी की पंद्रह वर्ष पहले की एक कहानी सुनानी आरंभ कर दी, उसकी गंजी खोपड़ी में गहरी और चमकदार काली आँखें मुझे कॉलरिज के पुराने नाविक की याद दिला रही थीं। वह एक स्थानीय स्कूल में अध्यापक था।

नाविक ने समाज से अलग होकर रोटी बनानी शुरू कर दी। सूर्यास्त होने के समय आकाश के सिंदूरी रंग पर अधिकार जमाने वाली अँधेरी में वह खँडहर भवन एक विचित्र सा भयानक दृश्य प्रदर्शित कर रहा था।

मेरे पास सीढ़ी पर बैठे हुए उस दुबले और लंबे स्कूल मास्टर ने कहा, "मेरे इस गाँव में आने से लगभग दस साल पहले एक आदमी फणीभूषण सहाय इस मकान में रहता था। उसका चाचा दुर्गामोहन बिना अपने किसी उत्तराधिकारी के मर गया, जिसकी सारी जमीन-जायदाद और लंबा-चौड़ा व्यापार का अकेला वही अधिकारी था।

पाश्चात्य शिक्षा और नई सभ्यता का भूत फणीभूषण पर सवार था। कॉलेज में कई सालों तक वह शिक्षा प्राप्त कर चुका था। वह अंग्रेजों की तरह कोठी में जूता पहने फिरा करता था। यह कहने की आवश्यकता नहीं कि ये लोग उनके साथ कोई व्यापारिक रियायत देने के रवादार न थे। वे भली प्रकार जानते थे कि फणीभूषण आखिर नए बंगाल की हवा में साँस ले रहा है।

इसके अलावा एक और बला उसके सिर पर सवार थी, अर्थात् उसकी पत्नी परमसुंदरी थी। यह सुंदर बला और पाश्चात्य शिक्षा दोनों उसके पीछे ऐसी पड़ी थीं कि तौबा भली। खर्च हद से ज्यादा। तनिक शरीर गरम हुआ और झट सरकारी डॉक्टर खट-खट करते आ पहुँचे।

विवाह शायद आपका भी हो चुका है। आपको भी वास्तव में यह अनुभव हो गया है कि स्त्री कठोर आदत वाले पति को सर्वदा पसंद करती है। वह अभागा व्यक्ति जो अपनी पत्नी के प्रेम से वंचित हो, यह न समझ बैठे कि इस धन से मालामाल नहीं या सौंदर्य से वंचित है। विश्वास कीजिए, वह अपनी सीमा से अधिक कोमल प्रकृति और प्रेम के कारण इसी दुर्भाग्य में फँसा हुआ है। मैंने इस विषय में खूब सोचा है और इस बात पर पहुँचा हूँ और यह है भी ठीक। पूछिए क्यों? लीजिए इस प्रश्न का संक्षिप्त और विस्तृत उत्तर इस प्रकार है।

यह तो आप अवश्य मानेंगे कि कोई भी आदमी उस समय तक वास्तविक खुशी प्राप्त नहीं कर सकता, जब तक कि उसके पास अपने जन्मजात विचार और स्वाभाविक योग्यताओं को प्रकट करने के लिए एक विस्तृत क्षेत्र न हो। हिरण को आपने देखा है, वह अपने सींगों को पेड़ से रगड़कर आनंद प्राप्त करता है, नरम और नाजुक केले के खंभे से नहीं। सृष्टि के आरंभ से ही नारी जाति इस जंगी और कठोर स्वभाव पुरुष को जीतने के लिए खास तरीके सीखती चली आ रही है। यदि उसे पहले से ही आज्ञाकारी पति मिल जाए तो उसके वे आकर्षक हथकंडे जो उसको माँ और दादियों से बपौती रूप में मिले हैं और लंबे समय से लगातार चलते रहने की वजह से हद से अधिक सच भी सिद्ध हुए हैं, न केवल बेकार रह जाते हैं, बल्कि स्त्री को भार-स्वरूप मालूम होने लगते हैं।

स्त्री अपने अपूर्व सौंदर्य के बल पर व्यक्ति का प्रेम और उसकी आज्ञाकारिता प्राप्त करना चाहती है। किंतु जो पति स्वयं ही उनके सौंदर्य के सामने झुक जाए, वह वास्तव में दुर्भाग्यशाली होता है, और उससे अधिक उसकी पत्नी।

वर्तमान सभ्यता ने ईश्वर प्रदत्त उपहार अर्थात् 'पुरुष की सुंदर कठोरता' उससे छीन ली है। पुरुष ने अपनी निर्बलता से स्त्री के दांपत्य बंधन को किसी हद तक ढीला कर दिया है। मेरी इस कहानी का अभागा फणीभूषण भी इस नई सभ्यता की छलना से छला हुआ था और यही वजह थी कि न वह अपने कारोबार में सफल था और न गृहस्थ जीवन से संतुष्ट। यदि एक

ओर वह अपने कारोबार में फायदे से बेखबर था तो दूसरी ओर अपनी पत्नी के पतित्व अधिकार से खफा।

फणीभूषण की पत्नी मनीमलिका को प्रेम और विलास की सामग्री बिना माँगे मिली थी। उसे और बहुमूल्य साड़ियों के लिए अनुनय-विनय तो क्या, पति से कहने की जरूरत न होती थी। सोने के आभूषणों के लिए उसे झुकना न पड़ता था। इसलिए उसके स्त्रियोचित स्वभाव को आज्ञा देने वाले स्वर का जीवन में कभी अहसास न हुआ था, यही कारण था कि वह अपनी प्यार की भावनाओं में आवेश की स्थिति पैदा न कर पाती थी। उसके कान 'लो स्वीकार करो' के मधुर शब्दों से परिचित थे, किंतु उसके होंठ 'लाओ और दो' से सर्वथा अपरिचित। उसके सीधे स्वभाव का पति इस झूठी भावना की कहावत में प्रसन्न था कि 'कर्म किए जाओ, फल की कामना मत करो, तुम्हारा परिश्रम कभी अकारथ नहीं जाएगा।' वह इसी मिथ्या भावना के पीछे हाथ-पैर मारे जा रहा था। परिणाम यह हुआ कि उसकी पत्नी उसे ऐसी मशीन समझने लगी जो बिना चलाए चलती है। खुद ही बिना कुछ कष्ट किए सुंदर साड़ियाँ और कीमती जेवरात बनाकर उसके कदमों पर डालती रही। उसके पुरजे इतने ताकवर और टिकाऊ थे कि कभी भी उनको तेल देने की जरूरत न होती।

फणीभूषण की जन्मभूमि और रहने की जगह करीब ही एक देहात का गाँव था, किंतु उसके चाचा के व्यापार का मुख्य स्थान यही शहर था। इसी वजह से उसकी उम्र का अधिक भाग यहीं व्यतीत हुआ था। वैसे माँ मर चुकी थी, परंतु मौसी और मामियाँ आदि ईश्वर की कृपा से विद्यमान थीं, परंतु वह शादी के बाद ही फौरन मनीमलिका को अपने साथ ले गया। उसने विवाह अपने सुख के लिए किया था, न कि अपने संबंधियों की सेवा के लिए।

पत्नी और उसके अधिकारों में जमीन-आसमान का अंतर है। पत्नी को प्राप्त कर लेना और फिर उसकी देखभाल करना, उसको बनाने के लिए काफी नहीं हुआ करता।

मनीमलिका सोसाइटी की अधिक भक्त न थी, इसलिए बेकार का व्यय भी न करती थी, बल्कि इसके प्रतिकूल बड़ी सावधानी रखने वाली थी। जो उपहार फणीभूषण उसको एक बार ला देता, फिर क्या मजाल कि उसको हवा भी लग जाए। वह सावधानी से सब रख दिया जाता। कभी ऐसा नहीं देखा गया कि किसी पड़ोसन को उसने भोजन पर बुलाया हो। वह उपहार

या भेंट लेने-देने के पक्ष में भी न थी।

सबसे ज्यादा आश्चर्य की बात यह थी कि चौबीस साल की उम्र में भी मनीमलिका चौदह वर्ष की सुंदर युवती दिखाई देती थी। ऐसा मालूम होता मानो उसका रूप-लावण्य केवल स्थायी ही नहीं, बल्कि चिरस्थायी रहने वाला है। मनीमलिका के पार्श्व में न तो बरफ का टुकड़ा था, जिस पर प्रेम की कुछ भी आँच न पहुँची थी, फिर वह पिघलता क्यों और उसका यौवन ढलता किस प्रकार?

जो पेड़ पत्तों से लदा होता है, अकसर फल से वंचित रहता है। मनीमलिका का सौंदर्य भी फलहीन था। वह संतानहीन थी। रख-रखाव और व्यक्तिगत रेख-देख करती भी तो काहे की? उसका सारा ध्यान अपने आभूषणों पर ही केंद्रित था। संतान होती तो वसंत की मीठी-मीठी धूप की तरह उसके बरफ के हृदय को पिघलाती और वह साफ जल उसके गृहस्थ जीवन के मुरझाए हुए पेड़ को हरा कर देता।

मनीमलिका गृहस्थी के काम-काज और मेहनत से भी न कतराती थी। जो काम वह खुद कर सकती, उसका पारिश्रमिक देना उसे खलता था। दूसरों के दुःख का न उसे ध्यान था और न नाते-रिश्तेदारों की चिंता। उसको अपने काम से काम था। इस शांत जीवन के कारण वह स्वस्थ और सुखी थी। न कभी फिक्र होती थी, न कोई दुःख।

प्रायः पति इसे संतोष तो क्या सौभाग्य समझेंगे? क्योंकि जो पत्नी हर समय फरमाइशें लेकर पति की छाती पर चढ़ती रहे, वह सारे गृहस्थ के लिए एक सिरदर्द साबित होती है।

कम-से-कम मेरी तो यही सलाह है कि हद से ज्यादा हुआ प्रेम पत्नी के लिए संभवतः गौरव की बात हो, किंतु पति के लिए एक मुसीबत से कम नहीं।

सोचिए तो सही कि क्या पुरुष का यही काम रह गया है कि हर वक्त यही तौलता-जोखता रहे कि उसकी पत्नी उसे कितना प्यार करती है! मेरा तो यह दृष्टिकोण है कि गृहस्थ का जीवन उस समय अच्छा बीतता है, जब पति अपना काम करे और पत्नी अपना।

स्त्री का सौंदर्य और प्रेम यानी तिरिया-चरित्र आदमी की बुद्धि से ऊपर की चीज है, किंतु स्त्री पुरुष के प्रेम के उतार-चढ़ाव और उसके न्यूनाधिक अंतर को गंभीर दृष्टि से देखती रहती है। वह शब्दों के लहजे और छिपी हुई बात के अर्थ को तुरंत अलग कर लेती है। इसका कारण केवल यह है

कि जीवन के व्यापार में स्त्री की पूँजी ले-देकर केवल व्यक्ति का प्रेम है। यही उनके जीवन का एकमात्र सहारा है। यदि वह पुरुष की रुचि के प्रवाह को अपनी जीवन-नैया के वितान से स्पर्श करने में सफल हो जाए तो संभवत: नैया अभिप्राय के तट तक पहुँच जाती है। इसीलिए प्रेम की कल्पनात्मक मशीन पुरुष के हृदय में नहीं, स्त्री के हृदय में लगाई गई है।

प्रकृति ने पुरुष और स्त्री की रुचि में स्पष्ट रूप से अंतर रखा है, किंतु पाश्चात्य सभ्यता इस स्त्री-पुरुष के अंतर को मिटा देने पर तुली हुई है। स्त्री पुरुष बनती जा रही है और पुरुष स्त्री। स्त्री पुरुष के चरित्र तथा उसके कार्य-क्षेत्र को अपने जीवन की पूँजी और पुरुष स्त्रियोचित चरित्र तथा नारी कर्म-क्षेत्र को अपनी जिंदगी का आनंद समझने लगे हैं। इसलिए यह कठिन हो गया है कि शादी के समय कोई पुरुष यह कह सके कि वधू स्त्री है या स्त्रीनुमा पुरुष। या इसी प्रकार स्त्री अनुमान लगा सकती है कि जिसके पल्ले वह बँध रही है, वह पुरुष है या पुरुषनुमा स्त्री। इसलिए कि अंतर केवल दिल का है। पर क्या जाने कि व्यक्ति का हृदय मरदाना है या जनाना?

मैं बहुत देर से आपको सूखी बातें सुना रहा हूँ, परंतु किसी हद तक माफी के योग्य भी हूँ। मैं अपनों से दूर निर्वासित जीवन व्यतीत कर रहा हूँ। मेरी दशा उस तमाशा देखने वाले दर्शक के समान है, जो दूर से गृहस्थ जीवन का तमाशा देख रहा हो और वह उसके गुणों से फायदा उठाकर केवल उसके लिए कुछ सोच सकता हो, इसीलिए दांपत्य-जीवन पर मेरे विचार अत्यंत गंभीर हैं। मैं अपने शिष्यों के सम्मुख तो वह विचार प्रकट कर नहीं सकता, इसी कारण आपके सामने प्रकट करके खुद को हलका कर रहा हूँ। आप छुट्टी के समय इन पर विचार करें।

सारांश यह है कि यद्यपि गृहस्थ-जीवन में प्रकट रूप में कोई कष्ट फणीभूषण को न था। समय पर भोजन मिल जाता, घर का प्रबंध सुचारु रूप से चल रहा था, किंतु फिर भी एक प्रकार की बेचैनी और अविश्वास उसके दिल में समाया हुआ था और वह नहीं समझ पाता था कि वह है क्या? उसकी हालत उस बच्चे समान थी, जो रो रहा है और नहीं जानता कि उसके दिल में कोई इच्छा है या नहीं।

अपनी जीवनसंगिनी के मन में घर-रूपी खाली जगह को वह सुनहरे और मूल्यवान आभूषणों तथा इसी प्रकार के अन्य उपहारों से भर देना चाहता था। उसका चाचा दुर्गामोहन दूसरी तरह का आदमी था। वह अपनी पत्नी के प्रेम को किसी भी कीमत पर क्रय करने के पक्ष में न था और न ही

वह प्रेम के विषय में चिड़चिड़े स्वभाव का था। फिर भी अपनी जीवनसंगिनी के प्रेम की प्राप्ति के लिए भाग्यशाली था।

जिस प्रकार एक सफल दुकानदार को कहीं तक बेलिहाज होना जरूरी है, ठीक उसी प्रकार एक सफल पति बनने के लिए पुरुष को कहीं तक कठोर स्वभाव बन जाना भी बहुत जरूरी है। प्रार्थनापूर्वक आपको मैं यह सीख देता हूँ।"

ठीक उसी समय गीदड़ों की चीख-पुकार जंगल में सुनाई दी। ऐसा ज्ञान होता था कि या तो उस स्कूल के अध्यापक के दांपत्य जीवन के मनोविज्ञान पर घिनौना मजाक कर रहे हैं या फणीभूषण की कहानी के प्रवाह को कुछ क्षणों के लिए उस चीख-पुकार से रोक देना चाहते हैं। फिर भी बहुत जल्दी वह चीख-पुकार रुक गई और पहले से भी गहन अँधेरी और शून्यता वायुमंडल पर छा गई, किंतु स्कूल के अध्यापक ने कहानी दोबारा शुरू की, "अचानक फणीभूषण के बड़े व्यवसाय में शिक्षाप्रद अवनति दृष्टिगोचर हुई। यह क्यों हुआ? इसका उत्तर मेरी समझ से परे है। संक्षिप्त में यह कि बुरे वक्त ने उसके लिए बाजार में साख रखना कठिन कर दिया। यदि किसी प्रकार कुछ दिनों के लिए वह एक बड़ी पूँजी प्राप्त करके मंडियों में फैला सकता, तो हो सकता था कि बाजार से माल को न खरीदने के तूफान से बच निकलता, किंतु इतनी बड़ी रकम तुरंत प्रबंध करना खाला का घर न था। यदि स्थानीय साहूकारों से कर्ज माँगता तो अनेक प्रकार की अफवाहें फैल जातीं और उसकी साख को असहनीय नुकसान पहुँचातीं। यदि पत्र-व्यवहार से भुगतान का ढंग करता तो रुक्का या परचे के बिना संभव न था और इससे उसकी ख्याति को बहुत बड़ा आघात पहुँचने की संभावना थी। केवल एक चाल थी कि पत्नी के आभूषणों पर रुपया प्राप्त किया जाए और यह विचार उसके दिल में पक्का हो गया।

फणीभूषण मनीमलिका के पास गया। परंतु वह ऐसा पति न था कि पत्नी से स्पष्ट और सरलता से कह सके। दुर्भाग्यवश उसे अपनी पत्नी से उतना गहरा प्रेम था जैसा कि उपन्यास के किसी नायक को नायिका से हो सकता है।

सूर्य का आकर्षण पृथ्वी पर ज्यादा है, किंतु अधिक प्रभावशाली नहीं। यही हालत फणीभूषण के प्रेम की थी। उस प्रेम का मनीमलिका के हृदय पर कोई असर न था। किंतु मरता क्या न करता, उस प्रेम में आर्थिक कठिनाई की चर्चा, प्रोनोट, कर्जे का कागज, बाजार के उतार-चढ़ाव की दशा, इन

सब बातों को कंपित और अस्वाभाविक स्वर में फणीभूषण ने अपनी पत्नी को बताया। झूठे मान, असत्य विचार और भावावेश में साधारण सी समस्या कठिन बन गई। अस्पष्ट शब्दों में विषय की गंभीरता बताकर डरते-डरते अभागे फणीभूषण ने कहा, तुम्हारे आभूषण!

मनीमलिका ने न 'हाँ' कही और न 'ना' और न उसके मुँह से कुछ ज्ञात होता था। उस पर गहरी खामोशी छाई हुई थी। फणीभूषण के हृदय को गहरी ठेस पहुँची; किंतु उसने प्रकट न होने दिया। उसमें पुरुषों की सी वह हिम्मत न थी कि प्रत्येक वस्तु का वह प्रतिदिन निरीक्षण करता। उसके इनकार पर उसने किसी प्रकार की चिंता प्रदर्शित न की। वह ऐसे विचारों का व्यक्ति था कि प्रेम के संसार में शक्ति और आधिक्य से काम नहीं चल सकता। पत्नी की स्वीकृति के बिना वह आभूषणों को छूना भी पाप समझता था, इसलिए हताश होकर रुपए की प्राप्ति के लिए युक्तियाँ सोचकर कलकत्ता चला गया।

पत्नी अपने पति को जानती है, उसकी नस-नस से वाकिफ होती है, पर पति अपनी पत्नी के चरित्र का इतना गंभीर अध्ययन नहीं कर सकता। यदि पति कुछ गंभीर व्यक्ति हो तो पत्नी के चरित्र के कुछ भाग उसकी तेज नजर से बचकर जान लेता है। शायद यह सच है कि मनीमलिका ने फणीभूषण को अच्छी तरह न समझा। एक पाश्चात्य व्यक्ति का व्यक्तित्व मूर्ख स्त्री के अंधविश्वास जैसे जीवन और उसकी समझ-बूझ से अकसर ऊँचा होता है। वह स्वयं स्त्री की तरह एक रोमांचकारी व्यक्ति बनकर रह जाता है—और इसी कारण पुरुष की उन दशाओं में किसी में भी फणीभूषण को पूरी तरह शामिल नहीं किया जा सकता।

'मूर्ख-अंधा-जंगली!'

मनीमलिका ने अपने बड़े सलाहकार मधुसूदन को बुलाया। यह दूर के रिश्ते का चचेरा भाई था और फणीभूषण के कारोबार में एक आसामी की तरह देख-रेख पर नियुक्त था। योग्यता के कारण नहीं, बल्कि रिश्तेदारी के जोर पर वह उस आसामी पर अधिकार जमाए हुए था। काम की चतुराई के कारण नहीं, बल्कि रिश्तेदारी की धौंस में प्रत्येक महीने वेतन से भी अधिक रकम ले उड़ता था। मनीमलिका ने सारी रामकहानी उसको सुनाई और आखिर में पूछा, "क्या करूँ, कोई अच्छी सलाह दो।"

मधु ने बुद्धिमत्ता और दूरदर्शिता के ढंग से सिर हिलाकर कहा, "मेरा माथा ठनकता है, इस मामले में कुशल दिखाई नहीं देती आपा।"

सांसारिक बुद्धिहीन व्यक्तियों को हर कार्य में शक ही दिखाई दिया करता है। उनको किसी काम में कुशल नहीं दिखाई देती।

फणीभूषण को रुपया तो मिलने से रहा, आखिर में तुम्हें आभूषणों से भी हाथ धोना पड़ेगा।

सांसारिक समस्याओं और पुरुष तथा नारी के संबंध में जो मनीमलिका के अपने व्यक्तिगत विचार थे, उनके प्रकाश में मधु के निकाले हुए परिणाम का पहला भाग संभावित और दूसरा सच मालूम होता था। यकीन उसके हृदय से जाता रहा था, संतान उसके थी ही नहीं, बाकी रहा पति, वह किसी गिनती में न था, इसलिए कि सारा ध्यान अपने आभूषणों पर केंद्रित था। इन्हीं से उसके हृदय की प्रसन्नता थी, ये ही उसको संतान के समान प्यारे थे। संतान को माँ से छीन लीजिए, फिर देखिए ममता की क्या दशा होती है। यही दशा मनीमलिका की थी। उसका यह विचार था कि उसके आभूषण पति के मनसूबों की भेंट हो जाएँगे।"

फिर मुझे क्या करना चाहिए?

अभी मैके चली जाओ, सारे आभूषण वहाँ छोड़ आओ। चालाक मधु ने कहा।

इस प्रकार उसकी हाँड़ी को भी बघार लगता है। यदि सारे नहीं तो कुछ आभूषण मधु को अपने हत्थे चढ़ने की भी उम्मीद थी। मनीमलिका उसी समय राजी हो गई।

बढ़ते हुए अंधकार से स्कूल के अध्यापक पर भी गंभीरता छा गई थी, किंतु कुछ पलों के बाद उसने फिर वर्णन शुरू किया, "झुटपुटे के समय जब कि सावन की घटाएँ आसमान पर डेरा जमाए हुए थीं। बारिश मूसलधार हो रही थी, एक नौका ने रेतीली सीढ़ियों पर लंगर डाला। दूसरे दिन सुबह घटाघोप अँधेरे में मनीमलिका आई, एक मोटी चादर में सिर से पाँव तक लिपटी हुई नौका पर सवार हो गई।

मधु जो रात से उसी नौका में सोया हुआ था, उसकी आहट से जाग गया।

'आभूषणों की संदूकची मुझे दे दो, ताकि सुरक्षित रख लूँ।'

'अभी ठहरो, जल्दी क्या है? चलो तो सही, आगे देखा जाएगा।'

नौका का लंगर उठा और वह बहती हुई नदी की लहरों से जूझने लगी। मनीमलिका ने सारे आभूषण एक-एक करके पहन लिये थे। संदूक में बंद करके ले जाना असुरक्षित मालूम होता था। मधु हक्का-बक्का रह गया, जब

उसने देखा कि मनी के पास संदूकची नहीं है। इसकी कल्पना भी न थी कि उसने आभूषणों को प्राणों से लगा रखा है।

चाहे मनीमलिका ने फणीभूषण को न समझा था किंतु मधु के चरित्र का बिलकुल ही सही अंदाजा लगाया था।

जाने से पहले मधु ने फणीभूषण के एक विश्वासी मुनीम को लिख भेजा था कि मैं मनीमलिका के साथ उसको मैके पहुँचाने जा रहा हूँ। वह संसार का अनुभवी और बड़ी उम्र का था और फणीभूषण के पिता के समय से ही उसके साथ था। उसको मनीमलिका के जाने से बहुत चिंता और शक हुआ। उसने अपने मालिक को फौरन लिखा। कादारी और खैरख्वाही से उसे प्रेरणा दी और अपने पत्र में अपने मालिक को खूब खरी-खरी सुनाई। पति की लाज और दूरदर्शिता, दोनों का यह अर्थ नहीं है कि पत्नी को इस प्रकार आजाद छोड़ दिया जाए। मनीमलिका के हृदय के संदेह को फणीभूषण समझ गया। उसे बहुत दुःख हुआ। वह इस संबंध में एक शब्द भी शिकायत का जबान पर न लाया। अपमान और कष्ट सहे, किंतु उसने मनीमलिका पर कोई दबाव डालना ठीक न समझा, किंतु फिर भी इतना अविश्वास! सालों से वह मेरे एकांत की और सांसारिक साथी रही है। आश्चर्य है कि उसने मुझे कुछ भी न समझा।

इस मौके पर कोई और होता तो क्रोधावेश में न जाने क्या कर बैठता, किंतु फणीभूषण मौन था और अपना दुःख प्रकट करके मनीमलिका को दुःखित करना ठीक न समझा।

पुरुष को चाहिए कि वह दावानल की भाँति जरा-जरा सी बात पर भड़क जाए। जब औरत सावन के बादलों की तरह बात-बात पर आँसुओं की झड़ी लगा देती है, किंतु अब वह पहले से दिन कहाँ? फणीभूषण मनीमलिका को उसकी गैर-मौजूदगी में बिना सूचना दिए जाने के विषय में कोई डाँट-फटकार का नाम तक जबान पर न लाएगा। रुपए की वसूली में फणीभूषण सफल हो गया, उसके कारोबारी रास्ते खुल गए कि आभूषण मैके में छोड़कर मनीमलिका घर को वापस आ गई होगी।

दस दिन पहले का तुच्छ और असफल प्रश्नकर्ता जब मस्तानी चाल से घर में कदम रखेगा और पत्नी की दृष्टि उसके सफलता से दमकते हुए मुख पर पड़ेगी, तो वह अपने इनकार पर स्वयं लज्जित होगी और अपनी नादानी पर पश्चात्ताप प्रकट करेगी। इन विचारों में मग्न फणीभूषण शयनकक्ष में पहुँचा, परंतु दरवाजे पर ताला लगा हुआ था। ताला तुड़वाकर अंदर घुसा

तो तिजोरी के किवाड़ खुले पड़े थे।

इस आघात से वह लड़खड़ा गया। 'शुभ चिंता और प्रेम' उस समय उसके पास निरर्थक और अस्पष्ट शब्द थे। सोने का पिंजरा, जिसकी प्रत्येक सुनहरी तीली को उसने अपने प्राण और आन का मूल्य देकर प्राप्त किया था, टूट चुका था और खाली पड़ा था। अब वह दिवालिया हो चुका था और सिवाय गहरी साँस, आँसू और हृदय की गहरी वेदना के अलावा उसके पास कुछ न था।

मनीमलिका को बुलाने का ध्यान भी उसके हृदय में न आया। उसने यह तय कर लिया कि अब चाहे आए या न आए, किंतु बूढ़ा मुनीम इस फैसले के खिलाफ था। वह प्रार्थना कर रहा था कि कम-से-कम कुशलक्षेम अवश्य पूछनी चाहिए। इतनी देरी का कोई कारण समझ में नहीं आता। उसके अनुरोध से विवश होकर मनीमलिका के मैके को आदमी भेजा गया, किंतु वह यह अशुभ समाचार लाया कि न यहाँ मनीमलिका आई है, न मधु।

यह सुना तो पाँव-तले की जमीन निकल गई। नदी पार आदमी दौड़ाए गए। खोज और प्रयत्न में किसी प्रकार की कमी न रखी, पता न चलना था और न चला। यह भी मालूम न हो सका कि नौका किस दिशा में गई है और नौका का नाविक कौन था।

हताश फणीभूषण हृदय मसोसकर बैठ गया।

□

कृष्ण-जन्माष्टमी की संध्या थी। बारिश हो रही थी। फणीभूषण शयनकक्ष में अकेला था। गाँव में एक व्यक्ति भी शेष न था। जन्माष्टमी के मेले ने गाँव-का-गाँव सूना कर दिया था। मेले की चहल-पहल और महाभारत के नाटक के शौक ने बच्चे से लेकर बूढ़े तक को खींच लिया था। शयनकक्ष की खिड़की का एक किवाड़ बंद था। फणीभूषण दीन-दुनिया से बेखर बैठा था।

शाम का झुटपुटा रात के गहन अँधेरे में बदल गया। किंतु इस डरावने अंधेरे, मूसलधार वर्षा और ठंडी वायु का उसको ध्यान भी न था। दूर से गाने की मीठी ध्वनि से उसकी श्रवण-शक्ति सर्वथा बेसुध थी।

दीवार पर विष्णु और लक्ष्मी के चित्र लगे हुए थे। फर्श साफ था और प्रत्येक वस्तु ठीक स्थान पर रखी हुई थी।

पलंग के पास एक खूँटी पर एक सुंदर और आकर्षक साड़ी लटकी हुई थी। सिरहाने एक छोटी सी मेज पर पान का बीड़ा खुद मनीमलिका के हाथ का बना हुआ रखा-रखा सूख रहा था।

विभिन्न वस्तुएँ सलीके से अपने-अपने स्थान पर रखी हुई थीं। एक ताक

में मनीमलिका का प्रिय लैंप खड़ा हुआ था, जिसको वह अपने हाथ से प्रकाशित किया करती थी और जो उसकी अंतिम विदाई का स्मरण करा रहा था। मनी की याद में इन संपूर्ण वस्तुओं का मौन रुदन उस कमरे को कामना का शोक-स्थल बनाए हुए था। फणीभूषण का हृदय खुद कह रहा था, 'प्यारी मनी, आओ और अपने प्राणमय सौंदर्य से इन सब में प्राण फूँक दो।'

कहीं आधी रात के लगभग जाकर बूँदों की तड़-तड़ थमी, किंतु फणीभूषण इसी विचार में खोया बैठा था।

अँधेरी रात के असीमित धुंधले वायुमंडल पर मृत्यु के राज का सिक्का चल रहा था। फणीभूषण की दुःखती हुई आत्मा का रुग्ण स्वर इतना पीड़ामय था कि यदि मृत्यु की नींद सोने वाली मनीमलिका भी सुन पाए तो एक बार आँखें खोल दे और अपने सोने के आभूषण पहने हुए उस अँधेरे में ऐसी प्रकट हो, जैसे कसौटी के कठोर पत्थर पर किंचित् सुनहरी रेखा।

अचानक फणीभूषण के कान में किसी के पैरों की सी आहट सुनाई दी। ऐसा मालूम होता था कि नदी तट से वह उस घर की ओर वापस आ रही है। नदी की काली लहरें रात के अँधेरे में मालूम न होती थीं। उम्मीद की खुशी ने उसे जीवित कर दिया। उसकी आँखें चमक उठीं। उसने अंधकार के परदे को फाड़ना चाहा, किंतु व्यर्थ। जितना अधिक वह नेत्र फाड़कर देखता था, अंधकार के परदे और अधिक गहन होते जाते थे और यह मालूम होता था कि प्रकृति इस भयावही अँधेरे में मनुष्य के हस्तक्षेप के खिलाफ विद्रोह कर रही थी। आवाज समीप से समीपतर होती गई। यहाँ तक कि सीढ़ियों पर चढ़ी और सामने द्वार पर आकर रुक गई, जिस पर ताला लगा हुआ था, द्वारपाल भी मेले में गया था। द्वार पर धीमी सी खुट-खुट सुनाई दी, ऐसी जैसी आभूषणों से सुसज्जित स्त्री का हाथ द्वार खटखटा रहा हो। फणीभूषण सहन न कर सका। जीने से उतरकर बरामदे से होता हुआ दरवाजे पर पहुँचा। ताला बाहर से लगा हुआ था। पूरी शक्ति से उसने द्वार को हिलाया। शोरगुल से उसका सपना टूटा तो वहाँ कुछ न था।

वह पसीने से भीगा हुआ था, हाथ-पाँव ठंडे पड़े हुए थे। उसका हृदय टिमटिमाते हुए दीपक के आखिरी प्रकाश की तरह जलकर बुझने को तैयार था।

बारिश की तड़-तड़ ध्वनि के अलावा उसे कुछ भी सुनाई न देता था।

फणीभूषण से यह वास्तविकता किंचित् मात्र भी विस्मृत न हुई थी कि उसकी अधूरी इच्छाएँ पूरी होते-होते रह गईं।

दूसरी रात को फिर नाटक होने लगा था, नौकर ने इजाजत चाही तो चेतावनी दे दी कि बाहर का द्वार खुला रहे।

'यह कैसे हो सकता है! विभिन्न स्वभाव के व्यक्ति बाहर से मेले में आए हुए हैं, कोई भी घटना घट सकती है।' नौकर ने कहा।

'नहीं, तुम जरूर खुला रखो।'

'तो फिर मैं मेले नहीं जाऊँगा।'

'तुम जरूर जाओ।'

'नौकर अचंभे में था कि आखिर उनका मतलब क्या है?'

जब शाम हो गई और चारों ओर अंधकार छा गया तो फणीभूषण उस खिड़की में आ बैठा। आसमान पर गहरा कोहरा छाया हुआ था, घनघोर घटाएँ ऐसी तुली खड़ी थीं कि जल-थल एक कर दें, चारों तरफ शून्यता का राज्य था। ऐसा मालूम होता था कि सारे संसार का वायुमंडल मौन भाव से किसी मधुर आवाज को सुनने के लिए अपने कान लगाए हुए है। मेढकों की निरंतर टर्र-टर्र और ग्रामीण स्वाँगों की कंपित ध्वनि भी उस शून्यता में बाधक न मालूम होती थी।

आधी रात के समय फिर संपूर्ण शोर, चहल-पहल रात्रि के मौन में सोने लगा। रात ने अपने काले वस्त्रों पर एक और काला आवरण डाल लिया। पहली रात की भाँति फणीभूषण को फिर वही आवाज सुनाई दी। उसने नदी की ओर नजर उठाकर भी न देखा। ईश्वर न करे कि कोई अनधिकार चेष्टा द्वारा समय से पूर्व ही उसकी आकांक्षाओं का खून कर दे। वह मूर्तिवत् बैठा रहा, जैसे किसी ने लकड़ी की प्रतिमा को बनाकर गोंद से कुरसी पर चिपका दिया हो।

पंजों की आहट सुनसान घाट की सीढ़ियों की ओर से आकर मुख्य दरवाजे में प्रविष्ट हुई। चक्कर वाले जीने की सीढ़ियों पर चढ़कर अंदर के कमरे की तरफ बढ़ी। लहरों की प्रतिस्पर्धा में आपने नौका को देखा होगा। इसी प्रकार फणीभूषण का हृदय बल्लियों उछलने लगा। वह आवाज बरामदे से होती हुई शयनकक्ष की ओर आई और ठीक द्वार पर आकर ठहर गई। अब केवल द्वार-प्रवेश करना बाकी था।

फणीभूषण की आकांक्षाएँ मचल उठीं। संतोष का आँचल हाथ से जाता रहा, वह अचानक कुरसी से उछल पड़ा। एक दुःख भरी चीख 'मनी' उसके मुख से निकली, किंतु दुःख है कि उसके पश्चात् मेढकों की आवाज और बारिश की बड़ी-बड़ी बूँदों की तड़-तड़ के अलावा न था।

□

दूसरे दिन मेला छँटने लगा, दुकान उठनी शुरू हो गईं, मेला देखने वाले अपने-अपने घरों को वापस जाने लगे। मेले की शोभा खत्म हो गई।

फणीभूषण ने दिन में व्रत रखा और सब नौकरों को आज्ञा दे दी कि आज रात को कोई भी व्यक्ति न रहे। नौकरों का विचार था कि हमारे मालिक आज किसी खास मंत्र का जाप करेंगे।

शाम के समय जब कहीं भी आसमान की टुकड़ियों पर बादल न थे, वर्षा से धुले हुए वायुमंडल से सितारे चमकने लगे थे, पूर्णिमा का चाँद निकला हुआ था, हवा भी मंद-मंद बह रही थी, मेले से लौटे हुए दर्शक अपनी थकान उतार रहे थे। वे बेसुध सो रहे थे और नदी पर कोई नौका दिखाई न देती थी।

फणीभूषण उसी खिड़की में आ बैठा और तकिये से सिर लगाकर आसमान की ओर ध्यान से देखने लगा। उसको उस समय वह याद आया जब वह कॉलेज में शिक्षा प्राप्त कर रहा था। शाम के समय चौक में लेटकर अपनी भुजा पर सिर रखकर झिलमिलाते हुए सितारों को देखकर मनीमलिका की सुंदर कल्पना में खो जाया करता था। उन दिनों कुछ समय का विछोह मिलन की आशाओं को अपने आँचल में लिये बहुत ही प्यारा मालूम हुआ करता था, परंतु वह सबकुछ अब स्वप्न मालूम होता था।

सितारे आसमान से ओझल होने लगे, अंधकार ने दाएँ-बाएँ, नीचे-ऊपर चारों तरफ से परदे डालने शुरू कर दिए और ये परदे आँख की पलकों की भाँति परस्पर मिल गए। संसार शराबी हो गया।

किंतु आज फणीभूषण पर एक विशेष प्रकार का असर था। वह अनुभव कर रहा था कि उसकी आशाओं के पूर्ण होने का समय समीप है।

पिछली रातों की भाँति किसी के पाँवों की आहट फिर स्नानघाट की सीढ़ियों पर चढ़ने लगी, फणीभूषण ने आँखें बंद कर लीं और विचारों में मग्न हो गया। पाँव की आहट मुख्य द्वार से प्रविष्ट होकर संपूर्ण मकान में होती हुई शयनकक्ष के द्वार पर आकर विलीन हो गई। फणीभूषण का पूरा शरीर काँपने लगा, परंतु वह दृढ़ निश्चय कर चुका था कि अंत तक आँखें न खोलेगा। आहट कमरे में प्रविष्ट हुई, खूँटी पर की साड़ी, ताक के लैंप, खुले हुए पानदान और अन्य वस्तुओं के पास थोड़ी-थोड़ी देर ठहरी और अंत में फणीभूषण की कुरसी की तरफ बढ़ी।

अब फणीभूषण ने आँखें खोल दीं। धीमी-धीमी चाँदनी खिड़की से आ रही थी। उसकी नजर के सामने एक ढाँचा, एक हड्डियों का पंजर खड़ा था। उसके रोम-रोम में छल था, कलाइयों में कड़े, गले में माला। सारांश यह कि प्रत्येक जोड़ जड़ाऊँ आभूषणों से दमक रहा था। संपूर्ण आभूषण ढीले होने के कारण निकले पड़ते थे। आँखें वैसी ही बड़ी-बड़ी और चमकीली परंतु प्रेम-भावना से

खाली थीं। अठारह वर्ष पूर्व विवाह की रात को शहनाइयों के मीठे स्वरों में इन्हीं मोहिनी आँखों से मनीमलिका ने फणीभूषण को पहली बार देखा था। आज वहीं आँखें बारिश की भीगी चाँदनी में उसके मुँह पर जमी हुई थीं।

पंजर ने दाएँ हाथ से संकेत किया। फणीभूषण स्वयं चल पड़ने वाली मशीन की भाँति उठा और पंजर के पीछे-पीछे हो लिया। हर कदम पर उसकी हड्डियाँ चटख रही थीं। आभूषण झंकृत हो रहे थे। वे बरामदे से होते हुए सीढ़ियों के नीचे उतरे और उसी पथ पर हो लिये, जो स्नानघाट को जाता था। अँधेरे में जुगनू कभी-कभी चमक उठते थे। मद्धिम धीमी चाँदनी पेड़ों के गहने पत्तों में से निकलने के लिए प्रयत्नशील थी।

वे दोनों नदी के किनारे पर पहुँचे। पंजर ने सीढ़ियों से नीचे उतरना आरंभ किया। जल पर चाँदनी की छाया नदी की लहरों से क्रीड़ा कर रही थी। पंजर नदी में कूद पड़ा। उसके पीछे फणीभूषण का पाँव भी नदी में गया। उसकी स्वप्न की छलना टूटी तो वहाँ कोई न था, केवल पेड़ों की एक पंक्ति चौकीदारी कर रही थी।

अब फणीभूषण के सारे बदन पर कंपन छाया हुआ था। फणीभूषण भी एक अच्छा तैराक था, किंतु अब उसके हाथ-पाँव अपने बस में न थे। दूसरे ही पल वह नदी के असीम जल में जा चुका था।"

इस दर्द से भरे हुए अंत पर स्कूल के अध्यापक ने कक्षा को समाप्त किया। उसकी समाप्ति पर हमें फिर एक बार शून्य वायुमंडल का अहसास हुआ। मैं भी खामोश था।

"क्या आप इसको कहानी कहते हैं?" उसने शक की मुद्रा में पूछा।

"नहीं! मैं तो इसे सत्य नहीं समझता, प्रथम तो इसका कारण यह है कि मेरी प्रकृति उपन्यास और कहानी लेखन से ऊँची है और दूसरी वजह यह है कि मैं ही फणीभूषण हूँ।" मैंने बात को काटकर कहा।

स्कूल का अध्यापक कुछ अधिक बेचैन नहीं था।

"किंतु आपकी पत्नी का नाम?" उसने पूछा।

"नरवदा काली।"

□

कंकाल

जिस कमरे के अंदर हम तीनों बचपन के साथी सोते थे, उसके बराबर के कमरे की दीवार पर एक नर-कंकाल टँगा हुआ था। रात को हवा से उसकी हड्डियाँ खड़खड़ाया करती थीं। हमें उन हड्डियों को दिन के वक्त में हिलाना पड़ता था। कारण था, हम लोग तब पंडितजी से 'मेघनाद-वध' काव्य तथा कैंबेल स्कूल के एक विद्यार्थी से हड्डियों की विद्या पढ़ा करते थे। हमारे बुजुर्ग चाहते थे कि हम लोग एकाएक सारी विद्याओं को दिमाग में उतार डालें। उनका वह लक्ष्य कहाँ तक पूरा हुआ, यह बात जो हम जानते हैं, उनके सामने प्रकट करना बेकार की बात है, और जो नहीं जानते, उनसे छिपा जाना ही अच्छा है।

उसके बाद बहुत समय गुजर चुका था। इस बीच में उस घर से कंकाल और हम लोगों के मस्तिष्क से हड्डियों की विद्या निकलकर न जाने कहाँ चली गई, कुछ पता नहीं लग सका।

थोड़े दिन पहले एक रोज रात को, किसी कारण से और कही जगह न मिलने से उसी कमरे में सोना पड़ा, जिसमें किसी जमाने में कंकाल टँगा था। आदत न होने की वजह से मुझे नींद नहीं आई। करवट बदलते-बदलते गिरजा की घड़ी में बड़े-बड़े घंटे लगभग सभी बज गए। इतने में, घर के एक कोने में जो तेल का चिराग जल रहा था, वह भी पाँच-एक मिनट बुत-बुत करके बिलकुल बुझ गया। इसके कुछ पहले हमारे घर में दो-एक मौतें हो चुकी थीं। इसी से इस दीये के बुझते ही मौत की याद आ गई। पता चला, यह जो आधी रात के समय एक दीये की लौ घने अँधेरे में बिला गई, प्रकृति के लिए जैसी यह है वैसी मनुष्य की छोटी-छोटी प्राणशिखाएँ हैं, जो कभी दिन में कभी रात में अचानक बुझकर हमारी याद से हमेशा के लिए मिट जाती हैं।

क्रमशः उस कंकाल की बात याद आ गई। उसकी जीवित हालत के विषय में कल्पना करते-करते सहसा ऐसा अहसास हुआ जैसे कोई चेतन पदार्थ अँधेरे में घर में दीवार टटोलता हुआ मेरी मसहरी के चारों ओर घूम रहा हो। उसकी गहरी साँस खुद मुझे साफ-साफ सुनाई देने लगी। ऐसा लगा जैसे वह कोई खोई हुई चीज ढूँढ़ रहा हो। मैंने निश्चित समझ लिया कि यह सबकुछ मेरे नींद से दूर गरमाए हुए मस्तिष्क की कल्पना है और मेरे ही माथे में भन्नाता हुआ जो खून दौड़ रहा है, वही पैरों की आहट की आवाज पैदा कर रहा है। किंतु फिर भी, भय के मारे रोंगटे खड़े हो उठे। इस व्यर्थ के डर को जबरदस्ती दूर करने के इरादे से मैं बोल उठा, "कौन है?"

पाँवों की आहट चलती हुई मेरी मसहरी के पास आकर थम गई, और एक जवाब सुनाई पड़ा, "मैं हूँ। मेरा वह कंकाल कहाँ गया, उसे खोजने आई हूँ।"

मैंने सोचा कि अपनी काल्पनिक रचना के आगे डरना-डराना कुछ मायने नहीं रखता और गावतकिये से जोर से चिपटकर मैंने हमेशा के परिचित की तरह सहज स्वर में कहा, "वाह! आधी रात के वक्त काम तो खूब ढूँढ़ निकाला है! अब उस कंकाल से तुम्हें मतलब?"

अँधेरे में मसहरी के बहुत ही निकट आकर उसने कहा, "खूब कहा! अरे, मेरी छाती की हड्डियाँ तो उसी में थीं। मेरा छब्बीस साल का यौवन तो उसी के चारों तरफ फूल की तरह खिला हुआ था। फिर अब उसको एक बार देखने की तबीयत नहीं होती?"

मैंने उसी समय कहा, "हाँ, बात तो ठीक है। तो तुम ढूँढ़ो, जाओ, मैं जरा सोने की कोशिश करूँ।"

उसने कहा, "तुम अकेले ही हो, क्यों? तो जरा बैठ जाऊँ। आज जरा गपशप होने दो। आज से पैंतीस वर्ष पहले मैं भी आदमियों के पास बैठकर आदमियों की तरह की गपशप किया करती थी। ये पैंतीस वर्ष मैंने सिर्फ श्मशान की वीरान हवा में हू-हू करते हुए बिताए हैं। आज तुम्हारे निकट बैठकर और एक बार आदमियों की तरह गपशप कर लूँ।"

मुझे ऐसा लगा जैसे वह मसहरी के समीप आकर बैठ गई, और कोई चारा न देख मैंने जरा उत्साह के साथ ही कहा, "हाँ, यह ठीक है। ऐसा कोई किस्सा छेड़ो, जिससे तबीयत खुश हो जाए।"

उसने कहा, "सबसे बढ़कर मजे का किस्सा सुनना चाहते हो तो मैं अपनी जीवन की कहानी सुनाती हूँ, सुनो।"

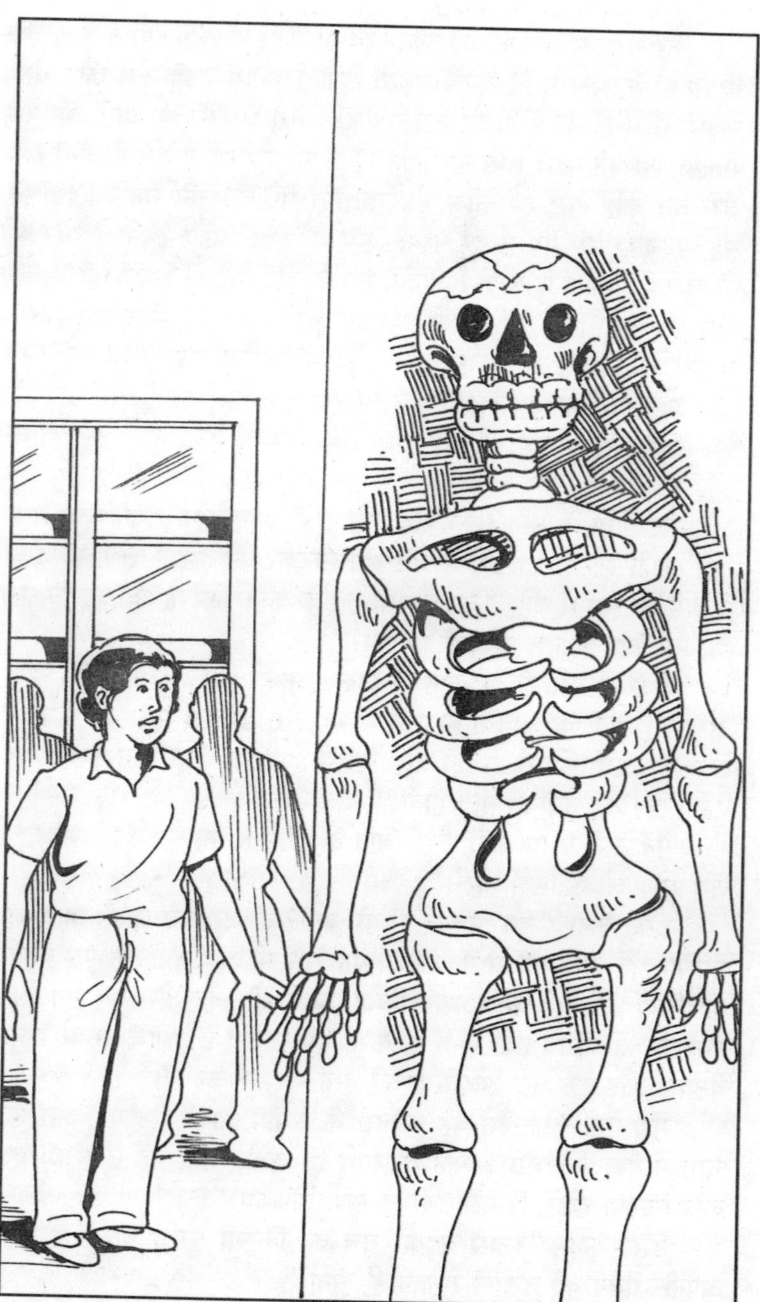

गिरजाघर की घंटी में टन–टन दो बजे। वह कहने लगी, "जब मैं इनसान थी और छोटी थी, तब एक व्यक्ति से मैं यम की तरह डरती थी। वे थे मेरे पति। मछली को काँटे में फँसा लेने पर वह जैसे फड़फड़ाती है, मैं भी वैसे ही कुछ तड़पती थी। मुझे तब ऐसा तजुरबा होता जैसे कोई एक बिलकुल अजनबी आदमी स्नेह–जल से भरे मेरे जन्म–जलाशय से मुझे काँटे में फँसाकर खींचे लिये जा रहा हो, अब तो किसी तरह उसके हाथ से छुटकारा नहीं मिलने वाला था। शादी के दो महीने पश्चात् ही मेरे पति की मृत्यु हो गई। घरवालों और नाते–रिश्तेदारों ने मेरी ओर बहुत कुछ शोक–विलाप किया। मेरे ससुर ने बहुत से लक्षण मिलाकर सास से कहा, 'शास्त्रों में जिसे विषकन्या कहा गया है, मैं वही हूँ।' यह बात मुझे अभी तक बिलकुल साफ तौर से याद है। सुनते हो, कहानी कैसी लग रही है?"

मैंने कहा, "अच्छी है, कहानी के प्रारंभ में तो बड़ा मजा आएगा।"

"तो सुनो, आनंद से मायके लौट आई। धीरे–धीरे उम्र बढ़ने लगी। लोग मुझसे छिपते थे, मगर मैं खूब अच्छी तरह जानती थी कि मुझ जैसी खूबसूरत सरलता से नहीं मिलती। क्यों, तुम्हारी क्या राय है?"

"हो सकता है। मगर मैंने तो तुम्हें कभी देखा नहीं।"

मेरा उत्तर सुनते ही वह ठहाका मारकर हँस पड़ी और फिर कहने लगी, "देखा नहीं! क्यों, मेरा वह कंकाल?" हि:–हि:–हि:–हि:, मैं तुमसे उपहास कर रही हूँ! तुम्हारे सामने मैं कैसे साबित करूँ कि मेरी उस आँखों की खोखली हड्डियों के भीतर कमान सी खिंची हुई, भौंरे सी काली, बड़ी–बड़ी दो आँखें थीं, और उन रंगीन होंठों पर जो मीठी–मीठी मुसकान थी, उसकी अब इन उथरे हुए दाँतों की विकट हँसी के साथ किसी प्रकार बराबरी नहीं हो सकती। मैं कैसे बताऊँ कि इन्हीं इनी–गिनी लंबी–सूखी हड्डियों के ऊपर इतना सुडौलपन था और यौवन की इतनी मुश्किल कोमल, सुघड़पूर्णता खिलती रहती थी कि तुमसे कहने में मुझे हँसी आती है और गुस्सा भी। मेरे उस शरीर के कंकाल से हड्डियों की विद्या सीखी जा सकती है, यह बात उस समय में बड़े–बड़े डॉक्टरों के दिमाग में भी न आती थी। मुझे खूब याद है, एक डॉक्टर ने अपने एक खास दोस्त से मुझे कनकचंपा उपाधि दी थी। उसका अर्थ यह था कि संसार के और सब आदमी हड्डियों की विद्या और जिस्म के तत्त्व के उदाहरण बन सकते हैं, किंतु मैं ही सिर्फ एक ऐसी हूँ कि जिसे खुशबूदार सुंदर फूल के अलावा और कुछ भी नहीं कहा जा सकता। कनकचंपा के अंदर क्या कोई कंकाल होता है?

मैं जब चलती तो मुझे ऐसा लगता, जैसे हीरे को हिलाने से उसके चारों ओर उजाला चमचमाता है, मेरे जिस्म के जरा से हिलने-डुलने में वैसी ही सौंदर्य की चमक मानो अनेक स्वाभाविक हिलोरों में चारों ओर बिखरी पड़ती हो। कभी-कभी मैं बहुत देर तक अपने हाथ देखा करती। देखती कि दुनिया के सारे उद्यत पौरुष के मुँह में लगाम डालकर मिठास से उन्हें बस में कर सकते थे, ऐसे हाथ थे वे! सुभद्रा जब अर्जुन को लेकर बड़े दर्प के साथ अपने विजय-रथ को चकित तीन लोक के बीच में होकर चला ले गई थीं, तब शायद उनके ऐसी ही दो अस्थूल सुडौल भुजाएँ, गुलाबी हथेलियाँ तथा लावण्य-शिखा के समान उँगलियाँ थीं।

लेकिन हाय! मेरे उस बेशरम, बे-परदा, निराभरण, हमेशा के बूढ़े कंकाल ने तुम्हारे सामने झूठी गवाही दी है मेरी! तब मैं विवश थी, कुछ बोल न सकती थी, इसलिए सारे संसार में मेरा सबसे अधिक गुस्सा तुम्हीं पर है। ऐसा मन में आता है कि अपने उस सोलह वर्ष के जीवित और यौवन के ताप से तपे हुए ललाईयुक्त रूप को एक बार तुम्हारी आँखों के सामने रख दूँ। बहुत रोज के लिए तुम्हारी आँखों की नींद छुड़ा दूँ, तुम्हारी हड्डियों की विद्या को अस्थिर करके देश-निकाला दे दूँ।"

मैंने कहा, "तुम्हारी देह होती तो मैं तुम्हारी देह छूकर कहता कि उस विद्या का रत्ती भर भी ज्ञान अब मेरे दिमाग में नहीं है। तुम्हारा वह दुनिया को मोह लेने वाले यौवन का रूप-निशीथ रात्रि के इस अँधेरे पट पर चमचमाकर खिल उठा है। बस, अब ज्यादा न कहलाओ।"

वह कहने लगी, "मेरी कोई सखी-सहेली नहीं थी। भैया ने प्रतिज्ञा कर ली थी कि वे शादी न करेंगे। घर में केवल मैं ही अकेली थी। बगीचे में पेड़ के नीचे बैठी-बैठी मैं सोचा करती, तमाम दुनिया मुझसे ही प्रेम करती है, आकाश के सारे तारे मुझे ही देखा करते हैं, वायु छल से बार-बार गहरी साँस के रूप में मेरी ही बगल से निकल जाया करती है। जिस घास पर पाँव पसारे बैठी हूँ, उसमें अगर चेतना होती तो वह भी मुझे पाकर फिर से अचेतन हो जाती। मुझे पता होता, संसार के सारे युवक उस घास के रूप में दल बाँधकर शांतिपूर्वक निकट खड़े हैं। दिल में बिना कारण न जाने कैसी एक वेदना का अनुभव करती रहती। मेरे भैया के मित्र शशिशेखर जब मेडिकल कॉलेज की आखिरी परीक्षा पास कर चुके तो वे ही हमारे घर के डॉक्टर हुए। पहले मैं उन्हें ओट में से छिपकर कितनी ही बार देख चुकी थी। भैया बड़े अजीब व्यक्ति थे, दुनिया को मानो वे अच्छी प्रकार देख न सकते थे।

समझो, दुनिया उनके लिए बहुत खुली हुई न थी, इसलिए हटते-हटते वे बिलकुल उसके एक तट पर जा पहुँचे थे।

"उनके दोस्तों में बस एक शशिशेखर ही थे, इसलिए बाहर के युवकों में मैं सिर्फ शशिशेखर को ही हमेशा से देखती आई थी, और जब मैं शाम के वक्त फूलों के पेड़ के नीचे सम्राज्ञी की तरह आसन जमाकर बैठती तब ऐसा लगता जैसे सारे संसार की पुरुष-जाति शशिशेखर की मूर्ति धारण करके मेरे पैरों के पास आकर सहारा लेना चाहती है। सुन रहे हो? कहानी कैसी मालूम देती है?"

मैंने एक लंबी साँस लेकर कहा, "मालूम होता है, मैं अगर शशिशेखर होकर पैदा होता तो अच्छा रहता।"

वह कहती गई, "पहले पूरी कहानी सुन तो लो। एक रोज की बात है, बदली से भरा दिन था, गुझे बुखार चढ़ा। डॉक्टर साहब देखने अंदर आए। यही उसकी और मेरी सर्वप्रथम भेंट थी।

"मैं खिड़की की तरफ मुँह किए लेटी थी, जिससे सूरज डूबने की लाल आभा चेहरे पर पड़े और उसका फीकापन जाता रहे। डॉक्टर ने घर में घुसते ही मेरे मुँह की ओर एक बार देखा, और मैंने तो मन-ही-मन अपने को डॉक्टर मानकर कल्पना से अपने मुँह की तरफ देखा। शाम के गुलाबी उजाले में नरम तकिये पर लापरवाही से पड़ा हुआ वह मुख मुझे कुछ मुरझाया हुआ सा कोमल फूल के जैसा महसूस हुआ, बिखरे हुए घुँघराले बाल माथे पर उड़ रहे थे और लज्जा से झुकी हुई बड़ी-बड़ी आँखों के कपोलों पर छाया डाल रहे थे।

"डॉक्टर ने नरमी के साथ मुलायम आवाज में भइया को बताया, एक बार नाड़ी देखनी होगी। मैंने रेशमी परदे में से अपना थका हुआ गोल-मटोल गोरा हाथ बाहर निकाल दिया। एक बार हाथ को निहारकर देखा, उसमें अगर नीले रंग की काँच की चूड़ियाँ पहने होती तो वह और भी अधिक अच्छा लगता। रोगी का हाथ थामकर नाड़ी देखने में डॉक्टर की ऐसी शरारत मैंने पहले कभी नहीं देखी, न सुनी थी। उन्होंने छूने से डरती तथा काँपती हुई उँगलियों से मेरी नाड़ी देखी। वे मेरे बुखार की गरमी समझ गए और मैंने उनकी मन की नाड़ी कैसी चल रही है, इसका थोड़ा-थोड़ा अहसास पाया-क्यों, यकीन नहीं होता?"

मैंने कहा, "न विश्वास करने का कोई कारण भी नहीं दिखता। आदमी की नाड़ी हर वक्त एक सी नहीं चलती।"

वह कहने लगी, "हूँ! धीरे-धीरे और भी दो-चार बार मरीज तथा स्वस्थ होने के बाद एक रोज मैंने देखा कि मेरी शाम की मन की सभा में संसार के करोड़ों व्यक्तियों की संख्या घटते-घटते आखिर में वह 'एक' पर आकर ठहर गई। मेरी दुनिया करीब-करीब सूनी सी हो गई। दुनिया में केवल एक डॉक्टर और एक रोगी बचा रहा।

"शाम होते ही मैं चुपके से उठकर बसंती रंग की साड़ी पहनती, भली प्रकार से जूड़ा बाँधती, उस पर बेला के पुष्पों की माला लपेटती और फिर एक दर्पण लेकर बगीचे में जा बैठती। क्यों? अपने को देख-देखकर क्या तृप्ति नहीं होती थी? सचमुच नहीं होती थी, क्योंकि मैं स्वयं अपने को नहीं देखती, मैं तब अकेली बैठकर दो हो जाती। मैं तब डॉक्टर बनकर खुद को खूब निहार-निहारकर देखती। देखकर मोहित हो जाती, खूब प्रेम करती, लाड़-प्यार करती, और फिर भी दिल के अंदर गहरी साँस उठ-उठकर शाम को आँधी की भाँति साँय-साँय करके हाहाकार कर उठती।

"तब से मैं अकेली नहीं रही, जब चलती तो नीचे को नजर डालकर निहार-निहार के देखती कि पैरों की उँगलियाँ धरती पर कैसे पड़ती हैं, और सोचती, इन पैरों का रखना मेरे नए परीक्षा पास करने वाले डॉक्टर को कैसा लगता होगा! खिड़की के बाहर दोपहरी धाँय-धाँय करती रहती, एक प्रकार का गरम सन्नाटा छा जाता, कहीं भी कोई शोरगुल नहीं, बीच-बीच में एक-आध चील काफी दूर आसमान में चीं-चीं करती हुई उड़ जाती, और हमारे बगीचे की चारदीवारी के बाहर खिलौने वाला गीत के स्वर में 'चाहिए, खिलौना चाहिए, चूड़ी चाहिए' बोल जाता। मैं स्वयं तब अपने हाथ से बिछौना करके उस पर एक धुली हुई सफेद बारीक चादर बिछाकर सो जाती, और अपनी एक उघड़ी हुई बाँह को कोमल बिछौने पर अनादर से रखकर सोचती, इस हाथ को इस तरह से रखते हुए मानो किसी ने देख लिया, मानो किसी ने दोनों हाथों से उठा लिया, मानो आहिस्ता-आहिस्ता वह लौटा जा रहा है। सुनते हो, मान लो, यहीं पर कहानी खत्म हो जाए तो कैसा रहे?"

मैंने बताया, "अच्छा ही रहेगा। वैसे अधूरी तो रह जाएगी, पर मन-ही-मन पूरी करने में बाकी की रात मजे से कट जाएगी।"

उसने कहा, "हूँ! किंतु इससे कहानी काफी गंभीर हो जाएगी। इसका मजा फिर कहाँ रहेगा? इसके अंदर का 'कंकाल' अपने सारे दाँत किटकिटाता हुआ कहाँ दिखाई देगा?

"हाँ, फिर उसके पश्चात् सुनो। जरा प्रैक्टिस बढ़ते ही डॉक्टर ने हमारे

मकान के नीचे एक दवाखाना खोल लिया। तब फिर मैं उनसे हँसी-हँसी में कभी दवा की बात, कभी जहर की बात, कभी व्यक्ति आसानी से कैसे मर सकता है, यही सब ऊटपटाँग बातें पूछती रहती। डॉक्टरी विषयों में डॉक्टर का मुँह खुल जाता। सुनते-सुनते खामोश मानो परिचित घर के व्यक्ति की तरह हो गई। फिर तो मुझे सिर्फ दो ही चीजें दुनिया में मालूम होने लगीं, प्रेम और मौत। सुनो, मेरी कहानी अब करीब-करीब खत्म हो चली है, अब अधिक देर नहीं है।"

मैंने मुलायम स्वर में कहा, "रात भी करीब-करीब खत्म हो आई।"

वह कहने लगी, "हाँ, तो कुछ रोज से देखा कि डॉक्टर साहब बड़े अनमने से रहने लगे हैं, मेरे सम्मुख तो बहुत ही झेंपते हैं। एक दिन देखा कि वे कुछ अधिक ठाठ-बाट से सज-धजकर भैया के निकट आए और उनसे बग्घी माँगने लगे। रात को कहीं जाएँगे आप। मुझसे रहा न गया। भइया के निकट जाकर बातों ही बातों में मैंने पूछा, 'भैया, डॉक्टर साहब आज बग्घी लेकर कहाँ जा रहे हैं?' संक्षेप में भइया बोले, 'मरने।' मैंने कहा, 'बताओ न, भैया?' उन्होंने पहले की बनिस्बत कुछ और खुलासा करके बताया, 'शादी करने।' मैंने कहा, 'वाकई?' और खूब खिलखिलाकर हँसने लगी।

"धीरे-धीरे पता चला कि इस ब्याह में डॉक्टर को बारह हजार रुपए मिलेंगे। लेकिन मुझसे यह बात छिपाकर मुझे जलील करने का क्या अर्थ है? मैंने क्या उनके पैरों को पकड़कर कहा कि ऐसा कार्य करने में मैं छाती फाड़कर मर जाऊँगी? पुरुषों का विश्वास नहीं। दुनिया में मैंने सिर्फ एक ही मनुष्य देखा है, और एक ही क्षण में उसके बारे में पूरी जानकारी हासिल कर ली है।

"डॉक्टर मरीज को देखकर जब घर लौट आए तो मैंने खिलखिलाकर खूब हँसते-हँसते कहा, 'क्या डॉक्टर साहब, मैंने सुना है कि आज आपकी शादी होने वाली है?' मेरी हँसी देखकर डॉक्टर केवल शरमाए ही नहीं, बल्कि उनका चेहरा फक पड़ गया। मैंने पूछा, 'गाजे-बाजे कुछ नहीं बुलाए क्या?' सुनकर उन्होंने एक गहरी साँस ली और बोले, 'शादी क्या इतने मजे की वस्तु है?' हँसते-हँसते मैं लोट-पोट हो गई। मैंने ऐसी बात तो पहले कभी नहीं सुनी थी। मैंने कहा, 'सो नहीं होगा, बाजे होने चाहिए, रोशनी होनी चाहिए, पूरा-पूरा ठाठ-बाट तो होना चाहिए।' उसके बाद भैया को मैंने ऐसा विचलित कर डाला कि भैया उसी वक्त धूमधाम से बारात निकालने की तैयारी में लग गए।

"मैं बार-बार एक ही बात छेड़ने लगी कि बहू के घर आने के बाद क्या होगा, मैं क्या करूँगी? डॉक्टर से मैं पूछ बैठी, 'अच्छा, डॉक्टर साहब, तब भी क्या आप इसी प्रकार रोगियों की नाड़ी मसकते फिरेंगे?' हि:-हि:-हि:! यद्यपि मनुष्य का और विशेष पुरुष का मन दिखाई नहीं देता, फिर भी मैं पक्के विश्वास से कह सकती हूँ कि मेरी बात डॉक्टर की छाती में शूल की तरह चुभकर रह गई होगी।

"बहुत रात बीते लग्न था। शाम के वक्त डॉक्टर छत पर बैठे भैया के साथ दो-एक गिलास शराब पी रहे थे। दोनों आदमी इस काम के थोड़े-थोड़े आदी थे। धीरे-धीरे आसमान में चाँद उगने लगा। मैं हँसती हुई ऊपर पहुँची, बोली, 'डॉक्टर साहब, भूल गए क्या? चलने का वक्त हो गया है।'

"एक बात मैं कहना भूल गई। इस मध्य मैं छिपकर दवाखाने में जाकर थोड़ा सा सफेद चूरा ले आई थी। छत पर पहुँचते ही दोनों की नजर बचाकर मैंने उसे डॉक्टर के गिलास में मिला दिया। सफेद चूरे के खाने से व्यक्ति मर जाता है, मैंने डॉक्टर से ही जान लिया था।

"डॉक्टर ने एक साँस में पूरा गिलास खाली करके मेरे मुँह की तरफ दिल को छू लेने वाली दृष्टि डालकर भीगे हुए गद्गद गले से कहा, 'अच्छा तो अब मैं चलता हूँ।'

"शहनाई बजने लगी। नीचे उतरकर मैंने एक बनारसी साड़ी पहनी तथा जितने भी गहने मेरे संदूक में बंद रखे थे, सब-के-सब निकालकर पहन लिये। माँग में काफी अच्छी तरह सिंदूर भर लिया और फिर अपने उसी मौलसिरी के पेड़ के नीचे बिछौना बिछाकर लेट गई। काफी सुहानी रात थी। सफेद चाँदनी चारों तरफ छिटक रही थी। सोती हुई दुनिया की थकावट दूर करती दक्षिणी पवन चल रही थी। मौलसिरी और बेला की खुशबू से सारा बगीचा महक रहा था।

"शहनाई की धुन धीरे-धीरे जब दूर होती चली गई, चाँदनी जब अँधेरे का रूप धारण करने लगी, मेरा वह मौलसिरी का पेड़, बगीचा, ऊपर का आसमान, नीचे का मेरा वह आजन्मकाल का घर-द्वार सबकुछ को लेकर जगत् जब मेरे चारों ओर माया की तरह बिछाने लगी, जब मैं आँखें मूँदकर हँसने लगी। इच्छा थी, जब लोग मुझे आकर देखें तो मेरी वह हँसी रंगीन नशे की तरह मेरे होंठों पर ज्यों-की-त्यों लगी रहे। बस यही इच्छा थी, अपनी उस हँसी को यहाँ से मैं अपने साथ लेती जाऊँ तथा वहाँ जब मैं अपने मिलन के सुहाग-कक्ष में आहिस्ता-आहिस्ता से प्रवेश करूँ, तब तक वह

ऐसी-की-ऐसी बनी रहे।

"पर कहाँ गया मेरा जह सुहाग-कक्ष! कहाँ गया मेरा वह मिलन का रंगीन खूबसूरत वेश! अपने अंतर्भय से एक खट-खट की आवाज सुनकर मैं जाग गई। देखा तो, मुझे लेकर लड़के हड्डियों की विद्या सीख रहे हैं। वक्ष के अंदर जहाँ सुख-दुःख धुक-धुक करता रहता था और एक-एक करके हर दिन जहाँ यौवन की कलियाँ मुसकराती हुई खिला करती थीं, वहाँ बेंत दिखा-दिखाकर किसी हड्डी का क्या नाम है, यह सीखा जा रहा है।

"सुनो, मैंने जो अपने सारे हृदय को निचोड़कर अपने उन होंठों पर आखिरी हँसी खिलाई थी, उसका कोई निशान तुम्हें दिखाई दिया था क्या? कहानी कैसी लगी?"

मैंने कहा, "बड़े मजे की है।"

इतने में कौआ बोल पड़ा।

मैंने पूछा, "अभी उपस्थित हो क्या?"

कोई उत्तर नहीं मिला।

घर में सुबह की सुहानी रोशनी चमक उठी।

□

दीदी

गाँव की किसी एक अभागिनी स्त्री के अन्यायी और अत्याचारी पति के कुकर्मों की विस्तार से व्याख्या करने के पश्चात् पड़ोसिन तारामणि ने अत्यंत संक्षेप में अपनी इच्छा प्रकट की, "ऐसे पति के मुँह में अग्नि भरे!"

सुनकर जयगोपाल बाबू की स्त्री शशिकला को बहुत बुरा लगा और दुःख भी हुआ। उसने मुँह से तो कुछ नहीं कहा, मगर मन-ही-मन सोचने लगी कि पति-जाति के मुँह में चुरुट की आग के अलावा और किसी तरह की आग लगाना या उसकी कल्पना करना कम-से-कम स्त्री जाति के लिए कभी किसी भी दशा में शोभा नहीं देता।

शशिकला को चुप देखकर कठोरदिल तारा का उत्साह दूना बढ़ गया, वह बोल उठी, "ऐसे खसम से तो पूरी जिंदगी राँड़ ही अच्छी।" और वहाँ से उठकर चल दी। सभा भंग हो गई।

शशिकला सोचने लगी, 'पति की तरफ से ऐसे किसी कसूर की वह कल्पना ही नहीं कर सकती, जिससे उनके लिए ऐसा कठोर भाव जागे।' विचार करते-करते उसके कोमल हृदय का सारा-का-सारा प्रेमरस अपने प्रवासी पति की ओर निढाल सा होकर दौड़ने लगा। पलंग पर जहाँ उसके पति सोते थे, उस स्थान पर दोनों बाँह पसारकर वह औंधी पड़ी रही तथा बार-बार तकिए को सीने से लगाकर चूमने लगी। तकिए में वह अपने पति के माथे की खुशबू का अनुभव कर रही थी और फिर दरवाजा बंद करके बक्स में से पति का एक काफी पुराना फोटो और चिट्ठियाँ निकालकर बैठ गई। उस दिन की सुनसान दोपहरी इसी तरह एकांत कमरे में, सूनी सोच, पुरानी यादों और कष्टों के आँसुओं में बीत गई।

शशिकला और जयगोपाल का दांपत्य कोई नया हो, ऐसी बात नहीं। बचपन में शादी हुई थी और इस बीच कई बाल-बच्चे भी हो चुके हैं। दोनों

ने काफी दिनों तक साथ रहकर अत्यंत सहज-साधारण तौर पर दिन काटे हैं। किसी की तरफ से प्रेम के अटूट उत्साह का कभी भी कोई लक्षण देखने में नहीं आया। लगभग सोलह साल तक लगातार एक साथ रहने के पश्चात् सिर्फ आजीविका के लिए ही उसके पति को अचानक परदेस जाना पड़ा। इस बिछुड़ जाने से शशि के दिल में एक तरह का प्रबल प्रेमावेग जाग उठा। विरह के जरिए बँधन में जितना भी खिंचाव पड़ने लगा, उसके नाजुक दिल में प्रेम की फाँस उतनी ही तीखी होने लगी। शिथिल स्थिति में जिसका अस्तित्व कभी मालूम ही नहीं पड़ा, अब उसका दर्द अंदर से टीसें मारने लगा।

इतने दिन के पश्चात्, इतनी आयु में बच्चों की माँ होकर शशि आज वसंत की दोपहरी में सूने में विरह-शय्या पर पड़ी-पड़ी यौवन से भरपूर नववधू का सा सुख-स्वप्न देखने लगी। जो प्यार जाने-अनजाने में उसके जीवन के सामने बहा चला गया है, अचानक आज उसी के कल-कल गीत से जागकर वह मन-ही-मन बहाव से विपरीत तैरकर पीछे की तरफ बहुत दूर पहुँचना चाहती है, जहाँ सोने की नगरी में घने वनों की भरमार है, प्रेम की दीवानगी है, किंतु अतीत के उस सुख की संभावना में पहुँचने की अब तरकीब क्या है और जगह कहाँ है? वह सोचने लगी, अबकी बार वह पति को अपने पास पाएगी, तब जीवन को नीरस और वसंत को बेकार बिलकुल नहीं होने देगी। कितने ही दिन कितनी ही बार उसने मामूली विषयों पर बहस और छोटी-छोटी बातों पर लड़ाई करके पति को परेशान कर डाला है। आज तपते हुए चित्त से एकांत इच्छा से उसने संकल्प किया कि भविष्य में वह कभी भी झगड़ालू नहीं बनेगी, कभी भी उनकी इच्छा के विरुद्ध न चलेगी, उनकी आज्ञा का हर प्रकार से पालन करेगी, अब सारे काम उनकी तबीयत के ही करेगी और प्यार भरे नरम दिल से अपने पति का बुरा-भला आचरण खामोशी से बरदाश्त कर लिया करेगी। कारण, पति सभी कुछ है, पति प्रियतम है, पति देवता है। बहुत दिनों तक शशिकला अपने माता-पिता की इकलौती लाड़ली पुत्री रही है। उन दिनों जयगोपाल यद्यपि मामूली नौकरी किया करता था, फिर भी भविष्य की उसे कोई फिकर नहीं थी। गाँव में जाकर राजसी ठाट से रहने के लिए उसके ससुर के पास काफी धन-दौलत थी।

इस बीच बिलकुल ही असमय प्रायः बुढ़ापे में शशिकला के पिता कालीप्रसन्न के एक लड़का पैदा हुआ। सच कहने में क्या है, माता-पिता के इस प्रकार के असमय असंगत आचरण से शशि को मन-ही-मन बहुत कष्ट हुआ। जयगोपाल भी विशेष खुश न हो सका।

अधिक आयु में बच्चा हुआ, तो उस पर माँ-बाप के लाड़-प्यार का ठिकाना न रहा। उस नवागत नन्हे से दूध-पीते नींद के लिए व्याकुल साले ने अनजाने में न जाने कैसे अपने कोमल हाथों की छोटी-छोटी मुट्ठियों में जयगोपाल की सारी उम्मीदें पीसकर जब चकनाचूर कर दीं, तब वह आसाम के चाय के बगीचे में नौकरी करने चल दिया।

सबने कहा-सुना कि करीब ही कहीं नौकरी ढूँढ़कर यहीं रहो तो अच्छा हो, किंतु चाहे सर्वसाधारण गुस्सा आ जाने से हो या चाय बागान की नौकरी से रातो रात बड़ा आदमी बनने की आशा से, उसने किसी की बात पर ध्यान ही नहीं दिया। शशि को बच्चों के साथ मायके छोड़कर वह झट से आसाम चला गया। शादी के बाद पति-पत्नी में यह पहला संबंध-विच्छेद था।

इस घटना के कारण अपने नन्हे से दुधमुँहे भाई पर शशि को काफी क्रोध आया। जो मन के आफ़सोस को मुँह खोलकर कह नहीं सकता, उसी को ज्यादा आता है। छोटा सा मानव-शिशु आराम से माँ का दूध पीता और आँख मींचकर निश्‍चिंत सोता रहता। उसकी बड़ी बहिन अपने बच्चों के लिए गरम दूध, ठंडा खाना तथा स्कूल जाने में देर इत्यादि नाना कारणों से रात-दिन रूठकर मुँह फुलाए रहती और घरवालों को भी दुःख दिया करती थी।

थोड़े दिन के पश्चात् ही बच्चे की माँ की मृत्यु हो गई। मरते वक्त माँ अपने गोद के बच्चे को लड़की के हाथों सौंप गई।

अब तो काफी जल्दी बिना माँ के बच्चे ने बड़ी आसानी से अपनी दीदी का हृदय जीत लिया। 'हा-हा-ही-ही' करता हुआ बच्चा, जब अपनी बहिन के ऊपर आ पड़ता तथा अपने बिना दाँत के छोटे से मुँह से उसका मुँह, नाक, आँख सब कुछ लील जाना चाहता, अपनी छोटी सी मुट्‌ठी में उसका जूड़ा पकड़कर जब वह खींचता और किसी भी प्रकार हाथ लगी चीज को छोड़ने के लिए तैयार नहीं होता, सूरज उगने के पहले ही उठकर जब वह लुढ़कता-खिसकता हुआ अपनी दीदी को अपने कोमल स्पर्श से पुलकित करके उधम मचाना आरंभ कर देता, निरंतर जब वह 'डिडिया डिडिया' पुकार-पुकारकर बार-बार उसका ध्यान बँटाने लगा और जब उसने कामकाज तथा फुरसत के वक्त निषिद्ध कार्य करके, निषिद्ध खाना खाकर, निषिद्ध स्थान पर उस पर बाकायदा बखेड़ा शुरू कर दिया, तब शशि टिकी न रह सकी। उसने उस मनमौजी छोटे से अत्याचारी के आगे पूरी प्रकार आत्मसमर्पण कर दिया। बच्चे की माँ नहीं थी, इसी से संभवतः उस पर उसका हक इतना ज्यादा बढ़ गया।

लड़के का नाम रखा नीलमणि। जब वह दो साल का हुआ, तब उसके पिता सख्त बीमार पड़ गए। जल्दी चले आने के लिए जयगोपाल को खत लिखा गया। जयगोपाल बड़ी मुश्किल से दौड़ा हुआ ससुराल पहुँचा, तब ससुर कालीप्रसन्न मौत की घड़ियाँ गिन रहे थे।

मरने के पूर्व कालीप्रसन्न ने अपने नाबालिग बच्चे का सारा जिम्मा जमाई जयगोपाल पर छोड़ दिया और अपनी संपत्ति का चौथाई भाग अपनी लड़की के नाम कर दिया।

लिहाजा जमीन-जायदाद की हिफाजत के लिए जयगोपाल को नौकरी छोड़कर ससुराल चले आना पड़ा।

बहुत दिनों के बाद पति-पत्नी में पुनर्मिलन हुआ। जब कोई वस्तु टूट जाए तो जोड़ में जोड़ मिलाकर किसी प्रकार उसे जोड़ा भी जा सकता है, किंतु दो लोगों के मन जहाँ फट जाते हैं, लंबी बिछुड़न के पश्चात् फिर वहाँ ठीक पहले जैसा जोड़ नहीं बैठता। कारण, मन सजीव पदार्थ है, पल में उसकी परिणति होती है और पल में बदलाव।

इस नए मिलन से शशि के दिल में अबकी बार नए भावों का संचार हुआ, जैसे पति से उसकी दुबारा शादी हुई हो। प्राचीन दांपत्य में चिराभ्यास की वजह से जो जड़ता सी आ गई थी, विरह के आकर्षण से वह हट गई तथा अपने पति को मानो उसने पहले की अपेक्षा कहीं ज्यादा पूर्णता के साथ पा लिया। मन-ही-मन उसने प्रतिज्ञा की कि चाहे जैसे भी दिन आएँ, चाहे जितने भी रोज हो जाएँ, पति के प्रति अपने दमकते प्रेम के उजलेपन को वह जरा भी मैला न होने देगी।

मगर नए मिशन में जयगोपाल के मन की स्थिति कुछ और ही हो गई। पहले जब दोनों एक साथ रहते थे, औरत के साथ उसके संपूर्ण स्वार्थ और विचित्र अभ्यासों में एकता का ताल्लुक था, तब स्त्री उसके जीवन का एक नित्य-सत्य हो गई थी और वह उसे अलग करके कुछ करना चाहता, तो रोज अभ्यास के रास्ते में चलते-चलते जरूर उसका कदम अचानक गहरे गड्ढे में जाकर पड़ जाता। सबूत के तौर पर कहा जा सकता है कि परदेस जाकर पहले-पहल वह बड़ी भारी मुसीबत में पड़ गया था। वहाँ उसे ऐसा लगा, मानो सहसा किसी ने गहरे पानी में धक्का दे दिया हो, लेकिन क्रमशः उसके इस अभ्यास-विच्छेद में नए अभ्यास की थिगली लगी।

केवल इतना ही नहीं, बल्कि पहले जो उसके दिन बिलकुल शिथिलता में कट जाया करते थे, उसमें इधर दो साल से अपनी आर्थिक हालत सुधारने

के प्रयास और चिंता से एक तरह का जबरदस्त जागरण आ गया है। उसके दिल के सामने 'मालदार' बनने की एकनिष्ठ इच्छा के अतिरिक्त और कोई वस्तु नहीं रह गई। इस नए नशे की तीव्रता के मुकाबले पिछली जिंदगी उसको बिलकुल सारहीन परछाईं नजर आने लगी। स्त्रियों की प्रकृति में कोई खास परिवर्तन ले आता है प्रेम, किंतु पुरुषों में कोई परिवर्तन होता है तो उसकी जड़ में रहती है कोई न कोई भयंकर प्रवृत्ति।

जयगोपाल दो साल बाद आकर स्त्री से मिला, तो उसे हू-ब-हू पहले जैसी स्त्री नहीं मिली। उसकी पत्नी के जीवन में उसके बच्चे, साले ने एक नई ही स्थिति स्थापित कर दी थी, जो पहले से कहीं विस्तृत और फैली हुई है। औरत के मन के इस हिस्से से वह बिलकुल ही जानकार न था और न इससे उसके दिल का कहीं से कुछ मेल ही बैठता था। स्त्री अपने इस शिशु-स्नेह में पति को हिस्सा देने का बहुत प्रयास करती, मगर वह दे पाती या नहीं, कहना मुश्किल है।

शशि नीलमणि को गोद में लिये हँसते हुए पति के सम्मुख ले जाती और उसकी गोद में देने की चेष्टा करती, किंतु नीलमणि जी-जान से बहिन के गले से चिपक जाता और रिश्तेदारी की जरा भी शरम न करके वह दीदी के कंधे में अपना मुँह छिपा लेता।

शशि चाहती कि उसके इस नन्हे से भाई का मन बहलाने की जितनी भी तरह की विद्या आती है, वह सब-की-सब बहनोई के आगे प्रकट हो जाए, लेकिन न तो बहनोई को इस बारे में कोई आग्रह था, न साले में ही कोई दिलचस्पी पाई गई। जयगोपाल को कुछ समझ में नहीं आता कि इस दुबले-पतले बड़े माथे वाले मनहूस सूरत काले-कलूटे बच्चे में ऐसी भी क्या बात है, जिसके लिए उस पर लाड़-प्यार की इतनी फिजूलखर्ची की जा रही है।

लाड़-प्यार की बारीक बातें स्त्रियाँ झट से समझ जाती हैं। शशि फौरन ही समझ गई कि जयगोपाल को नीलमणि में कोई विशेष दिलचस्पी नहीं है और संभवतः वह उसे मन से चाहता भी नहीं। तब वह अपने भाई को बड़ी सतर्कता से पति की नजर से बचाकर रखने लगी। जहाँ तक बनता, वह जयगोपाल की तीखी नजर उस पर नहीं पड़ने देती। इस तरह वह बच्चा उस अकेली का एकमात्र प्रेम का आधार बन गया। उसकी वह इस तरह देखभाल करने लगी, जैसे उसका वह बड़ी कोशिश से सहेजा हुआ-छुपाया हुआ धन हो। सभी जानते हैं कि प्रेम जितना ही छुपा हुआ और जितना ही

एकांतिक होता है, उतना ही ताकतवर हुआ करता है।

नीलमणि रोता तो जयगोपाल को काफी झुँझलाहट होती, इसलिए शशि उसे झटपट छाती से लगाकर और खूब प्यार कर-करके छिपाने का प्रयास किया करती। खासकर रात को उसके रोने से यदि पति की नींद उचटने की संभावना होती और पति अगर उस रोते हुए बच्चे के प्रति अत्यंत हिंसात्मक भाव से रोष और घृणा प्रकट करता हुआ जल-भुनकर चिल्ला उठता, तब शशि मानो अपराधिनी की तरह संकुचित और अस्थिर हो जाती और उसी वक्त उसे गोद में उठाकर दूर ले जाती तथा अत्यंत अनुनय-विनय और स्नेह में 'सुआ मेरा राजा बाबू' इत्यादि कहकर सुला देती।

बच्चों-बच्चों में प्राय: किसी-न-किसी बात पर लड़ाई हुआ ही करती है। शुरू-शुरू में ऐसे मौकों पर शशि अपने भाई का पक्ष लिया करती थी, कारण, उसकी माँ नहीं है। न्यायाधीश के साथ-साथ न्याय में भी फर्क होने लगा। अब जब-तब बेकसूर नीलमणि को ही कड़ी सजा भुगतनी पड़ती। यह जुल्म शशि के कलेजे में शूल की तरह चुभता तथा इसके लिए वह अपने दंडित भाई को अलग ले जाकर मिठाई देकर, खिलौना देकर, प्रेम करके भरसक तसल्ली देने का प्रयास किया करती।

अंजाम यह होता कि शशि नीलमणि को जितना अधिक प्यार करती, जयगोपाल उतना ही उस पर जलता-भुनता और जयगोपाल नीलमणि से जितनी नफरत करता, नाराज होता, शशि उतना ही अधिक उसे प्यार करती।

जयगोपाल व्यक्ति ऐसा है कि अपनी औरत पर उसने कभी भी लड़ाई या कठोर आचरण नहीं किया और शशि भी ऐसी है कि विनम्र प्रीति के साथ चुपचाप अपने पति की बराबर सेवा करती रहती, किंतु अब केवल नीलमणि को लेकर भीतर-ही-भीतर एक गुठली सी पकने लगी, जो परस्पर एक-दूसरे के विरुद्ध पीड़ादायक हो रही है।

इस तरह के खामोश द्वंद्व का गुप्त आघात-प्रतिघात प्रकट झगड़े की बनिस्बत कहीं ज्यादा दुस्सह होता है, यह काम कम-से-कम विवाहित पाठक-पाठिकाओं से छिपाना व्यर्थ है।

नीलमणि के सारे शरीर में सिर्फ सिर ही सबसे बड़ा था। देखने में ऐसा लगता, जैसे विधाता ने एक पोले-पतले बाँस में फूँस लगाकर ऊपर के भाग पर एक गोल बना दिया हो। डॉक्टर भी प्राय: आशंका जाहिर किया करते कि लड़का बुलबुले के समान ही क्षणभंगुर सिद्ध हो सकता है। काफी दिनों तक उसे बात करना और चलना नहीं आया। उसके उदास गंभीर चेहरे को

देखकर ऐसा महसूस होता कि उसके माता-पिता अपनी अधिक आयु की सारी फिक्रों का जिम्मा इस नन्हे से बच्चे के मस्तक पर लाद गए हैं।

दीदी के जतन और सेवा से नीलमणि ने अपने खतरे का समय पार करके छठे वर्ष में कदम रखा।

कार्तिक में भैयादूज के दिन शशिकला ने नीलमणि को नए-नए बढ़िया वस्त्र पहनाए, बड़े ठाट-बाट से बाबू बनाया और फिर उसका टीका करने के लिए थाली सजाई। भैया को पटरी पर बिठाकर वह अँगूठे में रोली लगाकर टीका लगा रही थी कि इतने में शुरू में कही गई खरा बोलने वाली पड़ोसिन तारा आ पहुँची और आने के साथ बात-ही-बात में उसने शशि के साथ झगड़ा शुरू कर दिया।

वह बोली, "छिपे-छिपे भाई का सत्यानाश करके ऐसे ठाट-बाट से लोक-दिखाऊ टीका करने से क्या फायदा?"

सुनकर शशि पर एक साथ आश्चर्य, गुस्सा और दुख की बिजली सी टूट पड़ी। अंत में सुनना पड़ा, "वे दोनों स्त्री-पुरुष सलाह करके नाबालिग नीलमणि की जायदाद मालगुजारी-वसूली में नीलाम करवाकर पति के फुफेरे भाई के नाम खरीदने की साजिश रच रहे हैं।"

सुनकर शशि ने शाप दिया, "जो व्यक्ति इतनी झूठी बदनामी कर रहे हैं, भगवान करे, उनकी जबान जल जाए।" फिर वह रोती हुई सीधे पति के पास पहुँची और उससे सब कुछ कह डाला।

जयगोपाल बोला, "आजकल के जमाने में किसी का भी विश्वास नहीं किया जा सकता। उपेंद्र मेरी सगी बुआ का लड़का और भाई है, उस पर पूरी जायदाद का जिम्मा देकर मैं निश्चिंत था। उसने कब मालगुजारी नहीं भरी और कब नीलाम में हासिलपुर खरीद लिया, मुझे कुछ मालूम ही न हुआ।"

जयगोपाल ने कहा, "भाई पर नालिश कैसे करूँ? फिर नालिश करने से कुछ परिणाम भी नहीं निकलेगा। गाँठ के रुपयों की भी बरबादी होगी।"

पति की बात का भरोसा करना शशि का फर्ज है, किंतु किसी भी प्रकार का दांपत्य जीवन सब कुछ अचानक, जिसे परम आश्रय समझ रही थी, अचानक देखा कि उसके लिए वह एक निर्दय-निष्ठुर फाँसी बन गया है और उसने चारों तरफ से उन दोनों भाई-बहिन को घेर रखा है। वह अकेली अबला औरत है, असहाय नीलमणि को कैसे बचाए, उसकी कुछ समझ में नहीं आता। जैसे-जैसे वह सोचने लगी, वैसे-वैसे नफरत और नफरत से

संकट में पड़े हुए बालक भाई पर उसका स्नेह बढ़ता ही गया। उसका दिल ममता से और आँखें आँसुओं से भर आईं। वह सोचने लगी, यदि उसे कोई तरकीब मालूम होती तो महारानी विक्टोरिया के पास चिट्ठी भेजकर अपने भाई की संपत्ति अवश्य बचा लेती और महारानी नीलमणि की वार्षिक सात सौ अट्ठावन रुपए मुनाफे की जमींदारी हासिलपुर बिलकुल नहीं बिकने देती।

इस प्रकार शशि जबकि सीधे महारानी विक्टोरिया के दरबार में न्याय कराके अपने फुफेरे देवर को दुरुस्त करने की तरकीब सोच रही थी, तब एकाएक नीलमणि को जोर का ज्वर आ गया तथा ऐसा दौरा पड़ने लगा कि उसके हाथ-पाँव तन्ना गए और बार-बार मूर्च्छा आने लगी।

जयगोपाल ने गाँव के एक देसी काले चिकित्सक को बुलवाया। शशि ने अच्छे डॉक्टर के लिए प्रार्थना की तो जयगोपाल ने जवाब दिया, "क्यों, मोतीलाल क्या बेकार डॉक्टर है?"

शशि जब पति के पैरों में पड़ गई और अपने गले की कसम दिलाकर निहोरे करने लगी, तब जयगोपाल बोला, "अच्छा, शहर से डॉक्टर बुलवाता हूँ, ठहरो।"

शशि नीलमणि को सीने से चिपटाए पड़ी रही। नीलमणि भी एक पल के लिए उसे अपनी आँखों से लुप्त नहीं होने देता। डरता है, कहीं उसे धोखा देकर दीदी कहीं चली न जाए। इसलिए वह हमेशा उससे लिपटा रहता है। यहाँ तक कि सो जाने पर भी आँचल बिलकुल नहीं छोड़ता।

वह सारा दिन यूँ ही खत्म हो गया। शाम के बाद दीया-बत्ती के समय जयगोपाल ने आकर कहा, "शहर का डॉक्टर नहीं मिला। वह दूर कहीं मरीज को देखने गया है।" और साथ-साथ यह भी कहा, "मुकदमे की खातिर मुझे अभी इसी वक्त जाना पड़ रहा है। मैंने मोतीलाल से कह दिया है, वे दोनों समय आकर अच्छी प्रकार से इसकी देखभाल किया करेंगे।"

रात को नीलमणि आँय-बाँय बकने लगा। सुबह होते ही शशि और कुछ भी विचार न करके खुद रोगी भाई को लेकर कश्ती में बैठ के कलकत्ता के लिए रवाना हो गई।

कलकत्ता जाकर उसने देखा कि डॉक्टर तो घर पर ही हैं, कहीं भी बाहर नहीं गए। अच्छे घर की औरत को देखकर डॉक्टर ने झट से उसके लिए रहने का इंतजाम कर दिया और मदद के लिए एक प्रौढ़ विधवा को नियुक्त कर दिया। लड़के का इलाज होने लगा।

दूसरे रोज जयगोपाल भी कलकत्ता आ धमका। मारे गुस्से के आगबबूला होकर उसने स्त्री को उसी समय घर चलने का ओदश दिया।

औरत ने कहा, "मुझे अगर तुम काट भी डालो, तो भी घर नहीं जाने वाली। तुम लोग मेरे नीलमणि को मार डालना चाहते हो। उसके माँ नहीं, पिता नहीं। मेरे अलावा उसके और कोई भी नहीं है। मैं उसे बचाऊँगी, बचाऊँगी, जरूर बचाऊँगी।"

जयगोपाल गुस्से में आकर बोला, "तो तुम यहीं रहो। हमारे घर अब कभी मत आना।"

शशि ने उसी वक्त तड़ाक से जवाब दिया, "तुम्हारा घर कहाँ से आया? घर तो मेरे भाई का है।"

जयगोपाल बोला, "अच्छा, देखा जाएगा।"

मुहल्ले के लोग इस घटना को लेकर कुछ दिन वार्त्तालाप करते रहे। पड़ोसिन तारा ने कहा, "अरे, मालिक के साथ लड़ना ही है तो घर में रहकर लड़ो न, जितना भी लड़ना हो। घर छोड़कर बाहर लड़ने की क्या जरूरत? कुछ भी हो, आखिर है तो अपना मालिक ही।"

साथ में जो जमा-पूँजी थी सब खर्च करके, गहने वगैरह बेच-खोंचकर किसी तरह शशि ने अपने भाई को मौत के मुँह से बचा लिया और तब उसे खबर मिली कि दुआरगाँव में उन लोगों की जो बड़ी भारी खेत की धरती थी और उस पर उनका मकान भी था, नाना प्रकार से जिसकी आमदनी सालाना लगभग डेढ़ हजार रुपए थी, वह भी जमींदार के साथ मिलकर जयगोपाल ने अपने नाम करा ली है। अब पूरी संपत्ति उसके पति की है, उसके भाई का उसमें कुछ भी नहीं रहा।

बीमारी से उठकर नीलमणि ने दयनीय स्वर में पूछा, "दीदी, घर चलो।"

वहाँ अपने साथी भानजों से खेलने के लिए उसका दिल मचल रहा था। इसी से वह बराबर कहने लगा, "दीदी, अपने उसी घर। अब है कहाँ?"

लेकिन सिर्फ रोने से कोई परिणाम नहीं। 'अब दीदी के अतिरिक्त दुनिया में उसके भाई का और है कौन?' यह सोचकर शशि ने आँखें साफ कीं और साहस करके डिप्टी मजिस्ट्रेट तारिणी बाबू के घर जाकर उसकी औरत की शरण ली।

डिप्टी साहब जयागोपाल को जानते थे। भले घर की औरत घर से निकलकर जमीन की संपत्ति के लिए पति से लड़ना चाहती है, इस बात पर शशि से वे काफी नाराज हुए। उसे बातों में फुसलाए रखकर उसी समय

उन्होंने जयगोपाल को पत्र लिखा। जयगोपाल साले सहित अपनी औरत को जबरन नाव पर बिठाकर घर ले आया।

पति-पत्नी में दूसरे विच्छेद के पश्चात् फिर से यह दूसरा मिलन हुआ। जन्म का साथ, विधाता का विधान जो ठहरा।

बहुत दिनों के बाद घर लौटे पुराने साथियों को पाकर नीलमणि बहुत खुश हुआ और बड़े मजे से घूमने-फिरने लगा। उसके उस निश्चिंत आनंद को देखकर भीतर-ही-भीतर शशिकला की छाती फटने लगी।

ठंड का मौसम आ गया। मजिस्ट्रेट साहब गाँवों में तहकीकात करने दौरे पर निकले और शिकार की तलाश में जंगल से सटे हुए एक गाँव में तंबू तान दिए गए। गाँव के रास्ते में साहब के साथ नीलमणि की भेंट हुई और लड़के उन्हें देखकर चाणक्य-श्लोक में कुछ रद्दोबदल करके नखी-दंती, शृंगी आदि के साथ साहब को भी सम्मिलित करके बहुत दूर हट गए, लेकिन गंभीर प्रकृति नीलमणि अटल कुतूहल के साथ शांत भाव से साहब को ही देखता रहा। साहब को न जाने क्यों उसमें कुछ दिलचस्पी दिखाई दी। उसने पास बुलाकर पूछा, "आप पाठशाला में पढ़ते हो?"

बालक ने खामोश ही खड़े रहकर सिर हिला दिया, "हाँ।"

साहब ने पूछा, "कौन सी किताब पढ़ते हो?"

नीलमणि 'पुस्तक' शब्द का मतलब न समझकर साहब के मुँह की ओर देखता रहा।

घर जाकर नीलमणि ने मजिस्ट्रेट साहब के साथ अपने इस परिचय की वार्त्तालाप खूब प्रसन्नता के साथ दीदी से कही।

दोपहर को पाजामा-पगड़ी आदि पहनकर जयगोपाल मजिस्ट्रेट साहब को सलाम करने पहुँचा। अर्थी-प्रत्यर्थी, चपरासी-सिपाही वगैरह की चारों तरफ धूम मची हुई है। साहब उस समय तंबू के बाहर खुली छाया में कैंप-टेबिल लगाए बैठे थे। वे जयगोपाल को चौकी पर बैठाकर उससे गाँव के हालचाल पूछ रहे थे। जयगोपाल गाँव वाले सर्वसाधारण के सामने जो इस प्रकार गौरव के स्थान पर दखल किए बैठा है, इसके लिए मन-ही-मन फूला नहीं समा रहा था। इसके दिल में बार-बार यह विचार आ रहा था कि 'इस समय चक्रवर्ती और नंदी-घराने का कोई आकर देख लेता तो अच्छा होता।'

इतने में नीलमणि को साथ लिए घूँघट काढ़े एक औरत सीधे मजिस्ट्रेट के सामने आकर खड़ी हो गई। कहने लगी, "आपके हाथ मैं अपने इस अनाथ

भाई को सौंप रही हूँ। आप इसकी सहायता कीजिए।"

साहब अपने पूर्वपरिचित गंभीर प्रकृति और बड़े माथे वाले शिशु को देखकर तथा उसके स्त्री को भले घर की बहू-बेटी समझकर उसी वक्त खड़ा हुआ, बोला, "आप तंबू में जाइए।"

"मुझे जो कहना है, यहीं पर कहूँगी।"

जयगोपाल का मुख मारे घबराहट के सफेद पड़ गया और मारे घबराहट के वह ऐसा चंचल हो उठा, जैसे अंगार पर पैर पड़ गया हो। गाँव के लोग कुतूहल के मारे चारों ओर से खिसक-खिसककर सामने आने की कोशिश करने लगे। इतने में साहब ने बेंत उठाया तथा सब भाग खड़े हुए।

शशिकला ने अपने भाई का हाथ पकड़े हुए, बगैर माँ-बाप के उस अनाथ बच्चे का सारा इतिहास शुरू से आखिर तक कह सुनाया। जयगोपाल ने बीच-बीच में रुकावट डालने की कोशिश की, लेकिन साहब ने उसे जहाँ-का-तहाँ गरजकर डाँट दिया, "चुप रहो तुम!" और बेंत का इशारा करके उसे चौकी से उठाकर सामने खड़े होने का आदेश दिया।

जयगोपाल शशिकला पर मन-ही-मन गरजता हुआ खामोशी से खड़ा रहा और नीलमणि अपनी दीदी से बिलकुल सटकर मुख बाए खड़ा सब कुछ सुनता रहा।

शशि की बात समाप्त होने पर मजिस्ट्रेट ने जयगोपाल से कई प्रश्न किए और उसका उत्तर सुनकर बहुत देर तक चुप रहने के पश्चात् शशि को संबोधित करके कहा, "बेटी, यह मामला हालाँकि मेरे इजलास में नहीं चल सकता, पर तुम निश्चिंत रहो। इस मामले में मुझे जो कुछ करना है, मैं जरूर करूँगा। तुम भाई को लेकर बेधड़क अपने घर जा सकती हो।"

शशि बोली, "साहब, जब तक मेरे भाई को अपना मकान नहीं मिल जाता, तब तक इसे लेकर घर जाने की हिम्मत मैं नहीं कर सकती। अब इसे अगर आप अपने पास नहीं रखते, तो और कोई भी इसे नहीं बचा सकता।"

साहब बोले, "तुम कहाँ जाओगी?"

शशिकला ने कहा, "मैं अपने पति के घर लौट जाऊँगी। मुझे अपनी कोई चिंता नहीं।"

साहब मुसकराया तथा ताबीज-बँधे उस दुबले-पतले, गंभीर-शांत मीठे स्वभाव वाले काले रंग के देसी बच्चे को अपने समीप रखने को मान गया।

शशि जब जाने लगी, तो बच्चे ने उसकी धोती पकड़ ली।

साहब बोले, "बेटा, तुम घबराओ मत। आओ, मेरे पास आओ।"

घूँघट के अंदर आँसुओं का झरना सा बहाते और पोंछते हुए बच्चे की दीदी ने कहा, "मेरा प्यारा बाबू है न, मेरा भइया है न! जा-जा साहब के निकट जा। तेरी दीदी तुझसे फिर मिलेगी, अच्छा!"

बच्चे को उठाकर उसने अपने सीने से लगा लिया और उसके माथे व पीठ पर हाथ फेरकर किसी प्रकार उसके हाथ से अपनी साड़ी का पल्ला छुड़ाया और बड़ी तेजी से वहाँ से चल दी। साहब ने फौरन ही बच्चे को अपने बाएँ हाथ के घेरे में लिया और बच्चा, "दीदी री, दीदी री!" चिल्लाता हुआ जोर-जोर से रोने लगा। शशि ने सिर्फ एक बार मुड़कर दूर से ही अपना दाहिना हाथ उठाकर अपनी ओर से उसे खामोश तसल्ली दी। वह अपना टूटा हुआ दिल लेकर और भी तेजी से आगे निकल गई।

फिर उसी काफी दिनों के जाने-पहचाने घर में पति-पत्नी का मिलन हुआ। विधाता का विधान जो ठहरा।

लेकिन यह मिलन अधिक दिन तक नहीं टिका। कारण, इसके कुछ ही समय बाद, एक रोज सवेरे गाँववालों ने सुना कि 'रात को जयगोपाल की पत्नी हैजे से मर गई और रात को ही उसकी दाहक्रिया हो गई।'

विदा के वक्त शशि अपने भाई से वायदा कर गई थी कि उसकी 'दीदी' उससे फिर मिलेगी। पता, नहीं उस वायदे को वह पूरा कर सकी या नहीं।

□

पत्नी का पत्र

श्री चरणकमलेषु,

आज हमारे विवाह को पंद्रह वर्ष हो गए, लेकिन अभी तक मैंने कभी तुमको चिट्ठी न लिखी। सदा तुम्हारे पास ही बनी रही। न जाने कितनी बातें कहती-सुनती रही, पर चिट्ठी लिखने लायक दूरी कभी नहीं मिली।

आज मैं श्री क्षेत्र में तीर्थ करने आई हूँ, तुम अपने ऑफिस के काम में लगे हुए हो। कलकत्ता के साथ तुम्हारा वही संबंध है, जो घोंघे के साथ शंख का होता है। वह तुम्हारे तन-मन से चिपक गया है, इसलिए तुमने ऑफिस में छुट्टी की दरख्वास्त नहीं दी। विधाता की यही इच्छा थी; उन्होंने मेरी छुट्टी की दरख्वास्त मंजूर कर ली।

मैं तुम्हारे घर की मँझली बहू हूँ। पर आज पंद्रह वर्ष बाद इस समुद्र के किनारे खड़े होकर मैं जान पाई हूँ कि अपने जगत् और जगदीश्वर के साथ मेरा एक संबंध और भी है। इसीलिए आज साहस करके यह चिट्ठी लिख रही हूँ, इसे तुम अपने घर की मँझली बहू की ही चिट्ठी मत समझना।

तुम लोगों के साथ मेरे संबंध की बात जिन्होंने मेरे भाग्य में लिखी थी, उन्हें छोड़कर जब इस संभावना का और किसी को पता न था, उसी शैशवकाल में मैं और मेरा भाई एक साथ ही सन्निपात के ज्वर से पीड़ित हुए थे। भाई तो मारा गया, पर मैं बची रही। मोहल्ले की औरतें कहने लगीं, 'मृणाल लड़की है न, इसीलिए बच गई। लड़का होती तो क्या बच सकती थी।' चोरी की कला में यमराज निपुण हैं, उनकी नजर कीमती चीज पर ही पड़ती है।

मेरे भाग्य में मौत तक नहीं है। यही बात अच्छी तरह से समझाने के लिए मैं यह चिट्ठी लिखने बैठी हूँ।

एक दिन जब दूर के रिश्ते में तुम्हारे मामा तुम्हारे मित्र नीरद को साथ लेकर कन्या देखने आए थे, तब मेरी आयु 12 वर्ष की थी। दुर्गम गाँव में मेरा घर था, जहाँ दिन में भी सियार बोलते रहते। स्टेशन से सात कोस तक छकड़ा गाड़ी में चलने के बाद बाकी तीन मील का कच्चा रास्ता पालकी में बैठकर पार करने के बाद हमारे गाँव में पहुँचा जा सकता था। उस दिन तुम लोगों को कितनी हैरानी हुई, जिस पर मामा हमारे पूर्वी बंगाल के उस भोजन की हँसी उड़ाना आज भी नहीं भूलते।

तुम्हारी माँ की एक ही जिद कि बड़ी बहू के रूप की कमी मँझली बहू के द्वारा पूरी करें। नहीं तो भला इतना कष्ट करके तुम लोग हमारे गाँव क्यों आते। पीलिया, यकृत, अमरशूल और दुलहिन के लिए बंगाल प्रांत में खोज नहीं करनी पड़ती। वे स्वयं ही आकर घेर लेते हैं, छुड़ाए नहीं छूटते।

पिता की छाती धक्-धक् करने लगी। माँ दुर्गा का नाम जपने लगी। शहर के देवता को गाँव का पुजारी क्या देकर संतुष्ट करे। बेटी के रूप का भरोसा था; लेकिन स्वयं बेटी में उस रूप का कोई मूल्य नहीं होता, देखने आया हुआ व्यक्ति उसका जो मूल्य दे, वही उसका मूल्य होता है। इसीलिए तो हजार रूप होने पर भी लड़कियों का संकोच किसी भी तरह दूर नहीं होता।

सारे घर का, यही नहीं, सारे मोहल्ले का यह आतंक मेरी छाती पर पत्थर की तरह जमकर बैठ गया। आकाश का सारा उजाला और संसार की समस्त शक्ति उस दिन मानो इस बारह वर्षीय ग्रामीण लड़की को दो परीक्षकों की दो जोड़ी आँखों के सामने कसकर पकड़ रखने के लिए चपरासगिरी कर रही थी—मुझे कहीं छिपने की जगह न मिली।

अपने करुण स्वर में संपूर्ण आकाश को कँपाती हुई शहनाई बज उठी। मैं तुम लोगों के यहाँ आ पहुँची। मेरे सारे ऐबों का ब्योरेवार हिसाब लगाकर गृहिणियों को यह स्वीकार करना पड़ा कि सबकुछ होते हुए भी मैं सुंदरी जरूर हूँ, यह बात सुनते ही मेरी बड़ी जेठानी का चेहरा भारी हो गया।

लेकिन सोचती हूँ, मुझे रूप की जरूरत ही क्या थी। रूप नामक वस्तु को अगर किसी त्रिपुंडी पंडित ने गंगा-मिट्टी से गढ़ा हो तो उसका आदर हो, लेकिन उसे तो विधाता ने केवल अपने आनंद से निर्मित किया है। इसीलिए तुम्हारे धर्म के संसार में उसका कोई मूल्य नहीं। मैं रूपवती हूँ, इस बात को भूलने में तुम्हें बहुत दिन नहीं लगे। लेकिन मुझमें बुद्धि भी है, यह बात

तुम लोगों को पग-पग याद करनी पड़ी। मेरी यह बुद्धि इतनी प्रकृत है कि तुम लोगों की घर-गृहस्थी में इतना समय काट देने पर भी वह आज भी टिकी हुई है। मेरी इस बुद्धि से माँ बड़ी चिंतित रहती थी। नारी के लिए यह तो एक बला ही है। बाधाओं को मानकर चलना जिसका काम है, वह यदि बुद्धि को मानकर चलना चाहे तो ठोकर खा-खाकर उसका सिर फूटेगा ही। लेकिन तुम्हीं बताओ, मैं क्या करूँ? तुम लोगों के घर की बहू को जितनी बुद्धि दे डाली है, अब मैं उसे लौटाऊँ भी तो किसको। तुम लोग मुझे पुरखिन कहकर दिन-रात गाली देते रहे। अक्षम्य को कड़ी बात कहने से ही सांत्वना मिलती है, इसीलिए मैंने उसको क्षमा कर दिया।

मेरी एक बात तुम्हारी घर-गृहस्थी से बाहर थी, जिसे तुममें से कोई नहीं जानता। मैं तुम सबसे छिपाकर कविता लिखा करती थी। वह भले ही कूड़ा-करकट क्यों न हो, उस पर तुम्हारे अंत:पुर की दीवार न उठ सकी। वहीं मुझे मृत्यु मिलती थी, वहीं पर मैं रो पाती थी। मेरे भीतर तुम लोगों की मँझली बहू के अतिरिक्त जो कुछ था, उसे तुम लोगों ने कभी पसंद नहीं किया; क्योंकि उसे तुम लोग पहचान भी न पाए। मैं कवि हूँ, यह बात पंद्रह वर्ष में भी तुम लोगों की पकड़ में नहीं आई।

तुम लोगों के घर की प्रथम स्मृतियों में मेरे मन में जो सबसे ज्यादा जगती रहती है, वह है तुम लोगों की गोशाला। अंत:पुर को जाने वाले जीने की बगल के कोठे में तुम लोगों की गौएँ रहती हैं, सामने के आँगन को छोड़कर उनके हिलने-डुलने के लिए और कोई जगह न थी। आँगन के कोने में गायों को भूसा देने के लिए काठ की नाँद थी, सवेरे नौकर को तरह-तरह के काम रहते, इसलिए भूखी गाएँ नाँद के किनारों को चाट-चाटकर चबा-चबाकर खुरच देतीं। मेरा मन रोने लगता। मैं गँवई गाँव की बेटी जिस दिन पहली बार तुम्हारे घर में आई, उस दिन उस बड़े शहर के बीच मुझे वे गाएँ और तीन बछड़े चिरपरिचित आत्मीय जैसे जान पड़े।

जितने दिन मैं रही, बहू रही, खुद न खाकर छिपा-छिपाकर मैं उन्हें खिलाती रही; जब बड़ी हुई तब गौओं के प्रति मेरी प्रत्यक्ष ममता देखकर मेरे साथ हँसी-मजाक का संबंध रखने वाले लोग मेरे गोत्र के बारे में संदेह प्रकट करते रहे।

मेरी बेटी जनमते ही मर गई। जाते समय उसने साथ चलने के लिए मुझे भी पुकारा था। अगर वह बची रहती तो मेरे जीवन में जो कुछ महान् है, जो कुछ सत्य है, वह सब मुझे ला देती; तब मैं मँझली बहू से एकदम

माँ बन जाती। गृहस्थी में बँधी रहने पर भी माँ विश्व भर की माँ होती है। पर मुझे माँ होने की वेदना ही मिली, मातृत्व की मुक्ति प्राप्त नहीं हुई।

मुझे याद है, अंग्रेज डॉक्टर को हमारे घर का भीतरी भाग देखकर बड़ा आश्चर्य हुआ था और जच्चा-घर देखकर नाराज होकर उसने डाँट-फटकार भी लगाई थी। सदर में तो तुम लोगों का छोटा सा बाग है, कमरे में भी साज-शृंगार की कोई कमी नहीं, पर भीतर का भाग मानो पश्मीने के काम की उल्टी परत हो, वहाँ न कोई लज्जा है, न सौंदर्य, न शृंगार। उजाला वहाँ टिमटिमाता रहता है। हवा चोर की भाँति प्रवेश करती है, आँगन का कूड़ा-करकट हटने का नाम नहीं लेता। फर्श और दीवार पर कालिमा अक्षय बनकर विराजती है। लेकिन डॉक्टर ने एक भूल की थी।

उसने सोचा था कि शायद इस समय को रात-दिन दुःख होता होगा। बात बिलकुल उलटी है। अनादर नाम की चीज राख की तरह होती है। वह शायद भीतर-ही-भीतर आग को बनाए रखती है, लेकिन ऊपर से उसके भाव को प्रकट नहीं होने देती।

जब आत्मसम्मान घट जाता है, तब अनादर में अन्याय भी नहीं दिखाई देता, इसीलिए उसकी पीड़ा नहीं होती। यही कारण है कि नारी दुःख का अनुभव करने में ही लज्जा पाती है। इसलिए मैं कहती हूँ, अगर तुम लोगों की व्यवस्था यही है कि नारी को दुःख पाना ही होगा तो फिर जहाँ तक संभव हो, उसे अनादर में रखना ही ठीक है। आदर से दुःख की व्यथा और बढ़ जाती है।

तुम मुझे चाहे जैसे रखते रहे, मुझे दुःख है, यह बात कभी मेरे खयाल में भी न आई। जच्चा-घर में जब सिर पर मौत मँडराने लगी थी, तब भी मुझे कोई डर नहीं लगा।

हमारा जीवन ही क्या है कि मौत से डर पड़े? जिनके प्राणों को आदर और यत्न से कसकर बाँध लिया गया हो, मरने में उन्हीं को कष्ट होता है। उस दिन अगर यमराज मुझे घसीटने लगते तो मैं उसी तरह उखड़ जाती जिस तरह पोली जमीन से घास बड़ी आसानी से जड़ समेत खिंच आती है। बंगाल की बेटी तो बात-बात में मरना चाहती है। लेकिन इस तरह मरने में कौन सी बहादुरी है। हम लोगों के लिए मरना इतना आसान है कि मरते लज्जा आती है।

मेरी बेटी संध्या-तारे की तरह क्षण भर के लिए उदित होकर अस्त हो गई। मैं फिर से अपने दैनिक कामों में और गाय-बछड़ों में लग गई।

इसी तरह मेरा जीवन आखिर तक जैसे-तैसे कट जाता; आज तुम्हें यह चिट्ठी लिखने की जरूरत न पड़ती; लेकिन कभी-कभी हवा एक मामूली सा बीज उड़ाकर ले जाती है और पक्के दालान में पीपल का अंकुर फूट उठता है, और होते-होते उसी से लकड़ी-पत्थर की छाती विदीर्ण होने लग जाती है। मेरी गृहस्थी की पक्की व्यवस्था में भी जीवन का एक छोटा सा कण न जाने कहाँ से उड़कर आ पड़ा; तभी से दरार शुरू हो गई।

जब विधवा माँ की मृत्यु के बाद मेरी बड़ी जेठानी की बहिन बिंदु ने अपने चचेरे भाइयों के अत्याचार के मारे एक दिन हमारे घर में अपनी दीदी के पास आश्रय लिया था, तब तुम लोगों ने सोचा था, यह कहाँ की बला आ गई।

आग लगे मेरे स्वभाव को, करती भी क्या—देखा, तुम सब मन-ही-मन खीझ उठे हो, इसीलिए उस निराश्रिता लड़की को घेरकर मेरा संपूर्ण मन यकायक जैसे कमर बाँधकर खड़ा हो गया हो। पराए घर में, पराए लोगों की अनिच्छा होते हुए भी आश्रय लेना—कितना बड़ा अपमान है यह! यह अपमान भी जिसे विवश होकर स्वीकार करना पड़ा हो, उसे क्या धक्का देकर एक कोने में डाल दिया जाता है?

बाद में मैंने अपनी बड़ी जेठानी की दशा देखी। उन्होंने अपनी गहरी संवेदना के कारण ही बहिन को अपने पास बुलाया था, लेकिन जब उन्होंने देखा कि इसमें पति की इच्छा नहीं है, तो उन्होंने ऐसा भाव दिखाना शुरू किया मानो उन पर कोई बड़ी बला आ पड़ी हो, मानो अगर वह किसी तरह दूर हो सके तो जान बचे। उन्हें इतना साहस न हुआ कि वे अपनी अनाथ बहिन के प्रति खुले मन से स्नेह प्रकट कर सकें। वे पतिव्रता थीं।

उनका यह संकट देखकर मेरा मन और भी दुःखी हो उठा। मैंने देखा, बड़ी जेठानी ने खासतौर से सबको दिखा-दिखाकर बिंदु के खाने-पहनने की ऐसी रद्दी व्यवस्था की और उसे घर में इस तरह नौकरानियों के से काम सौंप दिए कि मुझे दुःख ही नहीं, लज्जा भी हुई। मैं सबके सामने इस बात को प्रमाणित करने में लगी रहती थी कि हमारी गृहस्थी को बिंदु बहुत सस्ते दामों में मिल गई है। ढेरों काम करती है, फिर खर्च की दृष्टि से बेहद सस्ती है।

मेरी बड़ी जेठानी के पितृवंश में कुल के अलावा और कोई बड़ी चीज न थी, न रूप था, न धन। किस तरह मेरे ससुर के पैरों पड़ने पर

तुम लोगों के घर में उनका ब्याह हुआ था, यह बात तुम अच्छी तरह जानते हो। वे सदा यही सोचती रहीं कि उनका विवाह तुम्हारे वंश के प्रति बड़ा भारी अपराध था। इसीलिए वे सब बातों में अपने आपको भरसक दूर रखकर, अपने को छोटा मानकर तुम्हारे घर में बहुत ही थोड़ी जगह में सिमटकर रहती थीं।

लेकिन उनके इस प्रशंसनीय उदाहरण से हम लोगों को बड़ी कठिनाई होती रही। मैं अपने आपको हर तरफ से इतना बेहद छोटा नहीं बना पाती, मैं जिस बात को अच्छा समझती हूँ, उसे किसी और की खातिर बुरा समझने को मैं उचित नहीं मानती–इस बात के तुम्हें भी बहुत से प्रमाण मिल चुके हैं।

बिंदु को मैं अपने कमरे में घसीट लाई। जीजी कहने लगीं, 'मँझली बहू गरीब घर की बेटी का दिमाग खराब कर डालेगी।' वे सबसे मेरी इस ढंग से शिकायत करती फिरती थीं मानो मैंने कोई भारी आफत ढा दी हो। लेकिन मैं अच्छी तरह जानती हूँ, वे मन-ही-मन सोचती थीं कि जान बची। अब अपराध का बोझ मेरे सिर पर पड़ने लगा। वे अपनी बहन के प्रति खुद जो स्नेह नहीं दिखा पाती थीं, वही मेरे द्वारा प्रकट करके उनका मन हलका हो जाता। मेरी बड़ी जेठानी बिंदु की उम्र में से दो-एक अंक कम कर देने की चेष्टा किया करती थीं, लेकिन अगर अकेले में उनसे यह कहा जाता कि उसकी अवस्था चौदह से कम नहीं थी, तो ज्यादती न होती।

तुम्हें तो मालूम है, देखने में वह इतनी कुरूप थी कि अगर वह फर्श पर गिरकर अपना सिर फोड़ लेती तो भी लोगों को घर के फर्श की ही चिंता होती। यही कारण है कि माता-पिता के न होने पर ऐसा कोई न था, जो उसके विवाह की सोचता, और ऐसे लोग भी भला कितने थे, जिनके प्राणों में इतना बल हो कि उससे ब्याह कर सकें।

बिंदु बहुत डरती-डरती मेरे पास आई। मानो अगर मेरी देह उससे छू जाएगी तो मैं सह नहीं पाऊँगी। मानो संसार में उसका जन्म लेने का कोई अधिकार ही न था। इसीलिए वह हमेशा अलग हटकर आँख बचाकर चलती। उसके पिता के यहाँ उसके चचेरे भाई उसके लिए ऐसा एक भी कोना नहीं छोड़ना चाहते थे, जिसमें वह फालतू चीज की तरह पड़ी रह सके।

फालतू कूड़े को घर के आस-पास अनायास ही स्थान मिल जाता है, क्योंकि मनुष्य उसको भूल जाता है; लेकिन अनावश्यक लड़की एक

तो अनावश्यक होती है दूसरे उसको भूलना भी कठिन होता है। इसलिए उसके लिए घूरे पर भी जगह नहीं होती। फिर भी यह कैसे कहा जा सकता है कि उसके चचेरे भाई ही संसार में परमावश्यक पदार्थ थे। जो हो, वे लोग भी खूब थे। यही कारण है कि जब मैं बिंदु को अपने कमरे में बुला लाई तो उसकी छाती धक्-धक् करने लग गई। उसका डर देखकर मुझे बड़ा दुःख हुआ। मेरे कमरे में उसके लिए थोड़ी सी जगह है, यह बात मैंने बड़े प्यार से उसे समझाई।

लेकिन मेरा कमरा एक मेरा ही कमरा तो था नहीं, इसीलिए मेरा काम आसान नहीं हुआ। मेरे पास दो-चार दिन रहने पर ही उसके शरीर में न जाने क्या-क्या निकल आया। शायद अम्हौरी रही होगी या ऐसा ही कुछ होगा; तुमने कहा–शीतला। क्यों न हो, वह बिंदु थी न। तुम्हारे मोहल्ले के एक अनाड़ी डॉक्टर ने आकर बताया, 'दो-एक दिन और देखे बिना ठीक से कुछ नहीं कहा जा सकता।' लेकिन दो-एक दिन धीरज किसको होता।

बिंदु तो अपनी बीमारी की लज्जा से ही मरी जा रही थी। मैंने कहा, 'शीतला है तो हो, मैं उसे अपने जच्चा-घर में लिवा ले जाऊँगी, और किसी को कुछ करने की जरूरत नहीं।' इस बात पर जब तुम सब लोग मेरे ऊपर भड़ककर क्रोध की मूर्ति बन गए, यही नहीं, जब बिंदु की जीजी भी बड़ी परेशानी दिखाती हुई उस अभागी लड़की को अस्पताल भेजने का प्रस्ताव करने लगीं, तभी उसके शरीर के वे सारे लाल-लाल दाग एकदम विलीन हो गए। मैंने देखा कि इस बात से तुम लोग और भी व्यग्र हो उठे। कहने लगे, 'अब तो वाकई शीतला बैठ गई है।' क्यों न हो, बिंदु थी न।

अनादर के पालन-पोषण में एक बड़ा गुण है। शरीर को वह एकदम अजर-अमर कर देता है। बीमारी आने का नाम नहीं लेती, मरने के सारे आम रास्ते बिलकुल बंद हो जाते हैं। इसीलिए रोग उसके साथ मजाक करके चला गया, हुआ कुछ नहीं है। लेकिन यह बात अच्छी तरह स्पष्ट हो गई कि संसार में ज्यादा साधनहीन व्यक्ति को आश्रय देना ही सबसे कठिन है। आश्रय की आवश्यकता उसको जितनी अधिक होती है, आश्रय की बाधाएँ भी उसके लिए उतनी ही विषम होती हैं।

बिंदु के मन से जब मेरा डर जाता रहा, तब उसको एक और कुग्रह ने पकड़ लिया। वह मुझे इतना प्यार करने लगी कि मुझे डर होने लगा। स्नेह की ऐसी मूर्ति तो संसार में पहले कभी देखी ही न थी। पुस्तकों में

पढ़ा अवश्य था, पर वह भी स्त्री–पुरुष के बीच ही। बहुत दिनों से ऐसी कोई घटना नहीं हुई थी कि मुझे अपने रूप की बात याद आती। अब इतने दिनों बाद यह कुरूप लड़की मेरे उसी रूप के पीछे पड़ गई। रात–दिन मेरा मुँह देखते रहने पर भी उसकी आँखों की प्यास नहीं बुझती थी। कहती, जीजी, तुम्हारा यह मुँह मेरे अलावा और कोई नहीं देख पाता। जिस दिन मैं स्वयं ही अपने केश बाँध लेती, उस दिन वह बहुत रूठ जाती। अपने हाथों से मेरे केश–भार को हिलाने–डुलाने में उसे बड़ा आनंद आता। कभी कहीं दावत में जाने के अतिरिक्त और कभी तो मुझे साज–शृंगार की आवश्यकता पड़ती ही न थी, लेकिन बिंदु मुझे तंग कर–करके थोड़ा–बहुत सजाती रहती। वह लड़की मुझे लेकर बिलकुल पागल हो गई थी।

तुम्हारे घर के भीतरी हिस्से में कहीं रत्ती भर भी मिट्टी न थी। उत्तर की ओर की दीवार में नाली के किनारे न जाने कैसे एक गाब का पौधा निकला। जिस दिन जान पड़ता कि धरती पर वसंत आ गया है और जिस दिन मेरी घर–गृहस्थी में जुटी हुई इस अनादृत लड़की के मान का ओर–छोर किसी तरह रँग उठा, उस दिन मैंने जाना कि हृदय के जगत् में भी वसंत की हवा बहती है। वह किसी स्वर्ग से आती है, गली के मोड़ से नहीं।

बिंदु के स्नेह के दुस्सह वेग ने मुझे अधीर कर डाला था। मैं मानती हूँ कि मुझे कभी–कभी उस पर क्रोध आ जाता; लेकिन उस स्नेह में मैंने अपना एक ऐसा रूप देखा, जो जीवन में पहले कभी नहीं देख पाई थी। वही मेरा मुख्य स्वरूप है।

इधर मैं बिंदु जैसी लड़की को जो इतना लाड़–प्यार करती थी, यह बात तुम लोगों को बड़ी ज्यादती लगी। इसे लेकर बराबर खटपट होने लगी।

जिस दिन मेरे कमरे से बाजूबंद चोरी हुआ, उस दिन इस बात का आभास देते हुए तुम लोगों को तनिक भी लज्जा न आई कि इस चोरी में किसी–न–किसी रूप में बिंदु का हाथ है। जब स्वदेशी आंदोलनों में लोगों के घर की तलाशियाँ होने लगीं, तब तुम लोग अनायास ही यह संदेह कर बैठे कि बिंदु पुलिस द्वारा रखी गई स्त्री गुप्तचर है। इसका और तो कोई प्रमाण न था; प्रमाण बस इतना ही था कि वह बिंदु थी। तुम लोगों के घर की दासियाँ उसका कोई भी काम करने से इनकार कर देती थीं, उनमें से किसी से अपने काम के लिए कहने में वह लड़की भी संकोच के मारे जड़वत् हो जाती थी। इन्हीं सब कारणों से उसके लिए मेरा खर्च बढ़ गया।

मैंने खास तौर से अलग से एक दासी रख ली। यह बात तुम लोगों को अच्छी नहीं लगी। बिंदु को पहनने के लिए मैं जो कपड़े देती थी, उन्हें देखकर तुम इतने क्रुद्ध हुए कि तुमने मेरे हाथ-खर्च के रुपए ही बंद कर दिए।

दूसरे ही दिन से मैंने सवा रुपए जोड़े की मोटी कोरी की धोती पहननी शुरू कर दी। और जब मोती की माँ मेरी जूठी थाली उठाने के लिए आई तो मैंने उसको मना कर दिया। मैंने खुद झूठा भात बछड़े को खिलाने के बाद आँगन के नल पर जाकर बरतन मल लिये। एक दिन एकाएक इस दृश्य को देखकर तुम प्रसन्न न हो सके। मेरी खुशी के बिना तो काम चल सकता है, पर तुम लोगों की खुशी के बिना नहीं चल सकता–यह बात आज तक मेरी समझ में नहीं आई। उधर ज्यों-ज्यों तुम लोगों का क्रोध बढ़ता जा रहा था, त्यों-त्यों बिंदु की आयु भी बढ़ती जा रही थी! इस स्वाभाविक बात पर तुम लोग अस्वाभाविक ढंग से परेशान हो उठे थे।

एक बात याद करके मुझे आश्चर्य होता रहा है कि तुम लोगों ने बिंदु को जबरदस्ती अपने घर से विदा क्यों नहीं कर दिया? मैं अच्छी तरह समझती हूँ कि तुम लोग मन-ही-मन मुझसे डरते थे। विधाता ने मुझे बुद्धि दी है, भीतर-ही-भीतर इस बात की खातिर किए बिना तुम लोगों को चैन नहीं पड़ता था। अंत में अपनी शक्ति से बिंदु को विदा करने में असमर्थ होकर तुम लोगों ने प्रजापति देवता की शरण ली। बिंदु का वर ठीक हुआ।

बड़ी जेठानी बोली, 'जान बची। माँ काली ने अपने वंश की लाज रख ली।' वर कैसा था, मैं नहीं जानती। तुम लोगों से सुना था कि सब बातों में अच्छा है। बिंदु मेरे पैरों से लिपटकर रोने लगी, बोली, 'जीजी, मेरा ब्याह क्यों कर रही हो भला!' मैंने उसको समझाते-बुझाते कहा, 'बिंदु, डर मत, मैंने सुना है तेरा वर अच्छा है।'

बिंदु बोली, 'अगर वर अच्छा है तो मुझमें भला ऐसा क्या है जो उसे पसंद आ सके।' लेकिन वर पक्ष वालों ने तो बिंदु को देखने के लिए आने का नाम भी न लिया। बड़ी जीजी इससे तुरंत निश्चिंत हो गईं।

लेकिन बिंदु रात-दिन रोती रहती, चुप होने का नाम ही न लेती। उसको क्या कष्ट है, यह मैं जानती थी। बिंदु के लिए मैंने घर में बहुत बार झगड़ा किया था, लेकिन उसका ब्याह रुक जाए, यह बात कहने का साहस नहीं होता था। कहती तो किस बल पर। मैं अगर मर जाती तो उसकी क्या दशा होती।

एक तो लड़की, उस पर काली; जिसके यहाँ जा रही है, वहाँ उसकी क्या दशा होगी, इस बात की चिंता न करना ही अच्छा था। सोचती तो प्राण काँप उठते।

बिंदु ने कहा, 'जीजी, ब्याह के अभी पाँच दिन और हैं। इस बीच क्या मुझे मौत नहीं आएगी।'

मैंने उसको खूब धमकाया। लेकिन अंतर्यामी जानते हैं कि अगर किसी स्वाभाविक ढंग से बिंदु की मृत्यु हो जाती तो मुझे चैन मिलता।

ब्याह के एक दिन पहले बिंदु ने अपनी जीजी के पास आकर कहा, 'जीजी, मैं तुम लोगों की गोशाला में पड़ी रहूँगी, जो कहोगी वहीं करूँगी, मैं तुम्हारे पैर पड़ती हूँ, मुझे इस तरह मत धकेलो।'

कुछ दिनों से जीजी की आँखों से चोरी-चोरी आँसू झर रहे थे। उस दिन भी झरने लगे। लेकिन सिर्फ हृदय ही तो नहीं होता, शास्त्र भी तो हैं। उन्होंने कहा, 'बिंदु, जानती नहीं, स्त्री की गति-मुक्ति सबकुछ पति ही है। भाग्य में अगर दुःख लिखा है तो उसे कोई नहीं मिटा सकता।'

असली बात तो यह थी कि कहीं कोई रास्ता ही न था-बिंदु को ब्याह तो करना ही पड़ेगा, फिर जो हो सो हो। मैं चाहती थी कि विवाह हमारे ही घर से हो। लेकिन तुम लोग कह बैठे, वर के ही घर में हो, उनके कुल की यही रीति है। मैं समझ गई, बिंदु के ब्याह में अगर तुम लोगों को खर्च करना पड़ा तो तुम्हारे गृह-देवता उसे किसी भी भाँति नहीं सह सकेंगे, इसीलिए चुप रह जाना पड़ा। लेकिन एक बात तुममें से कोई नहीं जानता।

जीजी को बताना चाहती थी, पर बताई नहीं, नहीं तो वे डर से मर जातीं-मैंने अपने थोड़े-बहुत गहने लेकर चुपचाप बिंदु का शृंगार कर दिया था। सोचा था, जीजी की नजर में तो जरूर ही पड़ जाएगा। लेकिन उन्होंने जैसे देखकर भी नहीं देखा। दुहाई है धर्म की, इसके लिए तुम उन्हें क्षमा कर देना।

जाते समय बिंदु मुझसे लिपटकर बोली, 'जीजी, तो क्या तुम लोगों ने मुझे एकदम त्याग दिया?' मैंने कहा, 'नहीं बिंदु, तुम चाहे जैसी हालत में रहो, प्राण रहते मैं तुम्हें नहीं त्याग सकती।'

तीन दिन बीते। तुम्हारे ताल्लुक के आसामियों ने तुम्हें खाने के लिए जो भेड़ा दिया था, उसे मैंने तुम्हारी जठराग्नि से बचाकर नीचे वाली कोयले की कोठरी के एक कोने में बाँध दिया था। सवेरे उठते ही मैं खुद जाकर

उसको दाना खिला आती। दो-एक दिन तुम्हारे नौकरों पर भरोसा करके देखा, उसे खिलाने की बजाय उनका झुकाव उसी को खा जाने की ओर अधिक था।

उस दिन सवेरे कोठरी में गई तो देखा, बिंदु एक कोने में गुड़मुड़ होकर बैठी हुई है। मुझे देखते ही वह मेरे पैर पकड़कर चुपचाप रोने लगी।

बिंदु का पति पागल था।

'सच कह रही है बिंदु?'

'तुम्हारे सामने क्या मैं इतना बड़ा झूठ बोल सकती हूँ, दीदी? वह पागल है। इस विवाह में ससुर की सम्मति नहीं थी, लेकिन वे मेरी सास से यमराज की तरह डरते हैं। ब्याह के पहले ही काशी चल दिए थे। सास ने जिद करके अपने लड़के का ब्याह कर लिया।'

मैं वहीं कोयले के ढेर पर बैठ गई। स्त्री पर स्त्री को दया नहीं आती। कहती है, कोई लड़की थोड़े ही है। लड़का पागल है तो हो, है तो पुरुष।

देखने में बिंदु का पति पागल नहीं लगता। लेकिन कभी-कभी उसे ऐसा उन्माद चढ़ता कि उसे कमरे में ताला बंद करके रखना पड़ता। ब्याह की रात वह ठीक था, लेकिन रात में जगते रहने के कारण और इसी तरह के झंझटों के कारण दूसरे दिन से उसका दिमाग बिलकुल खराब हो गया।

बिंदु दोपहर को पीतल की थाली में भात खाने बैठी थी, अचानक उसके पति ने भात समेत थाली उठाकर आँगन में फेंक दी। न जाने क्यों अचानक उसको लगा, मानो बिंदु रानी रासमणि हो। हो न हो, नौकर ने चोरी से उसी के सोने के थाल में रानी के खाने के लिए भात दिया हो, इसलिए उसे क्रोध आ गया था। बिंदु तो डर के मारे मरी जा रही थी। तीसरी रात को जब उसकी सास ने उससे अपने पति के कमरे में सोने के लिए कहा तो बिंदु के प्राण सूख गए। उसकी सास को जब क्रोध आता था तो होश में नहीं रहती थी। बिंदु को कमरे में जाना ही पड़ा। उस रात उसके पति का मिजाज ठंडा था। लेकिन डर के मारे बिंदु का शरीर पत्थर हो गया था।

पति जब सो गए तब काफी रात बीतने पर वह किस तरह चतुराई से भागकर चली आई, इसका विस्तृत विवरण लिखने की आवश्यकता नहीं है।

घृणा और क्रोध से मेरा शरीर जलने लगा। मैंने कहा, 'इस तरह धोखे के ब्याह को ब्याह नहीं कहा जा सकता। बिंदु, तू जैसे रहती थी वैसे ही

मेरे पास रह। देखूँ, तुझे कौन ले जाता है?'

तुम लोगों ने कहा, 'बिंदु झूठ बोलती है।'

मैंने कहा, 'वह कभी झूठ नहीं बोलती।'

तुम लोगों ने कहा, 'तुम्हें कैसे मालूम?'

मैंने कहा, 'मैं अच्छी तरह जानती हूँ।'

तुम लोगों ने डर दिखाया, 'अगर बिंदु के ससुराल वालों ने पुलिस केस कर दिया तो आफत में पड़ जाएँगे।'

मैंने कहा, 'क्या अदालत यह बात न सुनेगी कि उसका ब्याह धोखे से पागल वर के साथ कर दिया गया है?'

तुमने कहा, 'तो क्या इसके लिए अदालत जाएँगे? हमें ऐसी क्या गरज है?'

मैंने कहा, 'जो कुछ मुझसे बन पड़ेगा, अपने गहने बेचकर भी करूँगी।'

तुम लोगों ने कहा, 'क्या वकील के घर तक दौड़ोगी?'

इस बात का क्या जवाब होता? सिर ठोकने के अलावा और कर भी क्या सकती थी।

उधर बिंदु की ससुराल से उसके जेठ ने आकर बाहर बड़ा हंगामा खड़ा कर दिया। कहने लगा, 'थाने में रिपोर्ट कर दूँगा।'

नहीं जानती, जिसने मेरा आश्रय लिया हो, उसे पुलिस के डर से फिर उस कसाई को लौटाना पड़े, यह बात मैं किसी भी प्रकार नहीं मान सकती थी, उसी समय बिंदु ने स्वयं बाहर निकलकर अपने जेठ को आत्मसमर्पण कर दिया था। वह समझ गई थी कि अगर वह इस घर में रही तो मैं बड़ी मुश्किल में पड़ जाऊँगी।

बीच में भाग आने से बिंदु ने अपना दुःख और भी बढ़ा लिया। उसकी सास का तर्क था कि उनका लड़का उसको खाए तो नहीं जा रहा था न? संसार में बुरे पति के उदाहरण दुर्लभ भी नहीं हैं। उनकी तुलना में तो उनका लड़का सोने का चाँद है।

मेरी बड़ी जेठानी ने कहा, 'जिसका भाग्य ही खराब हो, उसके लिए रोने से क्या फायदा? पागल-वागल जो भी हो, है तो स्वामी ही न।'

तुम लोगों के मन में लगातार उस सती-साध्वी का दृष्टांत याद आ रहा था, जो अपने कोढ़ी पति को अपने कंधों पर बिठाकर वेश्या के यहाँ ले गई थी।

संसार भर में कायरता के इस सबसे बड़े अधम आख्यान का प्रचार

करते हुए तुम लोगों के पुरुष मन को तनिक भी संकोच न हुआ। इसलिए मानव-जन्म पाकर भी तुम लोग बिंदु के व्यवहार पर क्रोध कर सके, उससे तुम्हारा सिर नहीं झुका। बिंदु के लिए मेरी छाती फटी जा रही थी, लेकिन तुम लोगों का व्यवहार देखकर मेरी लज्जा का अंत न था। मैं तो गाँव की लड़की थी, जिस पर तुम लोगों के घर पर आ पड़ी, फिर भगवान् ने न जाने किस तरह मुझे ऐसी बुद्धि दे दी। धर्म-संबंधी तुम लोगों की यह चर्चा मुझे किसी भी प्रकार सहन नहीं हुई।

मैं निश्चयपूर्वक जानती थी कि बिंदु मर भले ही जाए, वह अब हमारे घर लौटकर नहीं आएगी। लेकिन मैं तो उसे ब्याह के दिन से पहले यह आशा दिला चुकी थी कि प्राण रहते उसे नहीं छोड़ूँगी। मेरा छोटा भाई शरद् कलकत्ता में कॉलेज में पढ़ता था। तुम तो जानते ही हो, तरह-तरह से वालंटियरी करना, प्लेग वाले मोहल्लों में चूहे मारना, दामोदर में बाढ़ जाने की खबर सुनकर दौड़ पड़ना– इन सब बातों में उसका इतना उत्साह था कि एफ.ए. की परीक्षा में लगातार दो बार फेल होने पर भी उसके उत्साह में कोई कमी नहीं आई। मैंने उसे बुलाकर कहा, 'शरद, जैसे भी हो बिंदु की खबर पाने का इंतजाम तुझे करना ही पड़ेगा। बिंदु को मुझे चिट्ठी भेजने का साहस नहीं होगा, वह भेजे भी तो मुझे मिल नहीं सकेगी।'

इस काम की बजाय यदि मैं उससे डाका डालकर बिंदु को लाने की बात कहती या उसके पागल स्वामी का सिर फोड़ देने के लिए कहती तो उसे ज्यादा खुशी होती।

शरद के साथ बातचीत कर रही थी, तभी तुमने कमरे में आकर कहा, 'तुम फिर यह क्या बखेड़ा कर रही हो?'

मैंने कहा, 'वही तो शुरू से करती आई हूँ, जब से तुम्हारे घर आई हूँ, लेकिन नहीं, वह तो तुम्हीं लोगों की कीर्ति है।'

तुमने पूछा, 'बिंदु को लाकर फिर कहीं छिपा रखा है क्या?'

मैंने कहा, 'बिंदु अगर आती तो मैं जरूर ही छिपाकर रख लेती, लेकिन वह अब नहीं आएगी। तुम्हें डरने की कोई जरूरत नहीं है।'

शरद को मेरे पास देखकर तुम्हारा संदेह और भी बढ़ गया। मैं जानती थी कि शरद का हमारे यहाँ आना-जाना तुम लोगों को पसंद नहीं है। तुम्हें डर था कि उस पर पुलिस की नजर है। अगर कभी किसी राजनीतिक मामले में फँस गया तो तुम्हें भी फँसा डालेगा। इसीलिए मैं भैयादूज का तिलक भी आदमी के हाथों उसी के पास भिजवा देती थी, अपने घर नहीं

बुलाती थी।

एक दिन तुमसे सुना कि बिंदु फिर भाग गई है, इसलिए उसका जेठ हमारे घर उसे खोजने आया है।

सुनते ही मेरी छाती में शूल चुभ गए। अभागिनी का असह्य कष्ट तो मैं समझ गई, पर कुछ करने का कोई रास्ता न था।

शरद पता करने दौड़ा। शाम को लौटकर मुझसे बोला, 'बिंदु अपने चचेरे भाइयों के यहाँ गई थी, लेकिन उन्होंने अत्यंत क्रुद्ध होकर उसी वक्त उसे फिर ससुराल पहुँचा दिया। इसके लिए उन्हें हरजाने का और गाड़ी के किराए का जो दंड भोगना पड़ा, उसकी खार अब भी उनके मन से नहीं गई है।'

श्रीक्षेत्र की तीर्थ-यात्रा करने के लिए तुम लोगों की काकी तुम्हारे यहाँ आकर ठहरीं। मैंने तुमसे कहा, 'मैं भी जाऊँगी।'

अचानक मेरे मन में धर्म के प्रति श्रद्धा देखकर तुम इतने खुश हुए कि तुमने तनिक भी आपत्ति नहीं की। तुम्हें इस बात का भी ध्यान था कि अगर मैं कलकत्ता में रही तो फिर किसी-न-किसी दिन बिंदु को लेकर झगड़ा कर बैठूँगी। मेरे कारण तुम्हें बड़ी परेशानी थी। मुझे बुधवार को चलना था, रविवार को ही सब ठीक-ठाक हो गया। मैंने शरद को बुलाकर कहा, 'जैसे भी हो, बुधवार को पुरी जाने वाली गाड़ी में तुझे बिंदु को चढ़ा ही देना पड़ेगा।'

शरद का चेहरा खिल उठा। वह बोला, 'डर की कोई बात नहीं, जीजी। मैं उसे गाड़ी में बिठाकर पुरी तक चला चलूँगा। इसी बहाने जगन्नाथपुरी के दर्शन भी हो जाएँगे।'

उसी दिन शाम को शरद फिर आया। उसका मुँह देखते ही मेरा दिल बैठ गया। मैंने पूछा, 'क्या बात है शरद! शायद कोई रास्ता नहीं निकला।'

वह बोला, 'नहीं।'

मैंने पूछा, 'क्या उसे राजी नहीं कर पाए?'

उसने कहा, 'अब जरूरत भी नहीं है। कल रात अपने कपड़ों में आग लगाकर वह आत्महत्या करके मर गई। उस घर में जिस भतीजे से मैंने मेल बढ़ा लिया था, उसी से खबर मिली कि तुम्हारे नाम वह एक चिट्ठी रख गई थी, लेकिन वह चिट्ठी उन लोगों ने नष्ट कर दी।'

'चलो, छुट्टी हुई।'

गाँव भर के लोग चीख उठे, कहने लगे, 'लड़कियों का कपड़ों में

आग लगाकर मर जाना तो अब एक फैशन हो गया है।'

तुम लोगों ने कहा, 'अच्छा नाटक है।' हुआ करे, लेकिन नाटक का तमाशा सिर्फ बंगाली लड़कियों की साड़ी पर ही क्यों होता है, बंगाली वीर पुरुषों की धोती की चुन्नटों पर क्यों नहीं होता, यह भी तो सोचकर देखना चाहिए।

ऐसा ही था बिंदु का दुर्भाग्य। जितने दिन जीवित रही, तनिक भी यश नहीं मिल सका–न रूप का, न गुण का। मरते वक्त भी यह नहीं हुआ कि सोच-समझकर कुछ ऐसे नए ढंग से मरती कि दुनिया भर के लोग खुशी से ताली बजा उठते। मरकर भी उसने लोगों को नाराज ही किया।

जीजी कमरे में जाकर चुपचाप रोने लगीं, लेकिन उस रोने में जैसे एक सांत्वना थी। कुछ भी सही, जान तो बची। मर गई, यही क्या कम है। अगर बची रहती तो न जाने क्या हो जाता!

मैं तीर्थ में आ पहुँची हूँ। बिंदु के आने की तो जरूरत ही न रही। लेकिन मुझे जरूरत थी।

लोग जिसे दु:ख मानते हैं, वह तुम्हारी गृहस्थी में मुझे कभी नहीं मिला। तुम्हारे यहाँ खाने-पहनने की कोई कमी नहीं। तुम्हारे बड़े भाई का चरित्र चाहे जैसा हो, तुम्हारे चरित्र में ऐसा कोई दोष नहीं, जिसके लिए विधाता को बुरा कह सकूँ। वैसे अगर तुम्हारा स्वभाव तुम्हारे बड़े भाई की तरह भी होता तो भी शायद मेरे दिन करीब-करीब ऐसे ही कट जाते और मैं अपनी सती-साध्वी बड़ी जेठानी की तरह पति देवता को दोष देने के बजाय विश्व-देवता को ही दोष देने की चेष्टा करती। अतएव मैं तुमसे कोई शिकायत नहीं करना चाहती–मेरी चिट्ठी का कारण यह नहीं है।

लेकिन मैं अब माखन-बड़ाल की गली के तुम्हारे उस सत्ताईस नंबर वाले घर में लौटकर नहीं आऊँगी। मैं बिंदु को देख चुकी हूँ। इस संसार में नारी का सच्चा परिचय क्या है, यह मैं पा चुकी हूँ। अब तुम्हारी कोई जरूरत नहीं।

और फिर मैंने यह भी देखा है कि वह लड़की ही क्यों न हो, भगवान् ने उसका त्याग नहीं किया। उस पर तुम लोगों का चाहे जितना ही जोर क्यों न रहा हो, वह उसका अंत नहीं था। वह अपने अभागे मानव-जीवन से बड़ी थी। तुम लोगों के पैर इतने लंबे नहीं थे कि तुम मनमाने ढंग से, अपने हिसाब से उसके जीवन को सदा के लिए उनसे दबाकर रख सकते, मृत्यु तुम लोगों से भी बड़ी है। अपनी मृत्यु में वह महान् है। वहाँ बिंदु

केवल बंगाली परिवार की लड़की नहीं है, केवल चचेरे भाइयों की बहिन नहीं है, केवल किसी अपरिचित पागल पति की प्रवंचिता पत्नी नहीं है। वहाँ वह अनंत है।

मृत्यु की उस वंशी का स्वर उस बालिका के भग्न-हृदय से निकलकर जब मेरे जीवन की यमुना के पास बजने लगा तो पहले-पहल मानो मेरी छाती में कोई बाण बिंध गया हो। मैंने विधाता से प्रश्न किया, 'इस संसार में जो सबसे अधिक तुच्छ है, वही सबसे अधिक क्यों हैं?' इस गली में चारदीवारी से घिरे इस निरानंद स्थान में यह जो तुच्छतम बुद-बुद है, वह इतनी भयंकर बाधा कैसे बन गया? तुम्हारा संसार अपनी शठ-नीतियों से क्षुधा-पात्र को सँभाले कितना ही क्यों न पुकारे, मैं उस अंतःपुर की जरा सी चौखट को क्षण भर के लिए भी पार क्यों न कर सकी? ऐसे संसार में ऐसा जीवन लेकर मुझे इस अत्यंत तुच्छ काठ-पत्थर की आड़ में ही तिल-तिलकर क्यों मरना होगा? कितनी तुच्छ है यह मेरी प्रतिदिन की जीवन-यात्रा। इसके बँधे नियम, बँधे अभ्यास, बँधी हुई बोली, बँधी हुई मार, सब कितनी तुच्छ है। फिर भी क्या अंत में दीनता के उस नागपाश बंधन की ही जीत होगी और अपने इस आनंद-लोक की, इस सृष्टि की हार?

लेकिन मृत्यु की वंशी बजने लगी—कहाँ गई राज-मिस्त्रियों की बनाई हुई वह दीवार, कहाँ गया तुम्हारे घोर नियमों से बँधा वह काँटों का घेरा? कौन सा है वह दुःख, कौन सा है वह अपमान, जो मनुष्य को बंदी बनाकर रख सकता है? यह लो, मृत्यु के हाथ में जीवन की जय-पताका उड़ रही है। अरी मँझली बहू, तुझे डरने की अब कोई जरूरत नहीं। मँझली बहू के इस तेरे खोल को छिन्न होते एक निमेष भी न लगा।

तुम्हारी गली का मुझे कोई डर नहीं। आज मेरे सामने नीला समुद्र है, मेरे सिर पर आषाढ के बादल।

तुम लोगों की रीति-नीति के अँधेरे ने मुझे अब तक ढक रखा था। बिंदु ने आकर क्षण भर के लिए उस आवरण के छेद में से मुझे देख लिया। वही लड़की अपनी मृत्यु द्वारा सिर से पैर तक मेरा वह आवरण उघाड़ गई है। आज बाहर आकर देखती हूँ, अपना गौरव रखने के लिए कहीं जगह ही नहीं है। मेरा यह अनादृत रूप जिनकी आँखों को भाया है, वे सुंदर आज संपूर्ण आकाश से मुझे निहार रहे हैं। अब मँझली बहू की खैर नहीं।

तुम सोच रहे होगे, मैं मरने जा रही हूँ—डरने की कोई बात नहीं।

तुम लोगों के साथ मैं ऐसा पुराना मजाक नहीं करूँगी। मीराबाई भी तो मेरी ही तरह नारी थी। उनकी जंजीरें भी तो कम नहीं थीं, बचने के लिए उनको तो मरना ही नहीं पड़ा। मीराबाई ने अपने गीत में कहा था, "बाप छोड़े, माँ छोड़े, जहाँ कहीं जो भी है, सब छोड़ दें, लेकिन मीरा की लगन वहीं रहेगी प्रभु, अब जो होना है सो हो।

यह लगन ही तो जीवन है।

मैं अभी जीवित रहूँगी। मैं बच गई।

तुम लोगों के चरणों के आश्रय में छूटी हुई।

मृणाल।"

□□□